I0886096

VIAJE AL CENTRO DE LA TIERRA

Austral Intrépida

JULES VERNE

VIAJE AL CENTRO DE LA TIERRA

Traducción

Trinidad García del Cid

ESPASA

Obra editada en colaboración con Editorial Planeta – España

Título original: *Voyage au centre de la Terre (1864)*

Julio Verne
Traducción: Trinidad García del Cid

© 2017, Espasa Libros, S. L. U. – Barcelona, España

Derechos reservados

© 2022, Editorial Planeta Mexicana, S.A. de C.V.
Bajo el sello editorial AUSTRAL M.R.
Avenida Presidente Masarik núm. 111,
Piso 2, Polanco V Seccion, Miguel Hidalgo
C.P. 11560, Ciudad de México
www.planetadelibros.com.mx

Diseño de colección: Austral / Área Editorial Grupo Planeta
Ilustración de portada: © Pete Lloyd

Primera edición impresa en España: octubre de 2017
ISBN: 978-84-670-5066-0

Primera edición impresa en México en Austral en tapa dura: marzo de 2022
Primera reimpresión en México en Austral en tapa dura: septiembre de 2024
ISBN: 978-607-07-8481-1

No se permite la reproducción total o parcial de este libro ni su incorporación a un sistema informático, ni su transmisión en cualquier forma o por cualquier medio, sea este electrónico, mecánico, por fotocopia, por grabación u otros métodos, sin el permiso previo y por escrito de los titulares del *copyright.*

La infracción de los derechos mencionados puede ser constitutiva de delito contra la propiedad intelectual (Arts. 229 y siguientes de la Ley Federal de Derechos de Autor y Arts. 424 y siguientes del Código Penal).

Si necesita fotocopiar o escanear algún fragmento de esta obra diríjase al CeMPro (Centro Mexicano de Protección y Fomento de los Derechos de Autor, http://www.cempro.org.mx).

Impreso en los talleres de Editorial Nomos S.A.
Diagonal 18 bis # 41 - 17
Impreso en Bogotá, Colombia - *Printed in Colombia*

Intrépido lector:

¿Quieres formar parte de la expedición del profesor Otto Liddenbrock y su sobrino Axel para explorar el mismísimo centro de la Tierra?

Para viajar al centro del planeta hacen falta muchos instrumentos. ¡Coge papel y bolígrafo!

Necesitarás:

- Una mochila de acampada
- Saco de dormir o manta
- 1 termómetro (para medir la temperatura)
- 1 manómetro (para las presiones de la atmósfera)
- 1 cronómetro
- 2 brújulas
- Anteojos
- 2 linternas Ruhmkorff
- Ropa ligera: bermudas y camisetas (se espera un clima caluroso y húmedo bajo tierra)
- Ropa de abrigo: al menos una chaqueta gruesa (la entrada del volcán está en Islandia)
- Calzado cómodo

Acompañados por el extraño Hans Bjelke, vuestro guía, os adentraréis en el corazón del planeta para investigar qué clase de vida vegetal y animal se esconde en el maravilloso mundo subterráneo.

¿Lo tienes todo, no? ¿Te faltan los instrumentos técnicos? Bueno, no importa, Axel te los presta, pero date prisa, que ya salen para allí.

¡Buen viaje! Y sobre todo: ¡vigila donde pisas, no sea que caigas dentro de un agujero!

VIAJE AL CENTRO DE LA TIERRA

CAPÍTULO I

El domingo 24 de mayo de 1863, mi tío, el profesor Lidenbrock, volvió precipitadamente a su casita, situada en el número 19 de Konigstrasse, una de las calles más antiguas del barrio viejo de Hamburgo. Marta la criada debió de creerse muy apurada de tiempo, pues la comida apenas empezaba a entonarse en el fogón de la cocina.

«Bueno —me dije—, si mi tío, que es el hombre más impaciente del mundo, viene con hambre, va a dar unos gritos de cuidado.»

—¡Ya está aquí el señor Lidenbrock! —exclamó Marta la criada, sorprendida, entreabriendo la puerta del comedor.

—Sí, Marta. Pero la comida tiene derecho a no estar guisada, pues todavía no son las dos. Casi ni acaba de dar en Saint-Michel la una y media.

—Entonces, ¿por qué viene el señor Lidenbrock?

—Sin duda, él nos lo dirá.

—¡Ya está aquí! Yo me voy, señorito Axel. Usted le hará entrar en razón.

Y Marta volvió a su laboratorio culinario.

Me quedé solo. Pero hacer que el más irascible de los profesores entrase en razón era lo que mi carácter un poco indeciso no me permitía.

Me preparaba, por tanto, a volver prudentemente a mi cuartito de arriba, cuando la puerta de la calle rechinó sobre sus goznes; unas grandes zancadas hicieron crujir la escalera de madera, y el amo de la casa, atravesando el comedor, se precipitó al instante en su despacho.

Pero, al pasar rápidamente, había tirado en un rincón su bastón, cuyo puño representa un cascanueces; había puesto en la mesa su gran sombrero de fieltro, y había lanzado a su sobrino estas rotundas palabras:

—Sígueme, Axel.

No había tenido aún tiempo de moverme, cuando ya el profesor me gritaba con vivo acento de impaciencia:

—¿Cómo? ¿Todavía no estás aquí?

Me precipité en el despacho de mi temible maestro.

Otto Lidenbrock no era un hombre malo, convengo en ello; pero si no se verifican cambios improbables, morirá en la piel de un terrible original.

Era profesor en el Johannoeum, y daba un curso de mineralogía, durante el cual montaba en cólera regularmente una vez o dos. No porque se preocupase de tener discípulos asiduos a sus lecciones, ni del grado de atención que le prestaran, ni del éxito que pudieran obtener en adelante; estos detalles no le inquietaban en absoluto.

Enseñaba «subjetivamente», según una expresión de la filosofía alemana: enseñaba para él y no para los demás. Era un sabio egoísta, un pozo de ciencia; pero cuando se quería sacar agua de este pozo, chirriaban las poleas. En una palabra, era un avaro. Hay algunos profesores de este género en Alemania.

Mi tío, desgraciadamente, no gozaba de una extremada facilidad de pronunciación. Si no en la intimidad, al menos cuando hablaba en público, éste era un defecto penoso para un orador. Así que, en sus demostraciones en el Johannoeum, el profesor a menudo se paraba de repente: luchaba contra un vocablo recalcitrante que no quería escapar de sus labios, una de esas palabras que se resisten, se hinchan y acaban por salir bajo la forma poco científica de un taco. De ahí provenían sus excesos de cólera.

En mineralogía hay muchas denominaciones semigriegas, semilatinas, difíciles de pronunciar, apelaciones rudas que desollarían los labios de un poeta. No quiero hablar mal de esta ciencia. Lejos de mí. Pero cuando se encuentra uno en presencia de cristalizaciones romboédricas, de resinas retinasfálticas, de gelenitas, tangasitas, molibdatos de plomo, tungstatos de manganeso y titaniatos de circonio, es natural que la lengua más hábil se haga un lío.

Conocían en la ciudad este achaque perdonable de mi tío, y se metían con él, acechándolo en los pasajes peligrosos; mi tío se enfadaba y todos se reían, cosa que no resulta de buen gusto, ni siquiera para los alemanes. Si Lidenbrock seguía teniendo gran afluencia de oyentes en sus clases, era porque muchos de los que iban asiduamente acudían para burlarse de las rabietas del profesor.

Sea como sea, mi tío —nunca me cansaré de decirlo— era un verdadero sabio. Aunque a veces rompía sus minerales al probarlos con demasiada brusquedad, unía al genio del geólogo la vista del experto conocedor de minerales. Con su martillo, su punzón, su aguja imantada, su soplete y su frasco de ácido nítrico, era un hombre insuperable. Por la rotura, por el aspecto, la dureza, la fusibilidad, el sonido, el olor, el gusto de un mineral cualquiera, lo clasificaba sin titubear entre las seiscientas especies que cuenta hoy la ciencia.

El nombre de Lidenbrock resonaba, pues, con honor en las escuelas y en las asociaciones nacionales. Los señores Humphry Davy, Humboldt, los capitanes Franklin y Sabine, no dejaban de visitarle a su paso por Hamburgo. Los señores Becquerel, Ebelmen, Brewster, Dumas, Milne-Edwards, Sainte-Claire-Dewille le consultaban sobre las cuestiones más actuales de la química. Esta ciencia le debía hermosos descubrimientos, y en 1853 apareció en Leipzig un *Tratado de cristalografía trascendental*, escrito por el profesor Otto Lidenbrock, gran infolio con láminas con el que no cubrió ni los gastos del libro.

Añadiremos a esto que mi tío era conservador del museo mineralógico del señor Struve, embajador de Rusia, preciosa colección de renombre europeo.

Volvemos aquí al personaje que me llamaba con tanta impaciencia. Imaginemos un hombre alto, delgado, con una salud de hierro y un rubio juvenil que quitaba diez años, al menos, a este cincuentón. Sus ojos grandes se movían sin cesar detrás de sus enormes gafas; su nariz, larga y fina, parecía una cuchilla afilada; los maliciosos pretendían que estaba imantada y que atraía la limadura de hierro. ¡Pura calumnia! No atraía más que el tabaco; pero éste, para no faltar a la verdad, en gran abundancia.

Cuando haya añadido que mi tío andaba dando pasos matemáticos de cuatro pies y diga también que al andar llevaba los puños cerrados, señal de un temperamento impetuoso, el lector le conocerá lo bastante para no mostrarse muy deseoso de su compañía.

Vivía en su casita de Konigstrasse, una vivienda mitad de madera, mitad de ladrillo, que daba a uno de esos canales sinuosos que cruzan el barrio más antiguo de Hamburgo, respetado afortunadamente por el incendio de 1842.

La vieja casa se inclinaba un poco, es verdad; su fachada hacía panza, su techo se caía sobre la oreja, como la gorra de un estudiante de la Tungendbund;[1] el aplomo de sus líneas dejaba bastante que desear, pero en conjunto se tenía en pie gracias a un olmo viejo vigorosamente encajado en la fachada y que en primavera daba sus brotes en flor a través de las vidrieras de las ventanas.

Mi tío no dejaba de ser rico para ser un profesor alemán. La casa le pertenecía por entero, continente y contenido. El contenido era su ahijada Graüben, joven

1. Tugenbund: «Liga de la Virtud», asociación fundada en Königsberg (1808) para exaltar las virtudes cívicas y la liberación de Prusia. *(N. del E.)*

virlandesa de diecisiete años, Marta, la criada, y yo. En mi doble calidad de sobrino y huérfano, llegué a ser el ayudante de sus experimentos.

Confesaré que sentía afición por las ciencias geológicas; por mis venas corría sangre de minerólogo y no me aburría nunca en compañía de mis preciosas piedras.

En suma, se podía vivir feliz en esta casita de Konigstrasse a pesar de las impaciencias de su dueño, quien, aun conduciéndose de un modo algo brutal, no por eso me quería menos. Pero este hombre no sabía esperar; tenía más prisa de lo corriente.

Cuando en abril había plantado en los tiestos de su salón algunos pies de reseda o de volúbilis, iba regularmente todas las mañanas a tirarles de las hojas para apresurar su crecimiento.

Con una persona semejante, no había más remedio que obedecer. Me precipité, por lo tanto, en su despacho.

CAPÍTULO II

Este despacho era un auténtico museo. Todas las muestras del reino mineral se hallaban clasificadas en el orden más perfecto, siguiendo las tres grandes divisiones de los minerales inflamables, metálicos y litoideos.

¡Qué bien conocía yo esos objetos de la ciencia mineralógica! ¡Cuántas veces, en vez de jugar con los chicos de mi edad, me había entretenido en quitar el polvo a esos grafitos, antracitas, carbones, lignitos y turbas! ¿Y los betunes, las resinas, las sales orgánicas que había que preservar del menor átomo de polvo? ¿Y esos metales, desde el hierro hasta el oro, cuyo valor relativo desaparecía ante la igualdad absoluta de las muestras científicas? Todas esas piedras habrían sido suficientes para volver a construir la casa de Königstrasse incluso con una hermosa habitación de más, en la que me hubiese yo arreglado tan bien.

Pero, al entrar en el despacho, no me preocupaba en absoluto de esas maravillas. Únicamente mi tío ocupaba mi pensamiento. Estaba hundido en su gran sillón guarnecido de terciopelo de Utrecht, y sostenía entre las manos un libro digno de su más profunda admiración.

—¡Qué libro! ¡Qué libro! —exclamaba.

Esta exclamación me hizo recordar que el profesor Lidenbrock era también bibliómano en sus ratos de ocio; pero un volumen no tenía mérito a sus ojos si no era imposible de encontrar o, por lo menos, ilegible.

—Pero ¿no ves? —me dijo—. Es un tesoro inestimable que he encontrado esta mañana rebuscando en la tienda del judío Hevelius.

—¡Magnífico! —respondí con un entusiasmo fingido.

¿A qué tanto ruido por un viejo libro en cuarto cuyo lomo y cubiertas parecían hechos de una piel basta, un libraco amarillento del cual colgaba un papelillo descolorido?

Sin embargo, las exclamaciones de admiración del profesor no se interrumpían.

—Mira —decía preguntando y contestándose a sí mismo—; ¿es hermoso? ¡Sí, es admirable! ¡Qué encuadernación! ¿Se abre este libro fácilmente? ¡Sí, porque se queda abierto en cualquier página! ¿Y se cierra bien? ¡Sí, porque la cubierta y las hojas forman un conjunto tan unido que no se separan ni entreabren en ninguna parte! ¡Y este lomo, que no tiene ni una rozadura después de setecientos años de existencia! ¡Esta es una encuadernación de la cual Bozerian, Closs o Purgold se sentirían orgullosos!

Al hablar de esta manera, mi tío abría y cerraba sucesivamente el libraco. Lo menos que podía hacer yo era interrogarle sobre su contenido, aunque éste no me interesase nada.

—¿Y cuál es el título de este volumen maravilloso? —pregunté con un entusiasmo demasiado grande para no ser fingido.

—¡Esta obra! —respondió mi tío animándose—, ¡es el *Heims-Krigla,* de Snorre Turleson, el famoso autor islandés del siglo doce! ¡Es la crónica de los príncipes noruegos que reinaron en Islandia!

—¡Es verdad! —exclamé lo mejor que pude—. ¿Y es, sin duda, una traducción en alemán?

—¡No! —replicó vivamente el profesor—. ¡Una traducción! Y ¿qué haría yo con una traducción? ¿A quién le importa tu traducción? ¡Ésta es una obra original en lengua islandesa, idioma magnífico, rico y sencillo a la vez, que autoriza las más variadas combinaciones gramaticales y numerosas modificaciones en las palabras!

—Como el alemán —insinué con bastante alegría.

—¡Sí —contestó mi tío alzando los hombros—, pero con la diferencia de que la lengua islandesa admite los tres géneros, como el griego, y declina los nombres propios como el latín!

—¡Ah! —dije un poco sacudido en mi indiferencia—, ¿y los caracteres de este libro son hermosos?

—¡Los caracteres! ¿Quién te habla de caracteres, desdichado Axel? ¡No se trata de caracteres! ¡Lo tomas por un impreso! Pero, ignorante, ¡si es un manuscrito, y un manuscrito rúnico!...

—¿Rúnico?

—¡Sí! ¿Me vas a pedir ahora la explicación de esta palabra?

—¡Me guardaré mucho! —contesté con el acento de un hombre herido en su amor propio.

Pero mi tío prosiguió sin inmutarse y me instruyó, a pesar mío, de cosas que no tenía ningún interés en saber.

—Las runas —continuó— eran unos caracteres de escritura usados antiguamente en Islandia y, según la tradición, fueron inventados por el mismo Odin. Pero mira, ¡admira, impío, estos trazos que han salido de la imaginación de un dios!

Falto de réplica, iba a doblegarme, género de respuesta que debe halagar a los dioses, como a los reyes, pues tiene la ventaja de no inquietar a nadie, cuando un incidente vino a cambiar el curso de la conversación.

Fue la aparición de un pergamino mugriento, que se escurrió del libraco y cayó al suelo.

Mi tío se precipitó sobre aquel objeto con una ansiedad fácil de comprender. Un documento antiguo encerrado, desde tiempo inmemorial en un libro viejo, no podía carecer de un gran mérito ante sus ojos.

—¿Qué es esto? —exclamó.

Y al mismo tiempo desplegaba cuidadosamente encima de su mesa un trozo de pergamino de cinco pulgadas de largo y tres de ancho, sobre el cual se extendían, en líneas transversales, los caracteres de aquel galimatías.

Les presento el facsímil exacto. Tengo empeño en dar a conocer estos signos extraños, porque condujeron al profesor Lidenbrock y a su sobrino a llevar a cabo la expedición más extraña del siglo XIX:

El profesor contempló durante unos momentos esta serie de caracteres y después, levantándose las gafas, dijo:

—¡Esto es rúnico; estos rasgos son absolutamente iguales a los del manuscrito de Snorre Turleson! Pero... ¿qué puede significar esto?

Como el rúnico me parecía ser un invento de los sabios para burlarse de la pobre gente, no me chocó observar que mi tío no comprendía una palabra. Así me pareció, por lo menos, al notar el movimiento de sus dedos que empezaban a agitarse horriblemente.

—¡Sin embargo, es... islandés antiguo! —murmuró entre dientes.

El profesor Lidenbrock debía entenderlo, pues pasaba por un verdadero políglota. No porque hablase con soltura las dos mil lenguas y los cuatro mil idiomas empleados en la superficie del globo, pero sabía una buena parte de ellos.

En presencia de esta dificultad iba a dejarse llevar por toda la impetuosidad de su carácter, y yo ya preveía una escena violenta, cuando dieron las dos en el reloj de la chimenea.

Al instante Marta, la criada, abrió la puerta del despacho, diciendo:

—La sopa está servida.

—¡Vayan al diablo la sopa, quien la ha hecho y los que la coman! —gritó mi tío.

Marta huyó; yo me fui tras de ella y, sin saber cómo, me encontré sentado en el comedor en mi sitio de costumbre.

Esperé unos momentos. El profesor no vino. Era la primera vez, que yo sepa, que faltaba a la solemnidad de la comida. ¡Y qué comida! Sopa de perejil, tortilla de jamón, sazonada con acedera y nuez moscada, lomo de vaca con compota de ciruela y, de postre, dulces y frutas, todo ello regado con vino de Mosela.

Esto es lo que un papel viejo le iba a costar a mi tío. En calidad de sobrino servicial, me creí obligado a comer por él y por mí. Lo que hice en conciencia.

—¡Nunca he visto cosa semejante! —decía Marta la criada mientras servía—. ¡No sentarse a la mesa el señor Lidenbrock!

—Es increíble.

—¡Es presagio de algún suceso grave! —volvió a decir la vieja criada moviendo la cabeza.

A mi modo de ver, no era presagio más que de una escena espantosa, cuando mi tío encontrase que su comida había sido devorada por mí.

Estaba en el último bocado, cuando una voz potente me arrancó de los deleites del postre. De un salto pasé del comedor al despacho.

CAPÍTULO III

Evidentemente, esto es rúnico —pensaba el profesor, arrugando el entrecejo—. Pero hay un secreto y lo descubriré, y si no...

Con un violento ademán terminó su pensamiento.

—Ponte ahí —añadió indicándome la mesa con el dedo—, y escribe.

Enseguida estuve preparado.

—Ahora te voy a dictar cada una de las letras de nuestro alfabeto que corresponde a uno de estos caracteres islandeses. Veremos lo que sale. ¡Pero, por Saint Michel, cuidado con equivocarte!

Empezó el dictado; me apliqué cuanto pude; cada letra fue nombrada una tras otra, formando la incomprensible sucesión de las palabras siguientes:

m.rnlls	*esreuel*	*seecIdl*
sgtssmf	*unteief*	*nitdrce*
kt,samn	*atrateS*	*Saodrrn*
emtnael	*nuaect*	*rrilSa*
Atuaar	*.nscrc*	*ieaabs*
ccdrtni	*eeutul*	*frantu*
dt,iac	*oseibo*	*KediiY.*

Cuando este trabajo hubo terminado, mi tío cogió con energía la hoja que yo acababa de escribir y la examinó con atención durante largo rato.

—¿Qué quiere decir esto? —repetía maquinalmente.

Palabra de honor, que no hubiese podido decírselo. Además, no me preguntó sobre este punto y siguió hablando consigo mismo.

—Esto es —decía— lo que nosotros llamamos un criptograma, en el cual el sentido está oculto con letras enredadas a propósito y que, convenientemente dispuestas, formarían una frase inteligible. ¡Cuando pienso que a lo mejor esto es la explicación o el indicio de un gran descubrimiento!

Yo, para mis adentros, pensaba que no había absolutamente nada; pero me callaba prudentemente mi opinión.

El profesor cogió entonces el libro y el pergamino y los comparó.

—Estas dos escrituras —dijo— no están hechas con la misma mano; el criptograma es posterior al libro; tengo de ello una prueba irrefutable. En efecto, la primera letra es una M doble que sería inútil buscar en el libro de Turleson, puesto que no fue añadida al alfabeto islandés hasta el siglo dieciséis. Por lo tanto hay, por lo menos, doscientos años entre el manuscrito y el documento.

Esto me pareció bastante lógico, lo confieso.

—Ello me hace pensar —continuó mi tío— que uno de los propietarios de este libro habrá trazado estos misteriosos caracteres. Pero, ¿quién diablos sería este propietario? ¿No habrá puesto el nombre en algún lugar del manuscrito?

Mi tío se levantó las gafas, cogió una potente lupa y revisó, cuidadosamente, las primeras páginas del libro. Al dorso de la segunda, que era la de la portada, descubrió una especie de mácula, que hacía el efecto de una mancha de tinta. Sin embargo, mirándola de cerca, se distinguían algunos caracteres medio borrados. Mi tío comprendió que ahí estaba el punto interesante; se entregó con ahínco al estudio de la mácula y con la ayuda de su lupa acabó por reconocer los signos siguientes en caracteres rúnicos, que leyó sin titubear:

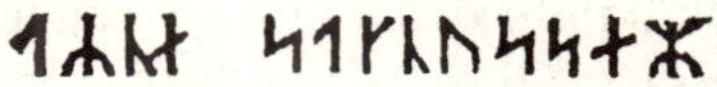

—¡Arne Saknussem! —exclamó con tono de triunfo—. ¡Pero esto es un nombre; un nombre islandés!, el de un sabio del siglo dieciséis, ¡un célebre alquimista!

Yo miraba a mi tío con cierta admiración.

—Estos alquimistas —continuó—, Avicena, Bacon, Lulio, Paracelso, fueron los verdaderos, los únicos sabios de su época. Hicieron descubrimientos de los cuales tenemos derecho a extrañarnos. ¿Por qué este Saknussem no iba a ocultar, bajo este criptograma incomprensible, algún invento sorprendente? Esto debe de ser así. Y así es.

La imaginación del profesor se inflamaba con esta hipótesis.

—Sin duda —me atreví a responder—, ¿pero qué interés podía tener este sabio en ocultar de ese modo algún descubrimiento maravilloso?

—¿Por qué? ¿Por qué? ¿Y acaso lo sé yo? ¿No hizo lo propio Galileo con Saturno? Además, ya lo veremos; conoceré el secreto de este documento, y ni comeré ni beberé hasta haberlo adivinado.

«¡Oh!», pensé.

—Ni tú tampoco, Axel —continuó.

«¡Diablos! —me dije—. ¡Afortunadamente he comido por dos!»

—Y lo primero —dijo mi tío— es encontrar la lengua en que está la «cifra». No debe de ser difícil.

Al oír estas palabras levanté con energía la cabeza. Mi tío continuó su soliloquio:

—No hay nada más fácil. En este documento hay ciento treinta y dos letras, que suman setenta y nueve consonantes y cincuenta y tres vocales. En esta proporción, sobre poco más o menos, están formadas las palabras de las lenguas meridionales, mientras que los idiomas del norte son infinitamente más ricos en consonantes. Se trata, por tanto, de una lengua del sur.

Estas conclusiones eran muy acertadas.

—Pero, ¿qué lengua será?

Aquí quería yo ver la gran sabiduría de mi tío, en quien iba descubriendo a un profundo analista.

—Este Saknussem —continuó— era un hombre instruido, por lo tanto, cuando no escribía en su lengua natal, debía preferir la lengua más corriente entre los espíritus cultivados del siglo dieciséis, o sea, el latín. Si me equivoco, probaré con el español, el francés, el italiano, el griego o el hebreo. Pero los sabios del siglo dieciséis escribían generalmente en latín. Tengo razón al afirmar a priori: esto es latín.

Di un salto sobre la silla. Mis recuerdos del latín se rebelaban contra la pretensión de que esta sucesión de palabras desiguales pudiera pertenecer a la dulce lengua de Virgilio.

—¡Sí!, es latín —continuó mi tío—, pero latín enredado.

«¡Magnífico! —pensé—. Si lo desenredas, serás un genio.»

—Examinemos bien —dijo, cogiendo la hoja sobre la que yo había escrito—. He aquí una serie de ciento treinta y dos letras presentadas en un desorden aparente. Hay palabras, como la primera «m.rnlls», donde no hay más que consonantes; otras, por ejemplo, la quinta, «uneeief», o la penúltima «oseibo», donde abundan las vocales. Pero evidentemente, esta disposición se ha combinado; es el resultado matemático de la razón desconocida que dirige esta sucesión de letras. Me parece cierto que la frase primitiva fue escrita regularmente y después alterada según una ley que hay que descubrir. El que tuviese la clave de esta «cifra» la leería de corrido. Pero, ¿cuál será esta clave? ¿La tienes tú, Axel?

No contesté a esta pregunta por una causa bien sencilla. Mi vista se había fijado en un precioso retrato que colgaba de la pared, el retrato de Graüben. La pupila de mi tío se encontraba entonces en Altona, con una de sus parientes, y su ausencia me tenía muy triste, pues confesaré que la bonita virlandesa y el sobrino del profesor se querían con toda la paciencia y la tranquilidad que gastan los alemanes; nos hicimos novios a escondidas de mi tío, demasiado geólogo para comprender semejantes sentimientos. Graüben era una encantadora muchacha rubia, de ojos azules, de carácter algo grave y de espíritu serio, pero no por eso me quería menos; yo, por mi parte, la adoraba, si es que ese verbo puede existir en la lengua tudesca. La imagen de mi virlandesa me transportó un momento de la realidad a la ilusión, al recuerdo.

Volví a ver a la compañera de mis trabajos y de mis alegrías. Ella me ayudaba todos los días a colocar las piedras preciosas de mi tío y a ponerles los rótulos. ¡La señorita Graüben era una gran experta en minerales! Le hubiera dado cien vueltas a más de un sabio. Le gustaba profundizar sobre las cuestiones difíciles de la ciencia. ¡Qué buenos ratos habíamos pasado estudiando juntos y cómo envidiaba yo la suerte de esas piedras inertes que ella manejaba con sus encantadoras manos!

Después, cuando llegaba la hora del recreo, salíamos los dos; nos íbamos por las espesas avenidas del Alster, y llegábamos juntos al antiguo molino que hacía tan buen efecto en el extremo del lago; por el camino hablábamos cogidos de la mano; yo le contaba cosas, ella se reía de buena gana; así llegábamos hasta la orilla del Elba y, después de dar las buenas tardes a los cisnes que nadaban entre las grandes ninfeas blancas, volvíamos al muelle en la lancha de vapor.

Estaba soñando con todo esto, cuando mi tío, dando un golpe sobre la mesa, me trajo violentamente a la realidad.

—Veamos —dijo—, la primera idea que se me ocurre para enredar las letras de una frase es, según mi parecer, escribir las palabras verticalmente en lugar de trazarlas horizontalmente.

«¡Vale!», pensé.

—Hay que ver lo que esto produce, Axel. Pon una frase cualquiera en este pedazo de papel; pero en lugar de poner las letras seguidas unas junto a otras, ponlas sucesivamente en columnas verticales, y en grupos de cinco o seis.

Comprendí de lo que se trataba e inmediatamente escribí de arriba abajo:

C o i i a a
u t e a d ü
a e r d a b
n q o o G e
t u m r r n

—Bueno —dijo el profesor, sin haberlo leído—, ahora pon esas palabras en una línea horizontal.

Obedecí y obtuve la frase siguiente:

Coiiaa uteadü aerdab nqooGe tumrrm

—¡Perfectamente! —dijo mi tío arrancándome el papel de las manos—, esto ya tiene la fisonomía del antiguo documento. Tanto las vocales como las consonantes están agrupadas con el mismo desorden; incluso hay mayúsculas en medio de las palabras, ¡igual que en el pergamino de Saknussem!

Me parecieron muy ingeniosas estas observaciones.

—Pues —continuó mi tío, dirigiéndose directamente a mí—, para leer la frase que acabas de escribir y que yo no conozco, me bastará con coger sucesivamente la primera letra de cada palabra, después la segunda, luego la tercera y así sucesivamente.

Y con gran sorpresa suya y, sobre todo, mía, leyó mi tío:

Cuanto te quiero, mi adorada Graüben

—¿Cómo? —dijo el profesor.

Sí, sin darme cuenta, como un torpe enamorado, había escrito esta frase comprometedora.

—¡Ah!, conque quieres a Graüben —dijo mi tío con tono de verdadero furor.

—Sí... No... —balbucí.

—¿Quieres a Graüben? —replicó maquinalmente—. Pues bien, apliquemos mi procedimiento al documento en cuestión.

Mi tío, absorto en su contemplación, se olvidaba ya de mis imprudentes palabras. Y digo imprudentes porque el sabio no podía comprender los asuntos del corazón. Pero, afortunadamente, el trabajo del documento se apoderó de él.

Al realizar la experiencia principal, los ojos del profesor Lidenbrock lanzaron chispas a través de sus gafas; sus dedos temblaban cuando cogió el viejo pergamino; estaba seriamente emocionado. Por fin, tosió fuertemente y, con voz grave, pronunciando sucesivamente la primera letra y después la segunda de cada palabra, me dictó la serie siguiente:

MmessuncaSenrA.icefdoC.segnittamurtn
Ecertserrett,rotaiusadua,ednecsedsadne
LacartniiiluIsiratracSarbmutabiled
mecmeretarcsilucoIsleffenSnI

Cuando acabé, confieso que estaba emocionado; me parecía que estas palabras, dichas una a una, no tenían ningún sentido; pero aguardaba que el profesor dejase caer de sus labios una frase de magnífica latinidad.

Pero, ¿quién lo hubiese previsto? Un violento puñetazo sacudió la mesa. La tinta se derramó y la pluma me saltó de las manos.

—¡No es esto! —gritó mi tío—, ¡esto no tiene sentido!

Después, atravesando el despacho como una bala, bajó la escalera como un alud, se precipitó en Königstrasse y huyó a todo correr.

CAPÍTULO IV

¿Se ha marchado? —exclamó Marta, que había acudido al ruido que hizo la puerta de la calle al cerrarse violentamente, haciendo temblar la casa entera.

—Sí; desde luego que se ha marchado.

—¿Y la comida? —dijo la anciana criada.

—¡No comerá!

—¿Y la cena?

—¡Tampoco cenará!

—¿Cómo es eso? —dijo Marta juntando las manos.

—No, Marta, ya no comerá ni él ni nadie en casa. Mi tío Lidenbrock nos pone a dieta hasta que haya descifrado un galimatías antiguo que es absolutamente indescifrable.

—¡Jesús, no tendremos entonces más remedio que morirnos de hambre!

No me atreví a confesar que con un hombre tan absolutista como mi tío, esta perspectiva era inevitable.

La anciana criada, seriamente alarmada, regresó gimiendo a la cocina.

Cuando me quedé solo se me ocurrió ir a contárselo

todo a Graüben. Pero ¿cómo marcharme de casa? ¿Y si me llamaba mi tío? El profesor podía regresar en cualquier momento. ¿Y si quería volver a empezar este trabajo logogrífico, ¡que en vano hubiesen propuesto al viejo Edipo!, y yo no respondía a su llamada?, ¿qué podría sobrevenir?

Lo más prudente era quedarse. Justamente un experto en minerales de Besançon acababa de enviarnos una colección de silíceas que había que clasificar. Me puse al trabajo. Entresaqué, etiqueté y coloqué en sus vitrinas todas aquellas piedras huecas en cuyo interior se movían unos cristalillos.

Pero esta ocupación no me absorbía; el asunto del antiguo documento no dejaba de tenerme extrañamente preocupado. Me ardía la cara y sentía una vaga inquietud. Tenía el presentimiento de una catástrofe cercana.

Al cabo de una hora, mis piedras estaban colocadas en orden. Me dejé caer entonces en el gran sillón de Utrecht con los brazos colgando y la cabeza hacia atrás. Encendí mi pipa de largo tubo curvado, cuya cabeza esculpida representaba una náyade recostada con descuido; luego me distraje siguiendo el curso de la carbonización que convertía a mi náyade en una perfecta negra. De cuando en cuando, escuchaba si se oían pasos en la escalera. Pero no. ¿Dónde podía estar mi tío en aquel momento? Me lo figuraba corriendo bajo los hermosos árboles del camino de Altona, gesticulando, dando golpes en las paredes con su bastón, tronchando la hierba y los cardos y turbando el reposo de las cigüeñas solitarias.

¿Volvería triunfante o desanimado? ¿Quién vencería, el secreto o él? Me encontraba interrogándome así, y cogí maquinalmente en mis manos la hoja de papel en la cual yo mismo había trazado aquella incomprensible serie de letras. Me repetía:

«¿Qué significará esto?».

Traté de juntar las letras de modo que formasen palabras. Imposible. Aunque se reuniesen cada dos, tres, cinco o seis, no tenían ningún sentido inteligible. Sin embargo, las letras decimocuarta, decimoquinta y decimosexta formaban la palabra inglesa *ice,* y las que hacían ochenta y cuatro, ochenta y cinco y ochenta y seis formaban la palabra *Sir.* Por último, en medio del documento y en la segunda y tercera líneas, observé también las palabras latinas *rota, mutabile, ira, nec, atra.*

«¡Diablos! —pensé—, estas últimas palabras podían dar razón a mi tío sobre el lenguaje del documento. E incluso en la cuarta línea veo la palabra *luco,* que se traduce por "bosque sagrado". También es verdad que en la tercera línea se lee la palabra *tabiled,* cuya forma es completamente hebrea, y en la última los vocablos *mer, are, mere,* que son puramente franceses.»

¡Aquello era para perder la cabeza! ¡Cuatro idiomas diferentes en esta frase absurda! ¿Qué unión puede haber entre las palabras *hielo, señor, cólera, cruel, bosque sagrado, cambiante, madre, arco, o mar?* Solamente la primera y la última casi se parecían, pues no era extraño que en un documento escrito en Islandia se tratase de un «mar de hielo». Pero entre esto y comprender el resto del criptograma había gran diferencia.

Me enfrentaba con una dificultad sin solución; me estallaba el cerebro, pestañeaba ante la hoja de papel; las ciento treinta y dos letras parecían dar vueltas a mi alrededor, como esas chispas brillantes que, cuando se nos sube la sangre a la cabeza, parecen girar alrededor de ella.

Me sentía preso de una especie de alucinación, me ahogaba, necesitaba aire. Maquinalmente me abaniqué con la hoja de papel, cuyo revés y derecho se presentaron sucesivamente ante mi vista.

Cuál sería mi sorpresa cuando en uno de esos vaivenes, en el momento en que el revés estaba vuelto hacia mí, creí ver aparecer palabras perfectamente legibles, palabras latinas, entre otras, *craterem y terrestre*.

De pronto, se encendió una luz en mi mente; estos únicos indicios me hicieron entrever la verdad; había descubierto la ley de la cifra. Para entender este documento, no era siquiera preciso leerlo a través de la hoja vuelta, no. Tal como estaba, tal como me había sido dictado, podía ser deletreado de corrido. ¡Todas las ingeniosas combinaciones del profesor se cumplían, estaba en lo cierto en cuanto a la colocación de las letras y en cuanto a la lengua del documento!

Faltaba una «pizca» para que pudiese leer esta frase latina y esta «pizca» acababa de proporcionármela la casualidad.

¡Hay que comprender cómo estaba yo de emocionado! Mis ojos se nublaron y no podía ver. Había colocado la hoja de papel en la mesa. No necesitaba más que echar sobre ella una mirada para convertirme en el dueño de su secreto.

Al final, conseguí calmar mi nerviosismo. Me impuse la obligación de dar dos veces la vuelta a la habitación para aplacar mis nervios y volví a hundirme en el amplio sillón.

«Leamos», me dije después de haber inspirado una gran bocanada de aire.

Me incliné sobre la mesa; señalé con el dedo cada letra una por una y sin pararme, sin titubear, pronuncié en voz alta la frase entera.

¡Pero cuál fue mi estupor y qué terror me invadió! ¡Me sentí herido por un golpe repentino! ¡Cómo! ¡Aquello que yo acababa de descubrir se había realizado! ¡Un hombre había tenido suficiente audacia como para penetrar...!

«¡Ah! —me dije, dando un salto—, ¡no y no! ¡Mi tío no lo sabrá! ¡Sólo me faltaba que conociera un viaje semejante! ¡Querría realizarlo a pesar de todo! ¡Nada podría retenerlo! ¡Y me llevaría con él y no volveríamos más! ¡Nunca, nunca!»

Me encontraba en un estado de ansiedad difícil de explicar.

«¡No, no!, esto no será —me dije con energía—, y puesto que yo puedo impedir que tal idea se le ocurra a mi tirano, lo haré así. Dándole vueltas y más vueltas a este documento podría, por casualidad, descubrir la clave. Destruyámoslo.»

Había un resto de lumbre en la chimenea. Cogí no solamente la hoja de papel, sino el pergamino de Saknussem; con mano febril iba a arrojarlo todo a las brasas y aniquilar este peligroso secreto, cuando se abrió la puerta del despacho. Mi tío apareció.

CAPÍTULO V

Sólo me dio tiempo a colocar otra vez sobre la mesa el dichoso documento.

El profesor Lidenbrock parecía profundamente absorto. Su idea obsesiva no le dejaba ni un respiro; evidentemente había escudriñado y analizado el asunto, había puesto en marcha durante su paseo todos los recursos de su imaginación y volvía para aplicar alguna nueva combinación.

Así fue; se sentó en su sillón y con la pluma en la mano empezó a establecer fórmulas que parecían un cálculo algebraico.

Yo seguía con la vista su mano temblorosa; no me perdía ni uno solo de sus movimientos. ¿Iría, inopinadamente, a encontrar algún resultado inesperado? Yo temblaba y sin razón, puesto que habiendo encontrado la verdadera combinación, «la única», cualquier otra vendría a ser inútil.

Durante tres largas horas, mi tío trabajó sin hablar y sin levantar la cabeza, borrando, corrigiendo, tachando, volviendo a empezar mil veces.

Yo bien sabía que si conseguía desmadejar estas letras según todas las posiciones que pudieran ocupar, pronto daría con la frase. Pero también sabía que veinte letras solamente pueden formar dos quintillones, cuatrocientos treinta y dos cuatrillones, novecientos dos trillones, ocho billones, ciento setenta y seis millones, seiscientas cuarenta mil combinaciones. Pero, había ciento treinta y dos letras en la frase, y estas ciento treinta y dos letras daban un número de frases, compuesto de ciento treinta y tres cifras lo menos, número casi imposible de contar y que escapa a toda apreciación.

Estaba tranquilo gracias a este medio heroico de resolver el problema.

Sin embargo, pasaba el tiempo, se hizo de noche; los ruidos de la calle se serenaron y mi tío seguía inclinado en su tarea sin ver nada, ni siquiera a Marta, la criada, que entreabrió la puerta; no oyó nada, ni la voz de la leal sirvienta que decía:

—¿Cenará esta noche, señor?

También tuvo que irse Marta sin obtener respuesta. Yo, después de resistir durante algún tiempo, sentí que se apoderaba de mí un sueño terrible y me quedé dormido en una esquina del sofá, mientras mi tío Lidenbrock seguía calculando y tachando.

Cuando desperté al día siguiente, el infatigable trabajador continuaba con su tarea. Los ojos colorados, la tez pálida, el pelo enredado en su mano calenturienta; los pómulos enrojecidos indicaban la terrible lucha con lo imposible, y las fatigas y contención nerviosa que debió de sufrir en esas horas.

Verdaderamente me dio lástima. A pesar de los reproches que creía tener derecho a hacerle, sentía cierta emoción. El pobre hombre estaba tan embebido en su idea que se olvidaba hasta de enfadarse; todas sus fuerzas se concentraban en un único punto y, como no tomaban su cauce ordinario, se podía temer que esa tensión le hiciese estallar de un momento a otro.

Con un gesto, con una palabra solamente, yo podía aflojar esta especie de tornillo que le apretaba el cráneo. Pero no dije nada.

Sin embargo, yo tenía buen corazón. ¿Por qué me quedé mudo en semejante circunstancia? Por el interés de mi tío.

«¡No, no —repetía yo—; no hablaré! Le conozco, querría ir y nada podría detenerlo. Tiene una imaginación volcánica y, por hacer lo que otros geólogos no han hecho, arriesgaría su vida. Me callaré, guardaré este secreto del que la casualidad me ha hecho el único dueño; descubrirlo sería matar al profesor Lidenbrock. Que lo adivine, si puede; no quiero tenerme que arrepentir un día de haberlo conducido a la muerte.»

Después de tomar esta resolución, me crucé de brazos y esperé. Pero no había contado con un incidente que tuvo lugar algunas horas después.

Cuando Marta, la criada, quiso salir de casa para ir al mercado, se encontró con la puerta cerrada; la gruesa llave no estaba en la cerradura. ¿Quién la había quitado? Mi tío, sin duda, cuando volvió el día anterior de su precipitada excursión.

¿Lo había hecho a propósito? ¿Sería por descuido? ¿Quería someternos a los rigores del hambre? Esto me parecía demasiado. ¡Cómo! ¿Íbamos a ser víctimas Marta y yo de una situación con la que no teníamos nada que ver? Claro, y me acordé de un precedente que vino a atemorizarnos. En efecto, hace algunos años, en la época en que mi tío trabajaba en su gran clasificación mineralógica, estuvo cuarenta y ocho horas sin comer y toda la casa se tuvo que conformar con esta dieta científica.

En mi caso, pasé unos dolores de estómago poco recomendables para un chico de una naturaleza bastante voraz.

Me pareció que el desayuno nos iba a faltar como la cena de la víspera. Sin embargo, resolví ser heroico y no ceder a las exigencias del hambre. Marta lo tomaba muy en serio y la pobre mujer se angustiaba. En cuanto a mí, la imposibilidad de salir de casa me preocupaba con razón, se puede comprender fácilmente.

Mi tío seguía trabajando; su imaginación se perdía en un mundo ideal de combinaciones; vivía lejos de la tierra y totalmente fuera de las necesidades terrestres.

Hacia el mediodía, el hambre se hizo sentir seriamente; Marta, inocentemente, había devorado el día de antes las provisiones de la despensa y ya no quedaba nada en casa. Sin embargo, me mantuve firme. Lo había tomado como un caso de honor.

Dieron las dos. Aquello era ya ridículo, hasta intolerable; abrí los ojos desmesuradamente. Empecé a preguntarme si exageraba la importancia del documento; si mi tío le daría crédito; si no vería en él una simple burla;

y, aun poniéndose en lo peor, si no lo detendrían, a pesar suyo, de querer intentar la aventura; en fin, si descubriría él mismo la clave de la «cifra» y entonces perdería yo los frutos de mi abstinencia.

Estas razones, que el día anterior no hubiese querido ni pensar, ahora me parecían estupendas; incluso encontré absurdo haber esperado tanto tiempo y tomé la decisión de decirlo todo.

Buscaba la manera de entrar en materia, no muy bruscamente, cuando el profesor se levantó, se puso el sombrero y se dispuso a salir.

¿Cómo? ¿Irse de casa y volvernos a encerrar? Eso nunca.

—¡Tío! —dije.

Pareció que no me oía.

—¡Tío Lidenbrock! —repetí elevando la voz.

—¿Eh? —dijo como un hombre que se despierta súbitamente.

—¿Y esa llave?

—¿Qué llave, la de la puerta?

—¡No —exclamé—, la del documento!

El profesor me miró por encima de las gafas; notó, sin duda, algo nuevo en mi fisonomía, porque me agarró muy seguro del brazo y, sin poder hablar, me interrogó con la mirada. Sin embargo, nunca se hizo pregunta más clara.

Moví la cabeza de arriba abajo.

Movió la suya con un gesto de compasión, como si se tratase de un loco.

Hice un gesto afirmativo.

Sus ojos brillaron extraordinariamente; su mano se volvió amenazadora.

Esta muda conversación, en tales circunstancias, le hubiese interesado al espectador más indiferente. Y llegué a no atreverme a hablar más del miedo que tenía a que mi tío me ahogase al primer abrazo de alegría.

Pero se puso tan impaciente que hubo que contestar.

—¡Sí, esa llave!... ¡La casualidad!...

—¿Qué dices? —exclamó con una emoción indescriptible.

—Tome —dije presentándole la hoja de papel que yo había escrito—, lea usted.

—¡Pero esto no significa nada! —respondió él arrugando el papel.

—No, nada, empezando a leer por el principio, pero empezando por el final...

No había terminado mi frase cuando el profesor dio un grito y, más que un grito, un verdadero rugido. Acababa de tener una especie de revelación. Estaba transfigurado.

—¡Ah, ingenioso Saknussem! —exclamó—. Con que... ¡Habías escrito tu frase primero del revés!

Y precipitándose sobre la hoja de papel, con la vista temblándole y la voz emocionada, leyó el documento entero, empezando por la última letra y acabando por la primera.

Estaba escrito en estos términos:

In Sneffels Ioculis craterem cem delibat
umbra Scartaris Iulii intra calendas descende,

audas uiator; et terrestre centrum attinges.
Cod feci. Ame Sacnussem.

Este mal latín puede traducirse así:

«Baja al cráter del Yocul Sneffels, que la sombra del Scartaris acaricia antes de las calendas de Julio,[2] audaz viajero, y llegarás al centro de la Tierra. Esto es lo que yo he hecho.

Arne Saknussem».

Mi tío, al leer esto, dio un salto, como si hubiese tocado inesperadamente una botella de Leyden. Estaba magnífico de audacia, de alegría y de convicción. Iba y venía, se cogía la cabeza con las manos; desordenaba las sillas, amontonaba sus libros y daba un puntapié por aquí, un golpe por allá, haciendo juegos malabares —¡cosa increíble!— con sus preciosas piedras. Al fin se calmaron sus nervios y, como un hombre extenuado por un gran desgaste de fuerzas, se volvió a dejar caer en su sillón.

—¿Qué hora es? —preguntó después de unos momentos de silencio.

—Las tres —contesté.

—¡Qué de prisa ha pasado la hora de la comida! Me muero de hambre. A la mesa y luego enseguida...

2. Calendas de julio: según el antiguo cómputo romano y en el eclesiástico, el primer día de cada mes; en este caso, el 1 de julio. *(N. del E.)*

—¿Y enseguida, qué?

—Harás mi maleta.

—¿Qué? —exclamé.

—¡Y la tuya! —respondió el inhumano profesor, entrando en el comedor.

CAPÍTULO VI

Al oír estas palabras un escalofrío me recorrió el cuerpo entero. Sin embargo, me contuve. Incluso decidí poner buena cara. Únicamente con argumentos científicos sería posible detener al profesor Lidenbrock; ¡y los había y magníficos en contra de un viaje semejante! ¡Ir al centro de la Tierra! ¡Qué locura! Reservé mi dialéctica para el momento oportuno y sólo me ocupé de la comida.

Sería inútil dar cuenta de las imprecaciones de mi tío cuando vio la mesa sin poner. Se explicó todo y Marta la criada recobró su libertad. Corrió al mercado y se las arregló de tal manera que una hora más tarde se me había calmado el hambre y volvía a ser consciente de la situación.

Durante la comida, mi tío estaba casi alegre. Incluso hizo algunas bromas de esas que gastan los sabios, que no son nunca peligrosas. Después del postre me hizo señas para que lo siguiese a su despacho.

Obedecí. Se sentó en una esquina de la mesa y yo en otra.

—Axel —dijo con voz suave—, eres un chico muy

ingenioso, me has hecho un gran favor cuando, cansado de pelear, iba a abandonar esta combinación. ¿En qué punto me hubiese extraviado? ¡Quién lo sabe! Nunca olvidaré esto, hijo mío, y tendrás tu parte en la gloria que vamos a conseguir.

«¡Vamos —pensé—, está de buen humor! ¡Ha llegado el momento de discutir sobre esta gloria!»

—Ante todo —continuó mi tío—, te recomiendo el más absoluto silencio, ¿me entiendes? No dejo de tener envidiosos entre los sabios, y muchos querrían llevar a cabo este viaje del que no tendrán ni remota idea hasta nuestro regreso.

—¿Usted cree —dije— que sería tan grande el número de esos valientes?

—¡Ciertamente! ¿Quién titubearía en conquistar tal renombre? ¡Si este documento fuera conocido, un ejército de geólogos se precipitaría sobre las huellas de Arne Saknussem!

—Eso es de lo que yo no estoy tan convencido, porque no hay nada que pruebe la autenticidad del documento.

—¡Cómo! ¿Y el libro donde lo hemos descubierto?

—¡Bueno! Admito que este Saknussem haya escrito esas líneas, pero ¿se puede deducir de ahí que haya hecho realmente ese viaje? ¿No puede este antiguo pergamino contener una falsificación?

Esta última palabra, un poco arriesgada, casi me arrepentí de haberla dicho; el profesor frunció el entrecejo, y temí haber puesto en peligro el desenlace de aquella conversación. Afortunadamente no fue así. Mi severo interlocutor esbozó algo así como una sonrisa y respondió:

—Eso lo veremos.

—¡Ah! —dije un poco molesto—, pero permíteme que termine la serie de objeciones relativas a ese documento.

—Habla, hijo mío, no tengas reparo. Te doy absoluta libertad para expresar tu opinión. Ya no eres mi sobrino, sino mi compañero. Así es que continúa.

—Bien; ante todo le preguntaré, ¿qué son ese Yocul, ese Sneffels y ese Scartaris de los cuales no he oído hablar nunca?

—Nada más fácil. Precisamente he recibido hace algún tiempo un mapa de mi amigo Augustus Peterman, de Leipzig; no podía llegar más a punto. Coge el tercer atlas del tercer estante de la biblioteca, serie Z, cuarta lámina.

Me levanté y, gracias a estas indicaciones tan precisas, encontré rápidamente el atlas que me había pedido. Mi tío lo abrió y dijo:

—He aquí uno de los mejores mapas de Islandia, el de Handerson, creo que nos dará una solución a tus problemas.

Me incliné sobre el mapa.

—Mira esta isla, compuesta de volcanes —dijo el profesor—, y fíjate en que todos llevan el nombre de *Yokul.* Esta palabra quiere decir «glaciar» en islandés y, en la elevada altitud de Islandia, la mayoría de las erupciones se abren paso a través de la nieve. De ahí este nombre de *Yokul* que se aplica a todos los montes ignívomos de la isla.

—Bien —contesté—. ¿Y qué es el Sneffels?

Esperaba que para esta pregunta no tendría respuesta. Me equivoqué. Mi tío continuó:

—Sigue conmigo la costa occidental de Islandia. ¿Ves Reykjawik, su capital? Sí. Bien. Recorre los innumerables fiordos de estas costas, erosionadas por el mar, y párate un poco debajo del grado sesenta y cinco de latitud. ¿Qué ves ahí?

—Una especie de península, semejante a un hueso descarnado que acaba en una enorme rótula.

—La comparación es justa, hijo mío. Ahora bien, ¿no notas nada sobre esta rótula?

—Sí, un monte que parece que ha nacido en el mar.

—¡Bien! Ése es el Sneffels.

—¿El Sneffels?

—El mismo, una montaña de cinco mil pies de altura, una de las más notables de la isla, y seguramente la más célebre del mundo entero, si su cráter termina en el centro del Globo.

—¡Pero eso es imposible! —exclamé, encogiéndome de hombros e indignado contra una suposición semejante.

—¡Imposible! —respondió el profesor Lidenbrock con tono severo—. ¿Y por qué?

—Porque este cráter está seguramente obstruido por la lava, las rocas incandescentes y entonces...

—¿Y si es un cráter apagado?

—¿Apagado?

—Sí, el número de volcanes en actividad sobre la superficie del Globo no es actualmente más que de unos trescientos, pero existe una cantidad mucho mayor de volcanes apagados. El Sneffels es de estos últimos y, desde los tiempos históricos, no ha tenido más que una sola erupción, la de 1219. Desde esta época, sus rumores han cesado poco a poco y ya no se encuentra entre los volcanes activos.

No tenía nada que responder a estas afirmaciones contundentes; por lo tanto, resalté los otros agujeros negros que encerraba el documento.

—¿Qué significa la palabra *Scartaris* y qué tienen que ver ahí las calendas de julio? —pregunté.

Mi tío reflexionó unos instantes durante los cuales albergué un rayo de esperanza, pero enseguida me respondió en estos términos:

—Lo que tú llamas oscuridad es luz para mí. Esto prueba los ingeniosos cuidados con que Saknussem quiso precisar su descubrimiento. El Sneffels está formado de muchos cráteres; era, por tanto, necesario indicar cuál de ellos es el que conduce al centro del Globo. ¿Qué ha hecho entonces el sabio islandés? Ha hecho hincapié en que, en la proximidad de las calendas de julio, es decir, hacia los últimos días de junio, uno de los picos de la montaña, el Scartaris, proyectaba su sombra hasta la boca del cráter en cuestión, y ha consignado el hecho en su documento. ¿Podía haber imaginado una indicación más exacta? Por lo tanto, una vez llegados a la cima del Sneffels, no nos será posible dudar del camino que hay que seguir.

Decididamente, mi tío tenía respuesta para todo. Me di cuenta de que era inútil atacarle sobre las palabras del antiguo pergamino. Así es que cesé de insistir por ese lado y, como había que convencerlo ante todo, empecé con objeciones científicas, bien graves a mi modo de ver.

—Bueno —dije—, convengo en que la frase de Saknussem está clara y no deja ninguna duda. Llego hasta aceptar que el documento sea auténtico. Este sabio ha ido al fondo del Sneffels, ha visto la sombra del Scartaris sobre los bordes del cráter, antes de las calendas de julio; hasta ha oído contar en las leyendas de su tiempo que este cráter llegaba al centro de la Tierra. ¡Pero en cuanto a haber llegado él mismo y a haber hecho el viaje y, si lo ha hecho, haber vuelto..., eso no y cien veces no!

—¿Y por qué razón? —dijo mi tío con singular tono de burla.

—Porque todas las teorías de la ciencia demuestran que una aventura semejante es impracticable.

—¿Todas las teorías dicen eso? —contestó mi tío con aire de ingenuidad—. ¡Ah, las malas teorías! ¡Cómo nos van a incordiar esas pobres teorías!

Noté que se estaba burlando de mí, pero a pesar de ello continué:

—¡Sí!, queda perfectamente aceptado que el calor aumenta cerca de un grado por setenta pies de profundidad bajo la superficie del Globo; por tanto, admitiendo esta proporción constante y siendo el radio terrestre de mil quinientas leguas, existe en el centro una temperatura de dos millones de grados. Las materias del interior de la Tierra se hallan, por tanto, en estado de gases incandescentes, pues los metales, el oro, el platino, las rocas más duras no resisten calor semejante. Creo conveniente preguntar si es posible penetrar en semejante lugar.

—¿De modo que es el calor lo que te preocupa, Axel?

—Sin duda. Si llegásemos a una profundidad de diez leguas solamente, estaríamos en el límite de la corteza terrestre porque ya la temperatura es superior a mil trescientos grados.

—¿Y tienes miedo de entrar en fusión?

—Dejo la cuestión para que la decida usted —contesté en broma.

—Esto es lo que decido —contestó el profesor Lidenbrock, adoptando un tono de superioridad—: que ni tú ni nadie sabe con certeza lo que hay en el interior del Globo, puesto que apenas se conoce la duodécima milésima parte de su radio; que la ciencia es eminentemente perfectible, y que cada teoría es incesantemente destruida por otra nueva.

¿No se ha creído hasta Fourier que la temperatura de los espacios planetarios iba siempre disminuyendo y no se sabe hoy que los fríos mayores de las regiones etéreas no pasan de cuarenta o cincuenta grados bajo cero? ¿Por qué no ocurrirá lo mismo con el calor interior? ¿Por qué a cierta profundidad no llegará a un límite infranqueable, en lugar de elevarse hasta el grado de fusión de los minerales más refractarios?

Una vez que mi tío puso las cosas en el terreno de la hipótesis, no tuve nada que responder.

—Ahora te diré que verdaderos sabios, entre otros, Poisson, han probado que si un calor de dos millones de grados existiese en el interior del Globo, los gases incandescentes que provienen de materias fundidas adquirirían una elasticidad tal que la corteza terrestre no podría resistirla y estallaría como las paredes de una caldera al empuje del vapor.

—Ésa es la opinión de Poisson, tío, pero nada más.

—Estamos conformes, pero es también la opinión de otros geólogos ilustres que el interior del Globo no está formado ni de gas ni de agua, ni de las piedras más duras que se conocen, pues en ese caso la Tierra tendría un peso dos veces menor.

—¡Bah, con los números se prueba todo lo que se quiere!

—Pero, ¿ocurre lo mismo con los hechos, hijo mío? ¿No consta que el número de volcanes ha disminuido notablemente desde los primeros días del mundo y que, si existe calor central, tiende a disminuir?

—Tío, si entra usted en el terreno de las suposiciones, no tengo nada que discutir.

—Y yo diré que mi opinión es la de personas muy competentes. ¿Te acuerdas de una visita que me hizo, en 1825, el célebre químico inglés Humphry Davy?

—De ningún modo, pues no vine al mundo hasta diecinueve años después.

—Pues bien, Humphry Davy vino a verme a su paso

por Hamburgo. Discutimos durante largo tiempo, entre otras cuestiones, la hipótesis de la liquidación del núcleo interior de la Tierra. Estábamos los dos de acuerdo en que esta liquidez no podía darse, por una razón a la cual la ciencia no ha encontrado nunca respuesta.

—¿Y cuál es la razón? —dije un poco extrañado.

—Es que esta masa líquida estaría sujeta, como el océano, a la atracción de la Luna y, por consiguiente, dos veces al día se producirían mareas interiores que, levantando la corteza de la Tierra, darían lugar a terremotos periódicos.

—Pero es evidente, sin embargo, que la superficie del Globo ha sido sometida a la combustión y se puede suponer que la corteza exterior se ha enfriado la primera, mientras que el calor quedaba en el centro.

—Eso es un error —respondió mi tío—; la Tierra se ha calentado por la combustión de su superficie y no por otra cosa. Su superficie estaba compuesta de una gran cantidad de metales como el potasio y el sodio, que tienen la propiedad de inflamarse al contacto del aire y del agua; estos metales se incendiaron cuando los vapores atmosféricos se deshicieron en lluvia sobre la tierra y, poco a poco, cuando las aguas penetraron en las fisuras de la superficie terrestre, dieron lugar a nuevos incendios con explosiones y erupciones. Por eso eran tan numerosos los volcanes en los primeros días del mundo.

—¡Vaya...! Una hipótesis ingeniosa —exclamé un poco a mi pesar.

—Hipótesis que Humphry Davy me hizo ver aquí

mismo con un experimento muy sencillo. Compuso una bola metálica, hecha principalmente con los metales que acabo de nombrar, y que figuraba a la perfección nuestro Globo; cuando se dejaba caer un pequeño rocío sobre su superficie, ésta se dilataba, se oxidaba y formaba una pequeña montaña; un cráter se abría en su cima; la erupción se producía y comunicaba a toda la bola un calor tal que se hacía imposible tenerla en la mano.

Desde luego, empecé a vacilar con los argumentos del profesor; él, además, les daba más valor con su pasión y su entusiasmo de costumbre.

—Ya lo ves, Axel —añadió—, el estado del núcleo central ha suscitado hipótesis diversas entre los geólogos; nada está menos probado que el hecho de un calor interior; según yo creo, éste no existe; no puede existir; además, ya lo veremos, y, como Arne Saknussem, sabremos a qué atenernos sobre esta importante cuestión.

—¡Bueno —contesté, dejándome llevar por este entusiasmo—, sí, lo veremos, si es que se ve algo!

—¿Y por qué no? ¿No podemos contar con fenómenos eléctricos, que nos aclaren, y hasta con la atmósfera que la presión puede hacer luminosa, acercándose al centro?

—¡Sí! —dije—. Después de todo, eso es posible.

—Es cierto —respondió triunfante mi tío—, pero silencio, ¿oyes?, silencio sobre todo esto, y que a nadie se le ocurra descubrir el centro de la Tierra antes que nosotros.

CAPÍTULO VII

Así se terminó esta reunión memorable. Esta conversación me produjo fiebre. Salí del despacho de mi tío como aturdido; no me bastaba el aire de las calles de Hamburgo para reponerme; llegué a la orilla del Elba, junto al transbordador de vapor que comunica la ciudad con el tren de Hamburgo.

¿Estaba yo convencido de lo que acababa de enterarme? ¿No estaba dominado por el profesor Lidenbrock? ¿Debía tomar en serio su resolución de ir al centro de la masa terrestre? ¿Lo que acababa de oír eran proyectos insensatos de un loco o deducciones científicas de un gran genio? En todo esto, ¿dónde acababa la verdad y empezaba el error?

Dudaba entre mil hipótesis contradictorias, sin poder inclinarme por ninguna.

Sin embargo, recordaba haber estado convencido, aunque mi entusiasmo empezaba a moderarse, pero hubiera querido marcharme inmediatamente y no tener tiempo de reflexionar. No me habría faltado valor para cerrar la maleta en ese momento.

Aunque tendré que confesar que una hora más tarde esta excitación decayó, mis nervios se calmaron y de los abismos profundos de la Tierra subí a la superficie.

—¡Es absurdo! —exclamé—, ¡no tiene sentido común! No es una proposición seria para un chico sensato. Nada de esto existe. He dormido y he tenido una pesadilla.

Había seguido las orillas del Elba y dado la vuelta a la ciudad. Después de haber subido al puerto, llegué al camino de Altona. Un presentimiento me conducía, un presentimiento justificado, pues pronto vi a mi pequeña Graüben que, con paso ligero, volvía valientemente a Hamburgo.

—¡Graüben! —le grité de lejos.

La muchacha se paró, un poco extrañada, supongo, de que la llamaran así en medio del campo. En diez pasos estuve a su lado.

—¡Axel! —dijo sorprendida—. ¿Has venido a buscarme? Eso está muy bien.

Pero al mirarme, Graüben no pudo engañarse, pues vio mi aire inquieto y trastornado.

—¿Qué tienes? —dijo, tendiéndome la mano.

—¡Que qué tengo Graüben! —exclamé.

En dos segundos y en tres palabras, mi preciosa virlandesa estaba al corriente de la situación. Durante unos instantes, guardó silencio. ¿Palpitaba su corazón como el mío? Lo ignoro, pero su mano no temblaba en la mía. Anduvimos unos cien pasos sin hablar.

—¡Axel! —me dijo al fin.

—¡Querida Graüben!

—Será un hermoso viaje.

Al oír estas palabras, di un salto.

—Sí, Axel, y digno del sobrino de un sabio. ¡Es bueno que un hombre destaque por alguna gran aventura!

—Pero, Graüben, ¿no me disuades de intentar una expedición semejante?

—No, querido Axel, y de buena gana os acompañaría a tu tío y a ti, si una pobre chica no fuera un estorbo para vosotros.

—¿Lo dices de verdad?

—De verdad.

¡Ah, mujeres, jovencitas, corazones femeninos siempre incomprensibles! ¡Cuando no sois los seres más tímidos, sois los más valientes! La razón siempre está de vuestra parte. ¿Cómo? ¡Esta niña me animaba a tomar parte en esa expedición! Ella no hubiese temido intentar la aventura. ¡Y me incitaba a realizarla, a mí, a quien ella amaba!

Estaba desconcertado y, ¿por qué no decirlo?, avergonzado.

—Graüben —repliqué—, veremos si mañana hablas del mismo modo.

—Mañana hablaré como hoy, mi querido Axel.

Graüben y yo, cogidos de la mano, pero en un profundo silencio, seguimos nuestro camino. Yo estaba rendido por las emociones del día.

«Después de todo —pensé—, las calendas de julio están todavía lejos, y de aquí a entonces pueden suceder multitud de cosas que curen a mi tío de su manía de viajar bajo tierra.»

Ya era de noche cuando llegamos a la casa de Königstrasse. Esperaba encontrarme la residencia tranquila, a mi tío acostado, según su costumbre, y a Marta, la criada, pasando el plumero por el comedor, como solía hacer por las noches.

Pero no había contado con la impaciencia del profesor. Me lo encontré gritando, moviéndose en medio de un ejército de transportistas, que descargaban algunas mercancías en el portal; la vieja criada no sabía dónde tenía la cabeza.

—¡Pero ven, Axel, date prisa, desgraciado! —exclamó mi tío desde que me vio a lo lejos—. Tu maleta está sin hacer, mis papeles no están en orden; no encuentro la llave de mi bolsa de viaje y mis polainas no llegan.

Me quedé estupefacto. Me faltó la voz. Apenas pude articular estas palabras:

—¿Entonces..., nos vamos?

—Sí, mal hijo, que te vas de paseo en vez de estar aquí.

—¿Que nos vamos? —repetí con voz débil.

—Sí, pasado mañana por la mañana, a primera hora.

No pude oír más y huí a mi cuarto.

No había que dudarlo; mi tío había pasado la tarde procurándose los objetos y utensilios necesarios para su viaje; el portal estaba lleno de escalas, hechas de nudos de cuerda, de antorchas, garfios de hierro, azadones, bastones de hierro, en fin, de objetos para ser cargados por diez hombres por lo menos.

Pasé una noche espantosa. Al día siguiente sentí que

me llamaban temprano. Estaba decidido a no abrir la puerta. Pero no hubo medio de resistir a la dulce voz que pronunciaba estas palabras: «¿Querido Axel?».

Salí de mi cuarto. Pensé que mi palidez, mis ojos enrojecidos por el insomnio, producirían efecto en Graüben y cambiarían sus ideas.

—¡Ah, mi querido Axel! —me dijo—, veo que te encuentras mejor y que la noche te ha calmado.

—¡Calmado! —exclamé.

Me precipité al espejo. Tenía mejor cara de lo que yo suponía. Era increíble.

—Axel —me dijo Graüben—, he hablado largo rato con mi tutor. Es un sabio audaz, un hombre de gran valentía. Acuérdate de que llevas su sangre en las venas. Me ha contado sus proyectos, sus anhelos, me ha dicho por qué y cómo espera alcanzar su fin. Él lo conseguirá, no lo dudo. ¡Oh, querido Axel, qué hermoso es dedicarse de esta manera a la ciencia! ¡Qué gloria le espera al señor Lidenbrock! Y esa gloria recaerá también sobre su compañero. A la vuelta serás un hombre, serás su igual, libre para hablar, para obrar, en fin, para...

La muchacha se puso colorada y no acabó. Sus palabras me animaron. Pero todavía no quería creer en nuestra marcha. Conduje a Graüben hacia el despacho del profesor.

—Tío —dije—, ¿está decidido que nos vamos?

—¡Cómo! ¿Lo dudas?

—No —dije para no contrariarlo—. Solamente le preguntaré por qué tenemos tanta prisa.

—¡Por el tiempo! ¡El tiempo, que corre con una rapidez irreparable!

—Sin embargo, no estamos más que a 26 de mayo y hasta fines de junio...

—Pero, ¿crees tú, ignorante, que se traslada uno a Islandia tan fácilmente? Si no te hubieses ido como un loco, te habría llevado a la oficina de Copenhague, a casa de Liffender y Compañía. Allí habrías visto que de Copenhague a Reykjawik no hay más que un servicio.

—¿Y qué?

—¿Qué? Que si esperásemos al 22 de junio, llegaríamos demasiado tarde para ver la sombra del Scartaris sobre el cráter del Sneffels; hay que llegar a Copenhague cuanto antes para buscar un medio de transporte. ¡Ve a hacer tu maleta!

No había nada que responder. Subí a mi cuarto y Graüben me siguió. Ella fue la que se encargó de ordenar en una maleta los objetos necesarios para mi viaje. Estaba tan emocionada como si se tratase de un paseo a Lübeck o a Heligoland; sus manitas se movían de un lado a otro, sin precipitación: hablaba con calma; me daba razones sensatas en favor de nuestra expedición. Me encantaba, pero sentía un gran enfado contra ella. Algunas veces quería encolerizarme, pero ella no hacía caso y seguía metódicamente su tranquila tarea.

Finalmente, cerró la última correa de la maleta. Fui a la planta baja.

A lo largo del día los proveedores de instrumentos

de física, armas y aparatos eléctricos se habían multiplicado. Marta, la criada, perdía la cabeza.

—¿Está loco el señor? —me preguntó.

Hice un gesto afirmativo.

—¿Y se lo lleva a usted con él?

Volví a hacer el mismo gesto de afirmación.

—¿Y adónde? —dijo.

Indiqué con el dedo el centro de la Tierra.

—¿Al sótano? —exclamó la vieja criada.

—¡No —dije al fin—, más abajo!

Llegó la noche. Yo no me daba cuenta del tiempo que había pasado.

—Hasta mañana —dijo mi tío—, salimos a las seis en punto.

A las diez caí en la cama como una masa inerte.

Durante la noche el terror volvió a apoderarse de mí.

Pasé la noche soñando con abismos. Deliraba. Me sentía cogido por la mano vigorosa del profesor, empujado, abatido, hundido. Caía en el fondo de insondables precipicios con esa velocidad creciente de los cuerpos abandonados en el espacio. Mi vida no era más que una interminable caída.

Me desperté a las cinco, destrozado de cansancio y de emoción. Bajé al comedor. Mi tío estaba sentado a la mesa y devoraba. Lo miré con un sentimiento de horror. Graüben estaba allí; no dije nada, pero no pude comer.

A las cinco y media se sintió en la calle el ruido de un carruaje. Era un gran coche que llegaba para conducirnos a la estación de Altona. Pronto estuvo cargado con los bultos de mi tío.

—¿Y tu maleta? —me dijo.

—Ya está lista —respondí desfalleciendo.

—¡Date prisa en bajarla o nos harás perder el tren!

Luchar contra mi destino me pareció imposible.

Subí a mi cuarto y, dejando caer mi maleta por la escalera, bajé tras ella.

En este momento, mi tío entregaba solemnemente a Graüben «las riendas de su casa». Mi bonita virlandesa conservaba su calma habitual. Besó a su tutor, pero no pudo contener una lágrima al tocar mi mejilla con sus dulces labios.

—¡Graüben! —exclamé.

—Vete, mi querido Axel, ve —me dijo ella—; te separas de tu novia, pero encontrarás a tu mujer a la vuelta.

Abracé a Graüben y me metí en el coche. Marta y la muchacha nos dirigieron el último adiós desde la puerta; luego los dos caballos, excitados por el silbido del conductor, se lanzaron al galope por el camino de Altona.

CAPÍTULO VIII

Altona, verdadero arrabal de Hamburgo, es el principio de la ruta del tren de Kiel, que debía conducirnos a las orillas de los Belt. En menos de veinte minutos entrábamos en el territorio de Holstein.

A las seis y media, el coche se paraba delante de la estación; los numerosos bultos de mi tío, sus voluminosos artículos de viaje fueron descargados, transportados, pesados, clasificados y vueltos a cargar en el vagón de equipajes, y a las siete estábamos sentados uno frente al otro en nuestro departamento. La máquina silbó, la locomotora se puso en movimiento. Nos habíamos marchado. ¿Estaba resignado? Todavía no. Sin embargo, el aire fresco de la mañana y los detalles del camino, renovados rápidamente por la velocidad del tren, me distraían de mi gran preocupación.

En cuanto a la imaginación del profesor, iba más deprisa, evidentemente, que aquel convoy, demasiado lento para su impaciencia. Estábamos solos en el vagón, pero no hablábamos. Mi tío miraba sus bolsillos y su bolsa de viaje con minuciosa atención. Me di cuenta de que no le faltaba ninguna de las cosas necesarias para ejecutar sus proyectos.

Entre otras, una hoja de papel, doblada cuidadosamente, llevaba el membrete de la cancillería danesa con la firma del señor Christiensen, cónsul de Hamburgo y amigo del profesor. Esto debía damos facilidades para obtener en Copenhague recomendaciones para el gobernador de Islandia.

Vi también el famoso documento, cuidadosamente escondido en el bolsillo más secreto de la cartera. Lo maldije de corazón y me puse a examinar el país. Era una vasta serie de llanuras poco interesantes, monótonas y bastante fecundas; un campo muy favorable y propicio para establecer un ferrocarril, con sus líneas rectas, tan deseadas por las compañías ferroviarias.

Pero esta monotonía no tuvo tiempo de cansarme, pues tres horas después de nuestra salida, el tren se paraba en Kiel, a dos pasos del mar.

No hubo que ocuparse del equipaje, que estaba facturado hasta Copenhague. Mi tío, sin embargo, lo siguió con mirada inquieta, mientras lo transportaban a la lancha de vapor. Allí desapareció en el fondo de la bodega.

Mi tío, con su precipitación, había calculado tan bien la correspondencia entre el tren y el barco que teníamos que perder un día entero. El vapor *Elleonora* no salía hasta por la noche. Había que esperar nueve horas, durante las cuales el irascible viajero mandó al diablo a la administración de los barcos y de los ferrocarriles y a los gobiernos que toleraban semejantes abusos. Tuve que hacerle coro cuando la emprendió con el capitán del *Elleonora* sobre este punto. Quería obligarlo a partir al instante, pero el otro lo mandó a paseo.

En Kiel, como en cualquier otro lugar, pasamos el día. A fuerza de pasearnos por las orillas de la bahía, en el fondo de la cual se alza la pequeña ciudad, y de atravesar los espesos bosques que le hacen parecer un nido en un manojo de ramas, de admirar las villas, con su casita de baños fríos cada una, y de correr y de refunfuñar, llegaron las diez de la noche.

Las bocanadas de humo del *Elleonora* subían hacia el cielo; el puente retemblaba con los temblores de la caldera; estábamos a bordo y disfrutábamos de dos literas situadas en la única habitación del barco.

A las diez y cuarto largaron las amarras y el barco surcó rápido las sombrías aguas del Grand-Belt.

La noche era tenebrosa; había una ligera brisa y mar fuerte; algunas luces de la costa aparecieron en la oscuridad y más tarde un faro resplandeció sobre las olas; esto es todo lo que recuerdo de esta primera travesía.

A las siete de la mañana, desembarcamos en Korsor, pequeña ciudad situada en la costa occidental de Seeland. Allí pasamos del barco a otro ferrocarril, que nos llevó por un terreno no menos llano que los campos de Holstein.

Nos quedaban aún tres horas de viaje antes de llegar a la capital de Dinamarca. Mi tío no había pegado ojo en toda la noche. Yo creo que de impaciencia empujaba el vagón con sus pies.

Por fin vio un trozo de mar.

—¡El Sund! —exclamó.

A nuestra izquierda, se elevaba una gran construcción que parecía un hospital.

—Es un manicomio —dijo uno de nuestros compañeros de viaje.

«¡Bien —pensé—, éste es el sitio donde debíamos acabar nuestros días! ¡Y por muy grande que sea este hospital, aún es demasiado pequeño para contener la locura del profesor Lidenbrock!»

En fin, a las diez de la mañana llegamos a Copenhague. Los equipajes fueron colocados en un coche y llegaron con nosotros al Hotel del Fénix, en Bred-Gale. Fue cuestión de media hora, pues la estación está situada en las afueras de la ciudad. Mi tío, tras arreglarse un poco, me ordenó que le siguiese. El portero del hotel hablaba alemán e inglés, pero el profesor, en su calidad de políglota, le interrogó en buen danés, y en buen danés le indicó este personaje dónde estaba el Museo de Antigüedades del Norte.

El director de esta interesante institución, donde se conservan maravillas que permitirían reconstruir la historia del país, con sus antiguas armas de piedra, sus cacharros y sus alhajas, era un sabio, amigo del cónsul de Hamburgo, el profesor Thomson.

Mi tío tenía para él una afectuosa carta de recomendación. Generalmente, un sabio recibe bastante mal a otro. Pero en este caso no fue así. El señor Thomson, hombre servicial, recibió cordialmente al profesor Lidenbrock, e incluso a su sobrino. Sería inútil decir que guardamos nuestro secreto al director del museo. Simplemente queríamos visitar Islandia como aficionados desinteresados.

El señor Thomson se puso enteramente a nuestra disposición y recorrimos el muelle en busca de un navío que partiese para Islandia.

Yo esperaba que no hubiera ningún medio de transporte, pero no fue así. Una pequeña goleta danesa, la *Walkyria*, salía el 2 de junio para Reykjawik. El capitán, el señor Bjarne, se encontraba a bordo; su futuro pasajero, de alegría, le apretó las manos hasta casi rompérselas. Este buen hombre se quedó algo extrañado de semejante apretón de manos. Ir a Islandia le parecía la cosa más sencilla del mundo, puesto que ése era su oficio. Mi tío, en cambio, lo encontraba sublime. El maravilloso capitán aprovechó este entusiasmo para hacernos pagar el doble del pasaje a bordo de su navío. Pero a nosotros no nos importó demasiado.

—Estén ustedes a bordo el martes a las siete de la mañana —dijo el señor Bjarne, después de embolsarse un número respetable de coronas.

Le dimos las gracias al señor Bjarne por sus atenciones y nos volvimos al Hotel del Fénix.

—¡Esto va bien!, ¡esto va muy bien! —repetía mi tío—. ¡Qué dichosa casualidad haber encontrado este barco a punto de partir! Ahora desayunemos y vamos a visitar la ciudad.

Nos fuimos a Kongens-Nye-Torw, plaza irregular

donde se halla un puesto con dos inocentes cañones, dispuestos a disparar, que no asustan a nadie. Al lado, en el número 5, había una casa de comidas francesa de un cocinero llamado Vicent; desayunamos bastante bien por el módico precio de cuatro marcos cada uno.

Después disfruté como un niño recorriendo la ciudad; mi tío se dejaba llevar durante el paseo; de todos modos no vio nada, ni el insignificante palacio del rey, ni el precioso puente del siglo XVII que atraviesa el canal por delante del museo, ni ese inmenso cenotafio de Torwaldsen, decorado con pinturas horribles, que contiene en su interior las obras de este escultor; ni el castillo en miniatura de Rosenborg, con su hermoso parque; ni el admirable edificio de la Bolsa, de estilo renacentista, ni su campanario formado por las colas entrelazadas de cuatro dragones de bronce, ni los grandes molinos de las murallas, cuyas anchas alas se agitaban como las velas de un barco, al viento del mar.

¡Qué paseos tan deliciosos habríamos dado mi querida virlandesa y yo por el puerto, donde los bergantines y las fragatas dormían pacíficamente bajo su techumbre rojiza por las verdes orillas del estrecho, y a través de estos espesos bosques, en cuyo seno se esconde la ciudadela, donde los cañones alargan su boca negruzca entre las ramas de los saúcos y los sauces.

Pero, desgraciadamente, mi pobre Graüben estaba lejos. ¿Y podría yo esperar volver a verla? Jamás.

No obstante, si mi tío no se fijó en ninguno de estos encantadores lugares, sí le llamó mucho la atención un campanario situado en la isla de Amak, que forma el barrio suroeste de Copenhague.

Me ordenó que nos dirigiésemos por ese lado; me subí en un pequeño barco de vapor que realizaba la ruta de los canales, y al cabo de unos minutos arribó al muelle de Dock-Yard.

Después de atravesar algunas calles estrechas, donde unos presos vestidos con pantalones mitad amarillos y mitad grises trabajaban bajo la vigilancia de los capataces, llegamos delante de Vor-Frelsers-Kirk. Esta iglesia no ofrecía nada interesante. Pero su campanario, bastante elevado, había llamado la atención del profesor, porque desde la plataforma serpenteaba alrededor de su capitel una escalera exterior, cuyas espirales alcanzaban el cielo.

—Subamos —dijo mi tío.

—Pero ¿y si nos da vértigo? —repliqué.

—Razón de más: hay que acostumbrarse.

—Sin embargo...

—Ven, te digo, no perdamos el tiempo.

Hubo que obedecer. Un guardián que había al otro lado de la calle, nos dio una llave, y empezó la ascensión.

Mi tío me precedía con paso rápido. Yo le seguía, muerto de miedo, pues me mareaba con suma facilidad. No tenía ni el aplomo de las águilas ni la insensibilidad de sus nervios.

Mientras estuvimos encerrados en la escalera de caracol, todo fue a pedir de boca, pero a los ciento cincuenta escalones sentí que el aire me daba en la cara: habíamos llegado a la plataforma del campanario. Allí empezaba la escalera aérea, resguardada por una barandilla poco consistente y cuyos escalones, cada vez más estrechos, parecían subir hasta el infinito.

—¡Nunca podré! —exclamé.

—¿No serás, por casualidad, un cobarde? ¡Sube! —contestó cruelmente el profesor.

Tuve que seguirle a la fuerza, agarrándome como una lapa. El aire me mareaba, notaba que el campanario oscilaba bajo las ráfagas de viento; pronto empecé a arrastrarme de rodillas y luego boca abajo; cerré los ojos, sentía vértigo.

Por fin, mi tío tuvo que cogerme por el cuello y así llegué cerca de la bola.

—¡Mira —me dijo—, fíjate bien!, hay que tomar «lecciones de abismo».

Abrí los ojos. Veía las casas planas aplastadas como si se hubiesen caído, por entre los torbellinos de humo. Por encima de mi cabeza pasaban nubes desordenadas y por un efecto óptico me parecían inmóviles, mientras que el campanario, la bola y yo nos lanzábamos a una velocidad fantástica. A lo lejos se extendía por un lado el campo verde y, por el otro, resplandecía el mar, bajo un haz de rayos. El Sund se abría por la punta de Elseneur, con algunas velas blancas, verdaderas alas de gaviota, y entre la bruma, por el este, se dibujaban las costas de Suecia medio borrosas. Esta inmensidad giraba ante mi vista.

A pesar de todo, tuve que levantarme, ponerme derecho y mirar. Mi primera clase de vértigo duró una hora. Cuando al fin pude bajar y tocar con el pie el adoquín sólido de las calles, estaba derrengado.

—Seguiremos mañana —dijo el profesor.

Y así que durante cinco días practiqué este ejercicio para el vértigo y, a mi pesar, progresé sensiblemente en el arte de las «altas contemplaciones».

CAPÍTULO IX

Llegó el día de salir. La víspera, el complaciente señor Thomson nos había traído cartas de recomendación urgentes para el conde Trampe, gobernador de Islandia; el señor Pictursson, coadjutor del obispo, y el señor Finsen, alcalde de Reykjawik. En agradecimiento, mi tío le obsequió con los más expresivos apretones de manos.

El día 2, a las seis de la mañana, nos llevaron nuestros queridos equipajes a bordo del *Walkyria*. El capitán nos condujo a unos camarotes bastante estrechos, colocados bajo una especie de toldo.

—¿Tenemos buen viento? —preguntó mi tío.

—Excelente —respondió el capitán Bjarne—. Viento del sudeste. Vamos a salir de Sund hacia alta mar y a toda vela.

Momentos después, la goleta, bajo su mesana, su cangreja, su gavia y su juanete,[3] se aparejó y dio con su lona

3. Mesana, cangreja, gavia, juanete: nombre de distintos tipos de velas. *(N. del E.)*

en el estrecho. Una hora después, la capital de Dinamarca parecía hundirse entre las olas lejanas y el *Walkyria* rozaba la costa de Elseneur.

Con el estado de nervios en el que me encontraba, esperaba ver el espectro de Hamlet vagando por la terraza legendaria.

«¡Soñador insensato! —me dije—. ¡Tú aprobarías, sin duda, nuestra empresa! ¡Tú nos seguirías, quizá, para venir al centro del Globo a buscar una solución a tu eterna duda!»

Pero no se apareció nada sobre las antiguas murallas; además, el castillo es mucho más moderno que el heroico príncipe de Dinamarca. Sirve ahora de suntuosa vivienda al guardián de este estrecho del Sund, por donde pasan cada año quince mil navíos de todas las naciones.

El castillo de Krongborg desapareció pronto entre la bruma, así como la torre de Helsingborg, que se eleva sobre la costa de Suecia, y la goleta se inclinó ligeramente por el empuje de las brisas del Cattegat.

El *Walkyria* era la flor y nata de los veleros, pero con un barco de vela uno nunca sabe qué puede pasar. Llevaba a Reykjawik carbón, utensilios de casa, alfarería, trajes de lana y una carga de trigo; cinco hombres de la tripulación, todos daneses, eran suficientes para manejarlo.

—¿Cuánto durará la travesía? —preguntó mi tío al capitán.

—Unos diez días —contestó este último—, si no nos encontramos con algún vendaval del noroeste por medio de las Feroe.

—¿Pero no es corriente que surjan retrasos importantes?

—No, señor Lidenbrock. Quédese tranquilo, que llegaremos.

Hacia la tarde, la goleta dobló el cabo Skagen por el lado norte de Dinamarca; durante la noche atravesó el Skager Rak, pasó por la punta de Noruega, a través del cabo Lidness, y llegó al mar del Norte.

Dos días después, conocíamos las costas de Escocia a la altura de Peterheade y el *Walkyria* se dirigió hacia las Féroe, pasando entre las Oreadas y las Seeland.

Pronto nuestra goleta fue golpeada por las olas del Atlántico; tuvo que navegar en zigzag contra el viento norte y llegó a las islas Féroe con dificultad. El día 3, el capitán reconoció Myganness, la más oriental de estas islas, y desde allí se dirigió derecho al cabo Portland, situado en la costa meridional de Islandia.

La travesía no tuvo ningún incidente destacable. Yo soporté bastante bien las pruebas de mar; mi tío no dejó de marearse muy a su pesar.

No pudo, por tanto, interrogar al capitán Bjarne sobre la cuestión del Sneffels, sobre los medios de comunicación, ni sobre la rapidez de los transportes; tuvo que dejar sus explicaciones para la llegada y se pasó todo el tiempo acostado en su camarote, cuyos tabiques resonaban con el balanceo de proa a popa. Hay que confesar que se tenía merecida esta mala suerte.

El día 11 pasamos al cabo Portland; el tiempo despejado permitió ver el Myrdals Yocul, que sobresale. El cabo se compone de un gran cerro con pendientes erosionadas, plantado él solo sobre la playa.

El *Walkyria* se quedó a una prudente distancia de las costas, siguiéndolas hacia el oeste, en medio de un grupo numeroso de ballenas y tiburones. Pronto apareció una inmensa roca taladrada, contra la que el mar espumoso daba con furia. Los islotes de Westman parecían salir del océano, como un puñado de rocas sobre la llanura líquida. En ese momento la goleta tomó ángulo para dar la vuelta con seguridad al cabo Reykjaness, que forma el ángulo occidental de Islandia.

El mar agitado impedía a mi tío subir al puente para admirar estas costas irregulares y azotadas por los vientos del sudoeste.

Cuarenta y ocho horas después de salir de una tempestad que obligó a la goleta a huir sin poder izar las velas, remontamos por el este la baliza de la punta Skagen, cuyas peligrosas rocas se prolongan a gran distancia bajo las olas. Un piloto islandés vino a bordo y tres horas después el *Walkyria* fondeaba en Reykjawik, en la bahía de Faxa.

El profesor salió por fin de su camarote, algo pálido y con mal aspecto, pero siempre entusiasta y con la mirada llena de satisfacción.

La población de la ciudad, curiosamente interesada por la llegada de un navío, del cual cada uno tenía algo que recoger, se agrupaba en el muelle.

Mi tío tenía prisa por abandonar su prisión flotante, por no decir su hospital. Pero antes de marcharse del puente de la goleta, me llevó hacia la proa y con el dedo me mostró, en la parte septentrional de la bahía, una montaña alta con dos picos, un cono doble siempre cubierto de nieve.

—¡El Sneffels! —exclamó—. ¡El Sneffels!

Luego, tras haberme recomendado con un gesto que guardara silencio absoluto, bajó al bote que le esperaba. Yo le seguí y pronto pisamos el suelo de Islandia.

Enseguida apareció un hombre de aspecto imponente y vestido con uniforme de general. Sin embargo, no era más que un magistrado, el gobernador de la isla, el señor barón Trampe en persona. El profesor reconoció delante de quién se hallaba. Entregó al gobernador sus cartas de Copenhague y entablaron una escueta conversación en danés, conversación completamente extraña para mí. Pero de esta primera conversación surgió que el barón Trampe se ponía enteramente a disposición del profesor Lidenbrock.

Mi tío tuvo una acogida sumamente amable por parte del alcalde, el señor Finsen, que por el traje parecía tan militar como el gobernador, a pesar de ser tan pacífico como aquél por su temperamento y por su estado.

En cuanto al coadjutor, el señor Pictursson, se encontraba realizando un viaje pastoral por el territorio norte; había que renunciar de momento a que nos lo presentaran. Pero un hombre encantador, de quien recibimos una gran ayuda, fue el señor Fridriksson, profesor de ciencias naturales en la escuela de Reykjawik. Este modesto sabio no hablaba más que islandés y latín; vino a ofrecerme sus servicios en la lengua de Horacio y sentí que estábamos hechos para comprendernos. Fue, en efecto, el único personaje con quien pude hablar durante mi estancia en Islandia.

De las tres habitaciones que tenía su casa, este hombre maravilloso puso dos a nuestra disposición y pronto estuvimos instalados allí con nuestros equipajes, que, por cierto, debido a su abundancia, llamaron la atención de los habitantes de Reykjawik:

—Bueno, Axel —me dijo mi tío—, esto marcha y ya está hecho lo más difícil.

—¿Como lo más difícil? —exclamé.

—Sin duda, ya no tenemos más que bajar.

—Si lo toma usted por ese lado, tiene usted razón, pero me figuro que después de bajar habrá que volver a subir, digo yo.

—¡Ah!, pero esto no me preocupa nada. Bueno, no hay tiempo que perder. Voy a ir a la biblioteca. Puede que se encuentre allí algún manuscrito de Saknussem y me gustaría consultarlo.

—Entonces, yo voy a visitar la ciudad mientras tanto. ¿Usted no hará lo mismo?

—¡Buah!, me interesa bastante poco. Lo que tiene de interesante esta tierra de Islandia no está por encima, sino por debajo.

Salí y caminé sin rumbo.

Perderse por las dos calles que tiene Reykjawik no hubiese sido fácil. Por tanto, no tuve necesidad de preguntar mi camino, lo que en el lenguaje de los gestos se habría prestado a muchas equivocaciones.

La ciudad se extiende sobre un terreno bastante bajo y pantanoso, entre dos colinas. Una inmensa corriente de lava la cubre por un lado y baja hacia el mar, en rampas suaves. Del otro lado, se extiende la gran bahía de Faxa, limitada al norte por el enorme glaciar del Sneffels, y en la cual solamente se hallaba anclado en ese momento el *Walkyria*. Normalmente, los guardas de pesca ingleses y franceses se fondean en mar abierto, pero ahora estaban de servicio en las costas orientales de la isla.

La calle más larga de las dos calles de Reykjawik corre paralela a la playa; allí viven los negociantes y comerciantes, en cabañas de madera, hechas de vigas rojas, puestas horizontalmente; la otra calle, situada más al oeste, se dirige hacia un laguito, por entre las casas del obispo y otros personajes ajenos al comercio. Pronto recorrí estas calles, tristes y melancólicas; entreveía de vez en cuando un trozo de césped descolorido, que parecía un tapiz de lana estropeado por el uso, o alguna especie de huerto, cuyas escasas legumbres, patatas, coles y lechugas habrían hecho buen papel en una mesa de liliputienses; algunos alhelíes enfermizos buscaban también un poquito de sol.

Hacia la mitad de la calle, que no era comercial, estaba el cementerio público, cercado por una tapia, y donde había sitio de sobra. Luego, en dos o tres pasos, llegué a la casa del gobernador, una casucha comparada con el hotel de Hamburgo, pero un palacio si se compara con las chozas de la población islandesa.

Entre el lago y la ciudad sobresalía la iglesia, construida según el gusto protestante y hecha de piedras calcinadas, que los volcanes mismos extraen; debido a los vientos fuertes del oeste, su techumbre de tejas rojizas seguramente volaba por los aires, para disgusto de los fieles.

Sobre un montículo próximo vi la escuela estatal, donde, según me enteré después por mi anfitrión, se enseñaba hebreo, inglés, francés y danés, cuatro idiomas de los que, para vergüenza mía, no conocía ni una palabra. Hubiese sido el último de los cuarenta alumnos de este pequeño colegio e indigno de dormir con ellos en esos armarios de dos departamentos, donde otros más delicados se asfixiarían la primera noche.

En el espacio de tres horas, ya había visitado no solamente la ciudad, sino sus alrededores. Su aspecto general era singularmente triste. Carecía de árboles y de vegetación. Por todas partes se veían las aristas vivas de las rocas volcánicas. Las chozas de los islandeses están hechas de tierra y de turba y sus paredes, inclinadas hacia dentro, parecen tejados colocados sobre el suelo. Solamente que estos tejados son como praderas relativamente fecundas. Gracias al calor de la habitación, la hierba crece con bastante perfección y la siegan cuidadosamente cuando viene la época, pues si no, los animales domésticos vendrían a pastar sobre estas casas que verdean.

Durante mi excursión me encontré con pocos habitantes; al volver de la calle de los comerciantes vi a la mayor parte de la población ocupada en secar, salar y cargar bacalao, principal artículo de exportación. Los hombres parecían robustos, pero pesados, como alemanes rubios, de mirada soñadora, que se sienten algo fuera de la humanidad, pobres, desterrados, relegados en este rincón de hielo cuya naturaleza hubiera debido hacer de ellos unos esquimales, puesto que los condena a vivir en el límite del círculo polar. Traté en vano de sorprender una sonrisa en sus semblantes; se reían algunas veces, con una especie de contracción involuntaria de sus músculos, pero no sonreían nunca.

Su traje consistía en un amplio blusón de lana negra, conocido en todos los países escandinavos con el nombre de *vadmel*; un sombrero de alas anchas, un pantalón con ribetes colorados y un trozo de cuero doblado, a modo de calzado.

Las mujeres tienen la cara triste y resignada, con aspecto agradable, pero sin expresión; iban vestidas con un corpiño y una falda de *vadmel* oscura; las chicas solteras llevaban sobre sus cabellos trenzados un gorrito de punto de color pardo; las casadas coronaban su cabeza con un pañuelo de color rematado con un trozo de tela blanca.

Después de un buen paseo, cuando volví a casa del señor Fridriksson, ya estaba allí mi tío, en compañía de su anfitrión.

CAPÍTULO X

La comida estaba lista y el profesor Lidenbrock la devoró con gran apetito, pues, debido a la dieta forzosa de a bordo, el estómago se le había convertido en un pozo sin fondo. Esta comida, más danesa que islandesa, no tenía nada de especial, pero nuestro anfitrión, más islandés que danés, me recordó a los héroes por como trataban a sus huéspedes en la Antigüedad. Era evidente que nos encontrábamos como en nuestra casa más que él mismo.

La conversación se desarrolló en la lengua del país, que mi tío mezclaba con palabras alemanas y el señor Fridriksson con palabras latinas para que yo pudiese comprenderla. Versó sobre cuestiones científicas, como conviene a los sabios, pero el profesor Lidenbrock guardó la reserva más impenetrable, y a cada frase mía me recomendaba con la mirada el silencio más absoluto respecto de nuestros proyectos futuros.

Ante todo, el señor Fridriksson preguntó a mi tío sobre el resultado obtenido en sus investigaciones en la biblioteca.

—¿Su biblioteca? —exclamó este último—. No se

compone más que de libros descabalados en estantes casi vacíos.

—¿Cómo? —respondió el señor Fridriksson—. Poseemos ocho mil volúmenes, de los cuales hay muchos que son valiosos y raros, obras en antiguo escandinavo y todas las novedades con las que Copenhague nos surte anualmente.

—¿Y donde tienen ustedes esos ocho mil volúmenes? Yo por mi parte...

—Oh, señor Lidenbrock, están por todo el país; en nuestra antigua isla de hielo gusta mucho el estudio. No hay un labrador ni un pescador que no sepa leer y que no lea. Nosotros creemos que los libros, en lugar de que se queden enmohecidos detrás de una reja, lejos de la curiosidad, deben ser destinados al uso de los lectores, de modo que estos volúmenes van de mano en mano y son hojeados, leídos y releídos y muchas veces no vuelven a la biblioteca hasta después de un año o dos de ausencia.

—Y mientras tanto los extranjeros... —contestó mi tío con cierto desprecio.

—¡Qué quiere usted! Los extranjeros tienen sus bibliotecas y es menester, ante todo, que nuestros campesinos se instruyan. Le repito que en la sangre islandesa hay mucho amor al estudio. En 1816 fundamos una Sociedad Literaria que marcha bien: muchos sabios extranjeros se sienten orgullosos de formar parte de ella, publica libros destinados a la educación de nuestros compatriotas y le es de gran utilidad al país. Si quiere usted ser uno de nuestros académicos, tendremos mucho gusto, señor Lidenbrock.

Mi tío, que formaba parte de un centenar de sociedades científicas, aceptó con tal amabilidad que impresionó al señor Fridriksson.

—Ahora —continuó éste—, indíqueme, por favor, los libros que esperaba usted encontrar en la biblioteca y quizá pueda informarle sobre ellos.

Miré a mi tío. Dudó qué responder, pues esto tenía que ver directamente con sus proyectos. Sin embargo, después de reflexionar, se decidió a hablar.

—Señor Fridriksson, quisiera saber si entre las obras antiguas tendrían ustedes las de Arne Saknussem.

—¡Arne Saknussem! —contestó el profesor de Reykjawik—, ¿se refiere usted a ese sabio del siglo dieciséis, gran naturalista, gran alquimista y gran viajero a la vez?

—Precisamente.

—¿Una de las glorias de la literatura y de la ciencia islandesa?

—Como usted dice.

—¿Un hombre ilustre entre todos los demás?

—Estamos de acuerdo.

—¿Y cuya audacia igualaba a su genio?

—Veo que lo conoce usted bien.

Mi tío rebosaba de gozo al oír hablar así de su héroe. Devoraba al señor Fridriksson con los ojos.

—Bueno —preguntó—, ¿y sus obras?

—¡Oh!, sus obras no las tenemos.

—¿Qué? ¿En Islandia?

—No existen ni en Islandia ni en ningún otro sitio.

—¿Y por qué?

—Porque Arne Saknussem fue perseguido por hereje, y en 1573 sus obras fueron quemadas en Copenhague por el verdugo.

—¡Muy bien! ¡Perfecto! —exclamó mi tío, escandalizando al profesor de ciencias naturales.

—¿Qué? —dijo éste.

—¡Sí! Todo se explica, todo se encadena y todo está claro. Ahora comprendo por qué Saknussem, censurado y obligado a esconder los descubrimientos de su talento, tuvo que sepultar en un incomprensible criptograma el secreto...

—¿Qué secreto? —pregunto con gran interés el señor Fridriksson.

—Un secreto que..., del cual... —respondió mi tío entre dientes.

—¿No tendrá usted en su poder algún documento preciso? —prosiguió nuestro anfitrión.

—No... era una pura suposición.

—Bueno —contestó el señor Fridriksson, que tuvo la bondad de no insistir ante el embrollo de su interlocutor—. Espero —añadió— que no se marche usted de nuestra isla sin haber profundizado en sus riquezas mineralógicas.

—Por supuesto —respondió mi tío—, pero llego algo tarde. ¿Han pasado ya sabios por aquí?

—Sí, señor Lidenbrock. Los trabajos de los señores Olafsen y Povelsen, llevados a cabo por orden del rey;

los estudios de Tro'il, la misión científica de los señores Gaimard y Robert a bordo de la corbeta francesa *La Recherche* y, últimamente, las observaciones de los sabios embarcados en la fragata La Reine-Hortense han contribuido poderosamente al reconocimiento de Islandia. Pero, créame usted, queda aún mucho por hacer.

—¿Usted cree? —preguntó mi tío con aire inocente, procurando quitarle intensidad al brillo de sus ojos.

—Sí. ¡Cuántas montañas, cuántos glaciares, cuántos volcanes poco conocidos pueden estudiarse! Y, sin ir más lejos, mire usted este monte que se alza en el horizonte: es el Sneffels.

—¡Ah! —dijo mi tío—, el Sneffels.

—Sí, uno de los volcanes más interesantes y cuyo cráter es poco visitado.

—¿Está apagado?

—¡Buah! Apagado hace quinientos años.

—¡Bien! —respondió mi tío, que se cruzaba de piernas como un loco por no saltar por los aires—. Me dan ganas de empezar mis estudios geológicos por este Seffel... Fessell... ¿Cómo ha dicho que se llama?

—Sneffels —replicó el excelente señor Fridriksson.

Aquella parte de la conversación había sido en latín; yo lo había comprendido todo y me costaba trabajo permanecer serio, viendo a mi tío contener su satisfacción, que le desbordaba por todos lados. Fingía tener ese aspecto inocente que parecía el disimulo de un viejo diablo.

—Sí —dijo—, sus palabras me han convencido: intentaremos escalar ese Sneffels, y puede que hasta estudiemos su cráter.

—Siento mucho —respondió el señor Fridriksson— que mis ocupaciones no me permitan ausentarme; le hubiese acompañado con mucho gusto.

—¡Oh no, no! —respondió mi tío resueltamente—. No queremos molestar a nadie, señor Fridriksson; se lo agradezco de todo corazón. La presencia de un sabio como usted hubiese sido muy útil, pero los deberes de su profesión...

Me inclino a pensar que nuestro anfitrión, con la inocencia de su alma islandesa, no comprendió la malicia de mi tío.

—Estoy muy de acuerdo con su idea de empezar por ese volcán, señor Lidenbrock; recogerá usted una buena cantidad de observaciones interesantes. Pero, dígame, ¿cómo piensa llegar a la península del Sneffels?

—Por mar, atravesando la bahía. Es el camino más rápido.

—Sin duda, pero es imposible hacerlo.

—¿Por qué?

—Porque no tenemos ni un solo bote en Reykjawik.

—¡Diablos!

—Habrá que ir por tierra, bordeando la costa. Será más largo, pero más interesante.

—Bueno. Intentaré conseguir un guía.

—Precisamente tengo uno que se lo recomiendo.

—¿Un hombre seguro, inteligente?

—Sí, un habitante de la península. Un cazador de

patos muy hábil y del que quedará usted contento. Habla el danés perfectamente.

—¿Y cuándo podré verle?

—Mañana, si usted quiere.

—¿Por qué no hoy mismo?

—Porque no llega hasta mañana.

—Bueno, pues entonces, mañana —respondió mi tío dando un suspiro.

Esta conversación tan importante se acabó unos momentos después, con los calurosos agradecimientos del profesor alemán al colega islandés. Durante la comida, mi tío se acababa de enterar de cosas importantes, entre otras de la historia de Saknussem, de la razón de su misterioso documento, de que su anfitrión no le acompañaría en su expedición, y de que desde el día siguiente contaría con un guía a sus órdenes.

CAPÍTULO XI

Por la noche di un paseo corto por la playa de Reykjawik y volví temprano a acostarme en una cama de tablas gruesas, donde dormí profundamente.

Cuando me desperté, oí a mi tío hablar mucho en la habitación de al lado. Me levanté enseguida y me apresuré a reunirme con él.

Hablaba en danés con un hombre de elevada estatura, muy vigoroso y bien plantado. Este buen mozo debía de tener una fuerza poco común. Sus ojos, horadados en una cara muy grande y bastante ingenua, me parecieron inteligentes. Eran de un azul algo soñador. Una larga cabellera, que hubiese pasado por pelirroja aun en Inglaterra, caía sobre sus atléticos hombros. Este indígena se movía con soltura, pero los brazos los movía poco, como hombre que desdeña o ignora el lenguaje de los gestos. Todo en él revelaba un temperamento sereno, no indolente sino tranquilo. Se veía que no le pedía nada a nadie, que trabajaba según su conveniencia y que, en este mundo, su filosofía no sería ni quebrantada ni alterada.

Comprendí los matices de este carácter ante la actitud con que el islandés escuchaba el discurso apasionado de su interlocutor. Permanecía con los brazos cruzados, inmóvil entre los gestos multiplicados de mi tío; para negar, su cabeza se volvía de derecha a izquierda; se inclinaba para afirmar, y aun tan poco, que sus largos cabellos apenas se movían; era la economía del movimiento llevada hasta la avaricia.

Seguramente, al ver a este hombre, yo nunca hubiese adivinado su profesión de cazador. Desde luego no debía asustar a su presa, pero ¿cómo haría para llegar hasta ella?

Todo se explicó cuando el señor Fridriksson me dijo que este tranquilo personaje no era más que cazador de éider, un pato cuyo plumón[4] constituye la mayor riqueza de la isla. En efecto, este plumón se llama edredón[5] y obtenerlo no requiere mucho esfuerzo.

En los primeros días del verano, la hembra del éider, un vistoso pato, construye su nido por entre las rocas de los fiordos, muy abundantes en la costa. Una vez construido el nido, lo recubre con finas plumas que se arranca del vientre.

Enseguida llega el cazador o, mejor dicho, el negociante, coge el nido y la hembra tiene que volver a empezar su trabajo; esto dura mientras le queda algo de plumón. Cuando se ha despojado por completo, le toca al macho desplumarse. Pero como el plumón basto y grose-

4. Son las plumas finas que se encuentran bajo el plumaje de las aves.
5. El edredón es, en este caso, el plumón de ciertas aves del norte.

ro de este último no tiene ningún valor comercial, el cazador no se molesta en robarle la cama de sus polluelos; el nido se hace, la hembra pone sus huevos, salen los pajaritos y al año siguiente la recolección del edredón vuelve a empezar.

Como el éider no escoge las rocas escarpadas para construir su nido, sino esas rocas fáciles y horizontales que van a dar al mar, el cazador islandés puede realizar su trabajo sin demasiada agitación. Es un granjero que no tiene que sembrar ni segar la cosecha, sino sólo recogerla.

Este personaje grave, flemático y silencioso se llamaba Hans Bjelke; venía recomendado por el señor Fridriksson y era nuestro futuro guía.

Sus ademanes contrastaban curiosamente con los de mi tío.

Sin embargo, se entendieron fácilmente. Ni al uno ni al otro le importaba el precio; el uno estaba dispuesto a aceptar lo que le ofrecieran y el otro a dar lo que le pidiesen. Nunca hubo negocio que se acordara con tanta facilidad.

Convinieron que Hans nos conduciría al pueblo de Stapi, situado en la costa meridional de la península del Sneffels, al pie mismo del volcán. El viaje, por tierra, suponía unas veintidós millas, que, según la opinión de mi tío, podrían cubrirse en dos días.

Pero cuando supo que se trataba de millas danesas de veinticuatro mil pies, tuvo que rebajar sus cuentas y calcular, contando con el estado de los caminos, siete u ocho días de marcha.

Había que poner a su disposición cuatro caballos, dos para él y para mí y los otros dos para nuestros equipajes. Hans, según su costumbre, iría a pie. Conocía perfectamente esta parte de la costa y prometió coger el camino más corto.

Su compromiso con mi tío no concluía a nuestra llegada a Stapi, se quedaba a su servicio todo el tiempo que necesitase mi tío para nuestras excursiones científicas. Cobraba tres rixedales por semana. Pero lo único que fue convenido expresamente fue que esta suma le sería entregada al guía cada sábado por la noche, única condición de su compromiso.

Se acordó la salida para el 16 de junio. Mi tío quiso darle una señal para cerrar el trato, pero Hans rehusó con una sola palabra.

—*Efter* —dijo.

—Después —me dijo el profesor para mi edificación.

Hans, cerrado el trato, se retiró.

—Es un hombre famoso —dijo mi tío—, pero no tiene idea del maravilloso papel que tendrá que desempeñar en lo venidero.

—Entonces, él nos acompañará hasta el...

—Sí, Axel, hasta el centro de la Tierra.

Nos quedaban aún cuarenta y ocho horas; muy a mi pesar tuve que emplearlas en nuestros preparativos; toda nuestra inteligencia se ocupó en colocar cada objeto de la manera más ventajosa, los instrumentos de un lado, las armas de otro, las herramientas en este paquete; los víveres en aquél. Cuatro grupos en total.

Los instrumentos comprendían:

1.° Un termómetro centígrado de Eigel, graduado hasta ciento cincuenta grados, lo cual me parecía demasiado o demasiado poco. Demasiado, si el calor del ambiente subía hasta allí, en cuyo caso nos hubiésemos cocido. Demasiado poco, si se trataba de probar la temperatura de los manantiales o de cualquier materia en fusión.

2.° Un manómetro de aire comprimido, dispuesto de manera que indicase las presiones superiores a las de la atmósfera, en el nivel del océano. Efectivamente, el barómetro corriente no hubiese bastado, debiendo aumentar la presión atmosférica proporcionalmente a nuestro descenso bajo la superficie de la Tierra.

3.° Un cronómetro nuevo de Boissonnas, de Ginebra, perfectamente sincronizado con el meridiano de Hamburgo.

4.° Dos brújulas de inclinación y de declinación.

5.° Unos anteojos nocturnos.

6.° Dos aparatos de Ruhmkorff, los cuales, a través de una corriente eléctrica, proyectaban una luz portátil, segura y poco molesta.

Las armas consistían en dos carabinas de Purdley More y Compañía y dos revólveres Colt. Armas, ¿para qué? No teníamos que temer ni a los salvajes ni a las bestias feroces, suponía yo. Pero mi tío parecía tenerle tanto apego a su arsenal como a sus instrumentos, sobre todo a una notable cantidad de fulmicotón resistente a la humedad y cuya fuerza es muy superior a la de la pólvora ordinaria.

Las herramientas consistían en dos azadones, dos picos, una escala de cuerda, tres bastones de hierro, un hacha, un martillo, una docena de cuñas y pitones de hierro para escalar y cuerdas largas de nudos. Todo esto formaba un gran paquete, pues la escalera medía de largo trescientos pies.

Además quedaban las provisiones; el paquete no era grande aunque sí lo bastante para quedarme tranquilo, pues yo sabía que en cuanto a conservas de carne y galletas había como para seis meses. La ginebra formaba la parte líquida, el agua brillaba por su ausencia, pero llevábamos vasijas y mi tío contaba con que existirían manantiales para llenarlas. Las objeciones que hice sobre su calidad, su temperatura e incluso sobre su inexistencia quedaron sin respuesta.

Para completar la lista exacta de nuestros artículos de viaje, señalaré una farmacia portátil con tijeras, tablillas para fracturas, cinta de hilo crudo, vendas y compresas, esparadrapo, una sangradera, en fin, toda clase de cosas temibles; además, una serie de frascos que contenían dextrina, alcohol, acetato de plomo líquido, éter, vinagre y amoniaco, todas ellas sustancias de uso poco reconfortante; y finalmente las materias necesarias para el aparato de Ruhmkorff.

Mi tío tuvo cuidado de no olvidar una provisión de tabaco, pólvora de caza y yesca, ni tampoco un cinturón de cuero que él llevaba a la cintura y donde guardaba una cantidad generosa de monedas de oro y plata y de billetes. En el grupo de las herramientas se encontraban los seis pares de zapatos bien impermeabilizados con una capa de alquitrán y goma elástica.

—Vestidos, calzados y equipados así, no hay razón alguna para no ir lejos —me dijo mi tío.

El día 14 fue empleado por entero en colocar estos diversos objetos. Por la noche cenamos en casa del barón Trampe, en compañía del alcalde de Reykjawik y del doctor Hyaltalin, importante médico del país. El señor Fridriksson no se encontraba entre los invitados; me enteré después de que el gobernador y él no estaban de acuerdo en una cuestión administrativa y que no se trataban. Por tanto no tuve ocasión de comprender una sola palabra de cuanto se dijo en esta cena semioficial. Solamente me di cuenta de que mi tío hablaba todo el tiempo.

Al día siguiente, 15 de junio, terminaron los preparativos. Nuestro anfitrión dio una gran alegría al profesor, entregándole un mapa de Islandia incomparablemente más perfecto que el de Hardenson, el mapa del señor Olaf Nikolas Olsen, reducido a escala 1:480.000 y publicado por la Sociedad Literaria islandesa, según los trabajos geodésicos del señor Scheel Frisac y el levantamiento topográfico del señor Bjorn Gumlaugsson. Era un documento valioso para un mineralogista.

La última noche transcurrió con una charla rutinaria con el señor Fridriksson, por el cual yo sentía una simpatía especial; a la conversación le sucedió un agitado sueño, al menos en mi caso.

A las cinco de la mañana, el relinchar de los cuatro

caballos que piafaban debajo de mi ventana me despertó. Me vestí deprisa y bajé a la calle. Allí, Hans acababa de cargar nuestros equipajes, casi sin moverse, por decirlo así. A pesar de ello, lo hacía con una habilidad poco común. Mi tío metía mucho ruido, pero el trabajo le cundía poco y al guía parecían importarle un bledo sus recomendaciones.

A las seis ya estaba todo terminado. El señor Fridriksson nos dio un apretón de manos. Mi tío le dio las gracias de todo corazón, en islandés, por su generosa hospitalidad. Yo, por mi parte, pronuncié en mi mejor latín un saludo cordial, luego montamos a caballo, y el señor Fridriksson, con su último adiós, me dirigió este verso, que Virgilio parecía haber hecho para nosotros, viajeros inseguros del camino:

Et quacumque viam dederitfortuna sequamur.[6]

6. «Y por dondequiera que la fortuna os haya deparado el camino, nosotros os seguiremos.» *(N. del E.)*

CAPÍTULO XII

Habíamos salido con tiempo nublado, pero estable. No había que temer calores asfixiantes ni lluvias catastróficas. Un tiempo de turistas.

El placer de recorrer a caballo un país desconocido me hacía fácil el comienzo de la aventura. Me entregaba por completo a la felicidad del excursionista, lleno de deseos y de libertad. Empecé a poner de mi parte en el asunto.

«Después de todo —me decía yo—. ¿Qué peligro corro? ¿El de viajar en medio del país más interesante o escalar una montaña muy famosa? O, si se ponían mal las cosas, ¿bajar al fondo de un cráter apagado? Es evidente que ese Saknussem no hizo otra cosa. En cuanto a la existencia de una galería que comunique con el centro del Globo, no es sino pura imaginación y pura imposibilidad. Por tanto, lo que haya de bueno en esta expedición hay que aprovecharlo sin escatimar.»

Apenas acababa yo estos razonamientos, ya habíamos salido de Reykjawik.

Hans marchaba a la cabeza, con paso rápido, regular y continuo. Los dos caballos, cargados con nuestros equipajes, le seguían sin necesidad de dirigirlos. Mi tío y yo íbamos detrás, sin desmerecer mucho, montados en aquellos animales pequeños pero fuertes.

Islandia es una de las mayores islas de Europa, mide mil cuatrocientas millas de superficie y no tiene más que sesenta mil habitantes. Los geógrafos la han dividido en cuatro partes y teníamos que atravesar casi de refilón la que lleva el nombre de país del cuarto del suroeste, *Sudvestr Fjordùngr.*

Hans, al salir de Reykjawik, había seguido inmediatamente la costa; atravesábamos por pequeños prados, a los que les costaba bastante trabajo estar verdes, lo que más destacaba era el amarillo. Las cimas tortuosas de las masas traquíticas se perfilaban en el horizonte, entre la bruma del este; en algunos momentos, unas placas de nieve, concentrando la luz difusa, resplandecían sobre la vertiente de las cimas lejanas; los picos más atrevidos rompían las nubes grises y aparecían por encima de los vapores movedizos, como escollos en medio del cielo.

Frecuentemente, esas sierras de rocas áridas formaban una punta hacia el mar y parecían morder las praderas, pero siempre quedaba sitio suficiente para pasar. Nuestros caballos, por instinto, escogían los sitios propicios sin acortar nunca su paso. Mi tío no tenía siquiera el consuelo de poder animar a su cabalgadura ni con la voz ni con el látigo: no le estaba permitido impacientarse. No podía dejar de sonreírme al verlo tan alto montado en un caballo tan pequeño y, como sus piernas tan largas daban casi contra el suelo, parecía un centauro de seis pies.

—¡Buen caballo, buen caballo! —decía—. Verás, Axel, que ningún caballo gana en inteligencia al islandés: nieves, tempestades, caminos impracticables, rocas, ventisqueros, nada le detiene. Es valiente, serio y seguro. Nunca da un mal paso, ni tiene una mala reacción. ¡Que se presenta un riachuelo o un fiordo, que se presentarán!, pues lo verás echarse al agua sin duda, como un anfibio, y ganar la orilla opuesta. Pero no hay que apretarlos, dejémoslos hacer y andaremos nuestras diez leguas diarias.

—Nosotros, sin duda alguna, pero ¿y el guía?

—¡Oh!, no me preocupa en absoluto. Estas gentes andan sin darse cuenta y éste se mueve tan poco que no debe de cansarse. Además, si fuera preciso, le cedería mi cabalgadura. Pronto tendré calambres si no me muevo un poco, los brazos van bien, pero hay que pensar en las piernas.

Sin embargo avanzábamos con paso rápido; el país estaba ya casi desierto. De cuando en cuando un caserío aislado, o algún *boër*[7] solitario, hecho de madera, de tierra, o de trozos de lava, aparecían como un mendigo al borde de un camino hondo. Estas chozas deterioradas parecían implorar la caridad de los transeúntes y hacían que estuvieses a punto de darles una limosna. En este país apenas existen los caminos o senderos, y la vegetación, por muy lenta que fuese, pronto borraba los pasos de los escasos viajeros.

Sin embargo, esta parte de la provincia, situada a

7. Boër: casa del campesino islandés. *(N. de la T.)*

dos pasos de su capital, pasaba por ser uno de los sitios más habitados y cultivados de Islandia. ¿Cómo serían entonces las regiones más desiertas? Después de andar media milla, no habíamos aún encontrado ni un campesino a la puerta de su cabaña, ni un pastor salvaje apacentando un rebaño menos salvaje que él; solamente vimos algunas vacas y borregos que nadie cuidaba. ¿Cómo serían entonces las regiones convulsionadas y arruinadas por los fenómenos eruptivos, nacidas de las explosiones volcánicas y de las conmociones subterráneas?

Estábamos destinados a conocerlas más adelante, pero, consultando el mapa de Olsen, pude ver que las evitábamos, bordeando la sinuosa línea de la playa; efectivamente, el gran movimiento plutónico está concentrado sobre todo en el interior de la isla: allí las capas horizontales de rocas sobrepuestas, llamadas *trapps* en lengua escandinava, las bandas traquíticas, las erupciones de basalto, toba y todos los conglomerados volcánicos, las corrientes de lava y de pórfido en fusión han formado un país de un horror sobrenatural. No me daba entonces cuenta del espectáculo que nos esperaba en la península del Sneffels, donde estos desgastes de una naturaleza ardiente forman un verdadero caos.

Dos horas después de haber salido de Reykjawik, llegábamos al pueblo de Gufunes, llamado *aoalkirkja* o iglesia principal. No tenía nada del otro mundo. Solamente algunas casas, ni siquiera las bastantes para formar una aldea en Alemania.

Hans se paró allí una media hora; participó de nuestro ligero almuerzo, respondió sí o no a las preguntas de mi tío sobre la naturaleza del camino y, cuando le preguntamos en qué sitio pensaba pasar la noche, contestó solamente:

—*Gardär.*

Busqué en el mapa para saber qué era Gardär. Vi un pueblo con ese nombre en los límites de Hvalfjörd, a cuatro millas de Reykjawik. Se lo enseñé a mi tío.

—¡Cuatro millas solamente! ¡Cuatro millas de veintidós! —dijo—. ¡Vaya un bonito paseo!

Quiso hacerle una observación al guía, que, sin responderle, volvió a ponerse delante de los caballos y emprendió la marcha.

Tres horas después, pisando siempre sobre el verdor descolorido de las praderas, hubo que dar la vuelta al Kollafjord, rodeo más fácil y más corto que atravesar el golfo: pronto entramos en un *pingstaoer,* lugar de jurisdicción comunal, llamado Ejulberg, y en cuyo campanario hubiesen sonado las doce si las iglesias islandesas fuesen suficientemente ricas para poseer relojes, pero se parecen bastante a sus parroquianos, que tampoco los tienen y se arreglan sin ellos.

Allí refrescaron los caballos; después, tomando un sendero estrecho que va entre una cadena de montañas y el mar, nos llevaron de una tirada al *aoalkirkja* de Brantär y, una milla después, a Saurbóer *annexia,* iglesia situada en el borde meridional de Havalfjörd.

Eran entonces las cuatro de la tarde; habíamos andado cuatro millas.

El fiordo tenía en ese lugar una anchura de, al menos, media milla; las olas chocaban con estrépito sobre las puntiagudas rocas; este golfo se ensanchaba entre murallas rocosas, una escarpa a pico de tres mil pies de altura y notable por sus capas oscuras que separaban venas de toba de un tono rojizo.

Cualquiera que fuera la inteligencia de nuestros caballos, nada bueno podía augurar la travesía de un verdadero brazo de mar a lomos de un cuadrúpedo.

«Si son inteligentes —me dije—, no intentarán pasar. En todo caso, yo me encargaré de ser listo, si ellos no lo son.»

Pero mi tío no quería esperar; picó espuelas hacia la orilla. Su cabalgadura tocó la última ondulación de las olas y se paró; mi tío, de ideas fijas, lo obligó a seguir. El animal rehusó de nuevo sacudiendo la cabeza. Entonces, entre juramentos y latigazos, el caballo empezó a cocear y a desmontar a su jinete; al fin el caballo dobló sus corvas y se separó del profesor, dejándolo de pie sobre dos piedras de la orilla, como el coloso de Rodas.

—¡Ah, maldito animal! —exclamó el jinete, súbitamente transformado en caminante y avergonzado como un oficial de caballería que pasase a infantería.

—*Färja* —dijo el guía dándole en el hombro.

—¡Qué! ¿Una barca?

—*Der* —respondió Hans, señalando un barco.

—Sí —exclamé—, hay una barca.

—¡Había que decirlo! Bueno, en marcha.

—*Tidvatten* —replicó el guía.

—¿Qué dice?

—Dice «marea» —contestó mi tío traduciendo la palabra danesa.

—¿Hay que esperar a la marea?

—*Förbida?* —preguntó mi tío.

—*Ja* —respondió Hans.

Mi tío dio una patada, mientras los caballos se dirigieron hacia la barca.

Comprendí perfectamente que era necesario esperar un momento de marea para emprender la travesía del fiordo, el instante en el cual la mar, llegada a su mayor altura, está quieta. Entonces las alzas y bajas no tienen acción sensible y la barca no corre el riesgo de verse arrastrada ni al fondo del golfo ni a alta mar.

El momento favorable no llegó hasta las seis de la tarde; mi tío y yo, el guía, dos viajeros y los cuatro caballos nos habíamos colocado en una especie de chalana, bastante frágil. Acostumbrado a las barcas de vapor del Elba, los remos de los barqueros me parecían un triste mecanismo. Nos hizo falta una hora para atravesar el fiordo, pero al menos la travesía se hizo sin accidentes.

Media hora después, llegábamos al *aoalkirkja* de Gardär.

CAPÍTULO XIII

Debía de ser de noche, pero bajo el sexagésimo quinto paralelo, la claridad nocturna de las regiones polares no debía extrañarme; en Islandia, durante los meses de junio y julio, el sol no se pone nunca.

A pesar de esto, la temperatura había bajado; tenía frío y, sobre todo, hambre. El *boër* que se abrió hospitalariamente para recibirnos fue bienvenido.

Era la casa de un campesino, pero en lo que a hospitalidad se refiere, valía tanto como la de un rey. A nuestra llegada, el dueño vino a darnos la mano y sin más ceremonia nos dijo por señas que le siguiésemos.

Desde luego que había que seguirle, pues acompañarle hubiese sido imposible. Un pasillo largo, estrecho y oscuro salía de esta habitación construida con vigas apenas labradas y daba a las otras cuatro habitaciones: la cocina, el telar, la *badstofa*, alcoba de la familia, y la mejor de todas, que era la de los forasteros. Mi tío, con cuya estatura no habrían contado al hacer la casa, se dio tres o cuatro veces con la cabeza en el saliente techo.

Nos llevaron a nuestro cuarto, especie de sala grande

con el suelo de barro e iluminada por una ventana cuyos cristales, al estar hechos de piel de cordero, eran muy poco transparentes. Las camas estaban hechas con forraje seco echado encima de dos jergones de madera pintados de rojo y adornados con refranes islandeses. Yo no me esperaba que aquello fuese tan acogedor; lo que había en la casa era un olor tan fuerte a pescado seco, a carne en conserva y a leche agria que mi olfato sufría bastante.

Cuando dejamos nuestros equipajes, se oyó la voz del anfitrión que nos invitaba a pasar a la cocina, única estancia donde encendían la lumbre, aun en los fríos más crudos.

Mi tío se apresuró a obedecer esta amable invitación. Yo le seguí.

La chimenea de la cocina era un modelo antiguo, una piedra era el único fogón en medio del cuarto; en el techo había un agujero por donde salía el humo. Esta cocina servía también de comedor.

Cuando entramos, el anfitrión, como si aún no nos hubiese visto, nos saludó con la palabra *saellvertu*, que significa «que sean ustedes felices», y vino a besarnos en la mejilla.

Su mujer, después que él, pronunció las mismas palabras acompañadas de la misma ceremonia; luego los dos esposos, con la mano derecha puesta sobre el corazón, se inclinaron profundamente.

Me apresuro a decir que la islandesa era madre de diecinueve hijos, que todos, grandes y pequeños, se movían armando barullo ente las nubes de humo que llenaban el cuarto. A cada momento veía una cabecita rubia y algo melancólica saliendo de esta bruma. Parecía una legión de ángeles no lo suficientemente aseados.

Los pequeños nos acogieron muy bien, y pronto nos encontramos con tres o cuatro críos en los hombros, otros tantos sobre las rodillas y el resto entre las piernas. Los que hablaban repetían la palabra *saellvertu* en todos los tonos imaginables y los que no sabían hablar no por eso chillaban menos.

Este concierto se interrumpió cuando anunciaron la comida. En ese momento entró el cazador, que venía de echar de comer a los caballos, es decir, que venía de soltarlos en el campo sin miramientos: los pobres animales tenían que contentarse con pacer el poco musgo de las rocas y algunos fucos poco nutritivos; al día siguiente ellos mismos volverían solos a reanudar la tarea de la víspera.

—*Saellvertu* —dijo Hans al entrar.

Luego, tranquilo, automáticamente, sin que un beso fuese más efusivo que otro, besó al anfitrión, a la anfitriona y a los diecinueve niños.

Cuando terminó la ceremonia, nos sentamos a la mesa los veinticuatro o, mejor dicho, para ser más exactos, nos amontonamos unos con otros. Los más favorecidos tenían sólo dos críos sobre las rodillas.

Sin embargo, cuando llegó la sopa, se hizo el silencio entre aquellos pequeños e imperó la tristeza natural islandesa incluso entre los chiquillos. El anfitrión nos sirvió una sopa de liquen que no estaba nada mal; luego una enorme cantidad de pescado seco nadando en manteca agria y, desde luego, preferible a la fresca, según las creencias gastronómicas de Islandia. Además había *Skyr,* especie de leche cuajada con bizcochos mojados en zumo de bayas de enebro; la bebida era leche mezclada con agua, que llaman *blanda* en el país. Si este curioso alimento estaba bueno o no, no podría juzgarlo. Lo cierto es que yo tenía hambre y de postre me comí hasta la última cucharada de una espesa papilla de trigo.

Una vez terminada la comida, los niños desaparecieron, las personas mayores nos sentamos alrededor del fogón donde ardía carbón, brezo, estiércol de vaca y huesos de las sobras del pescado. Después de estar un rato calentándose, los diversos grupos se dirigieron a sus respectivos cuartos. La anfitriona se ofreció, según la costumbre, a quitarnos las medias y los pantalones pero, como nosotros rehusamos con amabilidad, no insistió y pude acostarme al fin en mi cama de forraje.

Al día siguiente, a las cinco de la mañana, nos despedíamos del campesino islandés; a mi tío le costó mucho trabajo hacerle aceptar una buena propina. Hans dio la señal de partida.

A cien pasos de Gadär, el terreno empezó a cambiar de aspecto; el suelo era pantanoso y menos favorable para la marcha. A la derecha, la serie de montañas se prolongaba indefinidamente, como un sistema inmenso de fortificaciones naturales, de las cuales seguíamos la contraescarpa; se nos presentaban con frecuencia arroyuelos que había que pasar, vadeándolos y sin mojar demasiado los equipajes.

El desierto era cada vez más profundo; sin embargo, algunas veces nos parecía ver a lo lejos una sombra humana que huía; si con las revueltas del camino nos acercábamos inesperadamente a uno de aquellos espectros, sentía asco al ver de repente una cara hinchada con la piel reluciente y desprovista de cabello, y llagas repugnantes que se notaban por los desgarrones de sus manos.

La desgraciada criatura no venía a alargarnos su mano deforme; por el contrario, huía de nosotros, pero no tan deprisa como para que Hans no la saludase con el *saellvertu* de costumbre.

—*Spetelsk* —decía.

—¡Un leproso! —repitió mi tío.

Ya sólo esta palabra producía un efecto repulsivo. La horrible enfermedad de la lepra es bastante corriente en Islandia; no es contagiosa, pero sí hereditaria, por eso a estos desdichados les está prohibido casarse.

Estas apariciones no servían precisamente para alegrar el paisaje, ya de por sí triste; las últimas briznas de hierba morían al pisarlas nosotros. Ni un solo árbol, a no ser algunos grupos de abedules enanos que parecían zarzas. Ningún animal; solamente algunos caballos a los que su dueño no podía alimentar y que andaban errantes por aquellas desiertas llanuras. De cuando en cuando algún halcón asomaba entre las nubes grises y levantaba el vuelo hacia las regiones del sur; yo me dejaba llevar por la melancolía de esta naturaleza salvaje y los recuerdos me hacían volver a mi país natal.

Pronto hubo que atravesar muchos fiordos sin importancia y luego un golfo auténtico; la marea llegaba entonces a su mayor altura y pudimos pasar sin esperar, alcanzamos la aldea de Alftanes, situada una milla más lejos.

Por la noche, después de vadear varios afluentes ricos en truchas y lucios, el Alfa y el Heta, nos vimos obligados a pernoctar en una casucha abandonada, digna de ser frecuentada por todos los duendes de la mitología escandinava; desde luego, el genio del frío había escogido allí su morada e hizo de las suyas durante toda la noche.

Al día siguiente no ocurrió ningún incidente reseñable. Seguíamos con el mismo terreno pantanoso, la misma monotonía, la misma triste fisonomía. Por la noche habíamos recorrido la mitad del camino y dormimos en la *annexia* de Krösolbt.

El 19 de junio, un terreno de lava se extendió a nuestros pies durante una milla; esta disposición del terreno se llama en el país *hraun*; la lava arrugada en la superficie tomaba la forma de cordones, unas veces estirados y otras enrollados. Una inmensa corriente de lava descendía desde las montañas colindantes, volcanes apagados actualmente pero cuyos restos atestiguaban la violencia del pasado. A veces el vapor de los manantiales calientes salía por algunos lugares.

Nos faltaba tiempo para observar estos fenómenos; había que andar. Pronto volvió a aparecer, bajo el paso de nuestras cabalgaduras, el terreno pantanoso entrecortado por pequeñas lagunas. Nuestra dirección era entonces hacia el oeste; habíamos doblado por la gran bahía de Faxa, y la doble cima blanca de Sneffels se elevaba entre las nubes a menos de cinco millas de distancia.

Los caballos andaban bien, las dificultades del terreno no los detenían; yo, por mi parte, empezaba a cansarme, pero mi tío seguía tan firme y derecho como el primer día; no podía dejar de admirarle, lo mismo que al cazador, que consideraba esta expedición como un sencillo paseo.

El sábado 20 de junio a las seis de la tarde llegábamos a Büdir, pueblo situado a la orilla del mar; el guía reclamó su paga como estaba convenido. Mi tío hizo sus cuentas con él. La misma familia de Hans, es decir, sus tíos y primos hermanos, fueron los que nos ofrecieron su hospitalidad; fuimos bien recibidos y, sin abusar de las bondades de esta gente, de buena gana me hubiese quedado en su casa para reponerme del cansancio del viaje, pero mi tío, que no pensaba en descansar, no lo entendió así y al día siguiente tuvimos que montar de nuevo en los caballos.

El terreno se resentía por la proximidad de la montaña, cuyas raíces de granito salían a la superficie como las de una vieja encina. Rodeábamos la inmensa base del volcán. El profesor no lo perdía de vista; gesticulaba y parecía desafiarlo diciendo:

—¡Aquí está el gigante que voy a domar!

Al final, después de veinticuatro horas de marcha, los caballos se pararon por su cuenta ante la puerta de la casa parroquial de Stapi.

CAPÍTULO XIV

Stapi es una aldea formada por treinta cabañas y construida entre lava bajo los rayos del sol reflejados por el volcán. Se halla en el fondo de un pequeño fiordo enclavado en una muralla basáltica que produce un extraño efecto.

Ya se sabe que el basalto es una roca de color pardo de origen ígneo: toma formas regulares que sorprenden por su disposición. Aquí la naturaleza procede geométricamente y trabaja como si fuera humana, como si hubiese manejado el cartabón, el compás y la plomada. Si por todas las demás partes trabaja con arte en sus grandes masas dispuestas sin orden, sus conos apenas esbozados, sus pirámides imperfectas con la extraña sucesión de líneas, aquí, en cambio, queriendo dar ejemplo de regularidad y precediendo a los primeros arquitectos de la historia, ha creado un orden severo, jamás superado por los esplendores de Babilonia ni por las maravillas de Grecia.

Yo había oído hablar bastante de la Calzada de los Gigantes, en Irlanda, y de la Gruta de Fingal, en una de las Hébridas, pero el espectáculo de una construcción subterránea basáltica nunca lo había visto todavía.

Ahora bien, en Stapi este fenómeno aparecía en toda su hermosura.

La muralla del fiordo, como toda la costa de la península, se componía de una sucesión de columnas verticales de treinta pies de altura. Estos fustes derechos y bien proporcionados soportaban una arquivolta hecha de columnas horizontales, cuyo desplome formaba media bóveda por encima del mar. Con ciertos intervalos y bajo este natural impluvio, sorprendían a la vista aberturas ojivales de un admirable diseño, contra las cuales las olas se precipitaban derramando espuma. Algunos trozos de basalto, arrancados por el furor del océano, se extendían sobre el suelo como los restos de un templo antiguo, ruinas eternamente modernas sobre las que los siglos pasan sin hacer mella.

Ésta era la última etapa de nuestro viaje terrestre. Hans nos había conducido sagazmente y me tranquilizaba algo el pensar que todavía tenía que acompañarnos.

Al llegar a la puerta de la casa del cura, una sencilla cabaña de una planta ni más hermosa ni más acogedora que las demás, vi a un hombre que estaba herrando un caballo, con un martillo en la mano y un delantal de cuero puesto.

—*Saellvertu* —le dijo el cazador.

—*God dag* —respondió el herrador en perfecto danés.

—*Kyrkoherde* —dijo Hans, volviéndose hacia mi tío.

—¡El cura! —repitió éste—. Parece ser, Axel, que este buen hombre es el rector.

Mientras tanto, el guía ponía al *Kyrkoherde* al corriente de la situación; éste, suspendiendo su trabajo, dio una especie de grito usual sin duda entre caballos y tratantes, y al momento una enorme especie de bruja salió de la cabaña. Si no medía seis pies de alto, le faltaría poco.

Temí que viniese a ofrecer a los viajeros el beso islandés, pero no fue así, sino que nos introdujo de bastante mala gana en su casa.

La habitación de los huéspedes me pareció la peor de la casa parroquial, estrecha, sucia y maloliente. Había que contentarse con eso; el cura no parecía practicar la hospitalidad de los tiempos pasados, ni mucho menos. Antes de terminar el día, vi que tratábamos con un herrero, con un pescador, con un cazador o con un carpintero cura, pero no con un ministro del Señor. Es verdad que estábamos en medio de la semana. Puede ser que se reservase para el domingo.

No quiero hablar mal de estos pobres sacerdotes que, después de todo, son muy pobres, reciben un sueldo ridículo del gobierno danés y perciben la cuarta parte del diezmo de su parroquia, lo que hace una suma de menos de sesenta marcos. Por eso tenía necesidad de trabajar para vivir; pero pescando, cazando o herrando caballos, se acaba por tener los modales, el tono y las costumbres de los cazadores, de los pescadores y demás gente algo ruda; esa misma noche pude ver que nuestro anfitrión no contaba con la moderación entre sus virtudes.

Mi tío conoció pronto con qué clase de hombre tenía que tratar; en lugar de un sabio generoso y digno, se encontró con un campesino tosco y ordinario; él decidió, por lo tanto, empezar cuanto antes su gran expedición y abandonar a este sucedáneo de cura poco hospitalario. No hizo caso de su cansancio y tomó la resolución de pasar algunos días en la montaña.

Los preparativos de nuestra marcha se hicieron al día siguiente de nuestra llegada a Stapi. Hans contrató a tres islandeses para llevar nuestros equipajes, en lugar de los caballos, pero una vez llegados al fondo del cráter, estos indígenas debían volver por el mismo camino y dejarnos solos. Este punto quedó perfectamente establecido.

En esta ocasión, mi tío tuvo que decirle al cazador que su intención era proseguir el reconocimiento del volcán hasta sus últimos límites.

Hans se contentó con inclinar la cabeza. Ir aquí o allí, penetrar en las entrañas de su isla o recorrer ésta le parecía totalmente indiferente; en cuanto a mí, distraído hasta entonces por los incidentes del viaje, me había olvidado un poco de lo que me esperaba, pero ahora sentía que la emoción se apoderaba de mí. ¿Qué hacer? Si hubiese podido tratar de disuadir al profesor Lidenbrock, lo habría hecho en Hamburgo, pero no al pie del Sneffels.

Había una idea en especial que me atormentaba, idea horrorosa y capaz de desequilibrar nervios menos templados que los míos.

«Veamos —me decía yo mismo—. Vamos a escalar el

Sneffels. Bien. Vamos a visitar su cráter. Bueno. Otros han hecho lo mismo y no han muerto, pero esto no es todo. Si se nos presenta un camino para bajar a las entrañas de la Tierra, si lo que ha dicho ese desgraciado de Saknussem es cierto, podemos perdernos entre las galerías subterráneas del volcán. Por otra parte, nada nos confirma que el Sneffels esté apagado. ¿Quién puede probar que no se prepara una erupción? Porque este monstruo duerma desde 1229, ¿podemos creer que no puede despertarse? Y si se despierta, ¿qué será de nosotros?»

Merecía la pena reflexionar sobre todo esto, y yo lo hacía. No podía dormir sin soñar con la erupción y, la verdad, terminar como lava y escoria me parecía demasiado brutal. En fin, ya no pude más, decidí someter el caso a mi tío lo más hábilmente posible y bajo la forma de una hipótesis irrealizable.

Fui a buscarlo. Le di cuenta de mis temores y me eché hacia atrás para dejarlo estallar a gusto.

—Pensaba en ello —respondió sencillamente.

¿Qué significaban estas palabras? ¿Iba por fin a atender a razones? ¿Pensaba abandonar sus proyectos? Esto hubiera sido demasiado bonito para ser posible.

Después de unos momentos de silencio, durante los cuales no me atreví a interrogarle, continuó diciendo:

—Pensaba en ello. Desde nuestra llegada a Stapi me ha preocupado la grave cuestión a la que acabas de aludir, pues no hay que obrar con imprudencia.

—No —contesté con energía.

—Hace seiscientos años que el Sneffels está mudo,

pero puede hablar. Ahora bien, las erupciones van siempre precedidas de fenómenos perfectamente conocidos; por esto he interrogado a los habitantes del país, he estudiado el terreno y puedo decirte que no habrá erupción, Axel.

Ante esta afirmación me quedé estupefacto y no pude replicar palabra.

—¿Dudas de mis palabras? —dijo mi tío—. Pues bien, sígueme.

Obedecí maquinalmente. Al salir de la casa parroquial, mi tío tomó un camino directo que, por una abertura de la muralla basáltica, se alejaba del mar. Pronto nos hallamos en pleno campo, si se le puede dar este nombre a un inmenso montón de deyecciones volcánicas; el país parecía como aplastado bajo una lluvia de piedras enormes, de *trapp*, de basalto, de granito y de todas las rocas piroxénicas.

Aquí y allá se veían fumarolas que se elevaban por los aires; estos vapores blancos, llamados *reykir* en la lengua islandesa, procedían de los manantiales termales e indicaban, según fuera su violencia, la actividad volcánica del terreno. Esto parecía justificar mis temores. Por esto me vine abajo cuando mi tío me dijo:

—¿Ves todo ese humo, Axel? Pues bien, eso prueba que no tenemos nada que temer de la furia del volcán.

—¡Precisamente! —exclamé.

—Entérate de esto —replicó el profesor—. Ante la proximidad de una erupción, estas fumarolas incrementan su actividad para desaparecer por completo mientras dura el fenómeno, pues con los fluidos elásticos no tienen ya la tensión necesaria, van hacia el cráter en lugar de filtrarse a través de las fisuras del Globo. Si estos vapores siguen en su estado habitual, si su energía no aumenta, si a esta observación añades que el viento y la lluvia no cambian por un aire pesado y caluroso, puedes afirmar que no habrá erupción próxima.

—Pero...

—Basta. Cuando es la ciencia la que ha hablado, no hay más que callarse.

Volví a la casa del cura con las orejas gachas; mi tío me había vencido con argumentos científicos. Pero me quedaba todavía una esperanza: una vez llegados al fondo del cráter sería imposible, al no existir galería alguna, bajar a mayor profundidad, mal que pesara a todos los Saknussem del mundo.

La noche siguiente la pasé en medio de un volcán y en las profundidades terrestres, metido en una espantosa pesadilla: me sentía lanzado por el espacio planetario bajo la forma de una roca eruptiva.

Al día siguiente, el 23 de junio, Hans nos estaba esperando con sus compañeros cargados de herramientas, víveres e instrumentos. Dos barras de hierro, dos fusiles y dos cartucheras teníamos reservadas para mi tío y para mí. Hans, como hombre precavido que era, había añadido a nuestro equipaje un odre lleno que, unido a los nuestros, nos garantizaba el agua para ocho días.

Eran las nueve de la mañana; el cura y su enorme bruja esperaban en la puerta. Sin duda querían dirigirnos el último adiós del anfitrión al viajero. Pero este adiós tomó la inesperada forma de una formidable cuenta donde nos cobraban hasta el aire, hedor que me atrevo a decir se respiraba en la casa parroquial. Esta pareja tan digna nos clavaba como un hotelero suizo y nos ofrecía su hospitalidad a un exagerado precio.

Mi tío pagó sin regatear. Un hombre que iba al centro de la Tierra no escatimaba en algunas monedas de más o de menos.

Liquidado este punto, Hans dio la señal de partida, y unos minutos después habíamos salido de Stapi.

CAPÍTULO XV

El Sneffels mide cinco mil pies de alto; termina en un doble cono, una franja traquítica que destaca del sistema orográfico de la isla.

Desde nuestro punto de partida, no se podía apreciar el perfil de sus dos picos sobre el fondo grisáceo del cielo. Se notaba tan sólo una enorme placa de nieve sobre la cima del gigante.

Marchábamos en fila, precedidos por el cazador; éste subía por estrechos senderos por los que no habrían podido cruzarse dos personas. Cualquier conversación era prácticamente imposible.

Más allá de la muralla basáltica del fiordo de Stapi, se presentó primero un terreno de turba herbácea y fibrosa, residuo de la antigua vegetación de los pantanos de la península; la masa de este combustible, aún sin explotar, sería suficiente para calentar durante un siglo a toda la población de Islandia; esta gran masa de turba, medida desde el fondo de algunos barrancos, tenía frecuentemente sesenta pies de altura y presentaba capas sucesivas de detritus carbonizado separadas por láminas de toba pulimentadas.

Como digno sobrino del profesor Lidenbrock y a pesar de mis preocupaciones, observaba con interés las curiosidades mineralógicas que había en aquel amplio museo de historia natural, al tiempo que reaparecía en mi memoria toda la historia geológica de Islandia.

Esta isla tan curiosa surgió del fondo de las aguas en una época relativamente moderna; puede ser que aún ahora se esté elevando por un movimiento imperceptible. Si es así, no puede atribuirse su origen más que a la acción del fuego subterráneo. En este caso, la teoría de Humphry Davy, el documento de Saknussem y las pretensiones de mi tío, todo en una palabra, se lo llevaba el aire. Esta hipótesis me condujo a examinar detenidamente la naturaleza del terreno, y pronto me di cuenta de la sucesión de los fenómenos que precedieron a la formación de la isla.

Islandia, absolutamente privada de terreno sedimentario, se compone únicamente de toba volcánica, es decir, de una aglomeración de piedras y rocas de textura porosa. Antes de la existencia de los volcanes, estaba formada por un macizo levantado lentamente sobre las olas por el empuje de las fuerzas centrales. Los fuegos interiores aún no habían hecho erupción.

Pero más tarde se abrió una ancha hendidura diagonal del sudoeste al noroeste de la isla, por la cual se vertió poco a poco toda la masa traquítica. El fenómeno se llevaba a cabo, entonces, sin violencia; la abertura era enorme y las materias fundidas, lanzadas desde las entrañas de la tierra, se extendieron poco a poco en anchas capas o en masas onduladas. En esta época aparecieron los feldespatos, las sienitas y los pórfidos.

Pero, gracias a esta abertura, el espesor de la isla aumentó considerablemente y, como consecuencia, también su resistencia. Puede concebirse cuál sería la cantidad de fluidos elásticos que se almacenaron en su seno cuando no volvió a ofrecer ninguna abertura después del enfriamiento de su corteza traquítica. Hubo un momento en que la fuerza mecánica de este gas fue tal que levantó la corteza pesada y se abrieron altas chimeneas. De ahí el volcán formado por el levantamiento de la corteza y luego el cráter abierto súbitamente en su cima.

Entonces, a los fenómenos eruptivos sucedieron los fenómenos volcánicos. Por las aberturas nuevamente formadas salieron primero deyecciones basálticas, de las cuales la llanura que en ese momento atravesábamos ofrecía a nuestra vista las muestras más maravillosas. Andábamos por esas rocas pesadas de un gris oscuro que el enfriamiento había transformado en prismas de base hexagonal. A lo lejos se veía un gran número de conos aplastados que fueron en otros tiempos otras tantas bocas ignívomas.

Luego, una vez terminada la erupción basáltica, el volcán, cuya fuerza aumentaba con la de los cráteres apagados, dio paso a las lavas y a esas tobas de ceniza y de escoria, de las cuales se apreciaban las largas corrientes diseminadas por cada lado como una espesa cabellera.

Ésta fue la sucesión de los fenómenos que constituyeron Islandia; todos provenían de la acción de los fuegos interiores, y era una locura suponer que la masa interna no estaba en un estado permanente de incandescencia líquida. Pero lo que era una locura auténtica era pretender llegar al centro del Globo.

Desde luego que me tranquilicé sobre el resultado de nuestra aventura, aunque seguíamos subiendo al asalto del Sneffels.

El camino se nos hacía más difícil: el terreno subía en cuesta, los trozos de las rocas se desprendían y había que andar con el cuidado más escrupuloso para evitar caídas peligrosas.

Hans avanzaba tranquilamente como si estuviera en un terreno liso; algunas veces desaparecía detrás de los enormes bloques y momentáneamente lo perdíamos de vista; entonces, con un silbido agudo indicaba la dirección que había que seguir.

Con frecuencia se paraba, recogía algunos trozos de roca, los colocaba de manera que pudiesen ser reconocidos como marcas que indicaban el camino de vuelta. Buena precaución de por sí, pero que los acontecimientos posteriores habían de hacer inútil.

Después de tres horas de fatigosa marcha, solamente habíamos llegado a la falda de la montaña. Allí Hans nos indicó por señas que nos parásemos, y compartimos todos un desayuno ligero. Mi tío comía los trozos de dos en dos para acabar antes. Pero, como esta parada, además de para desayunar, era también para descansar, tuvo que esperar a que el guía quisiese dar la señal de partida, lo que no hizo hasta una hora después. Los tres islandeses, tan taciturnos como su compañero el cazador, no pronunciaron palabra y comieron muy serios. Empezábamos ahora a trepar por las pendientes del Sneffels; su cima nevada, debido a una ilusión óptica, cosa frecuente en las montañas, me parecía muy cercana y, sin embargo, ¡cuántas horas interminables nos quedaban antes de llegar a ella! Y, sobre todo, ¡qué cansancio! Las piedras que no estaban unidas ni por la hierba ni con tierra se desplomaban a nuestros pies y se perdían en la llanura con la rapidez de un alud.

En ciertos lugares, las faldas del monte formaban con el horizonte un ángulo de, al menos, 36 grados; era imposible escalarlas y teníamos que dar la vuelta, con gran dificultad, a estas pendientes pedregosas. Nos prestábamos entonces mutua ayuda valiéndonos de los bastones.

Debo decir que mi tío estaba a mi lado el mayor tiempo posible: no me perdía de vista y, en diversas ocasiones, su brazo me proporcionó un apoyo sólido. Él, por el contrario, debía de tener una habilidad innata para el equilibrio, no tropezaba nunca. Los islandeses, a pesar de ir cargados, subían con la agilidad de los montañeros.

Al ver la altura de la cima del Sneffels, me parecía imposible alcanzarla por ese lado si el ángulo de inclinación de las vertientes no se cerraba. Afortunadamente, después de una hora de fatigas y de derrochar las fuerzas por turno, en medio del vasto tapiz de nieve extendido sobre la corteza del volcán, apareció inesperadamente una especie de escalera que simplificó nuestra ascensión. Estaba formada por uno de esos torrentes de piedras lanzadas por las erupciones y cuyo nombre islandés es *stina*. Si este torrente no hubiese sido detenido en su carrera por las faldas de la montaña, se habría precipitado en el mar y formado nuevas islas.

Tal como estaba, nos vino muy bien: aumentaba la rigidez de las pendientes, pero estos escalones de piedra permitían subirlas con facilidad y tan rápidamente que, habiéndome quedado un momento detrás mientras mis compañeros subían, los vi reducidos por la distancia a un tamaño microscópico.

A las siete de la tarde ya habíamos subido los dos mil escalones y dominábamos una zona de la montaña que formaba una especie de lecho sobre el cual se apoyaba el cono propiamente dicho del cráter.

El mar se extendía a una profundidad de tres mil doscientos pies; habíamos sobrepasado ya el límite de las nieves perpetuas, bastante poco elevado en Islandia por la constante humedad del clima. Hacía un frío terrible, el viento soplaba con fuerza. Yo estaba rendido. El profesor se dio cuenta de que mis piernas no podían seguir y, a pesar de su impaciencia, decidió parar. Hizo señas al cazador, que negó con la cabeza diciendo:

—*Ojvanfór.*

—Parece que hay que subir más —dijo mi tío.

Luego preguntó a Hans cuál era el motivo de su respuesta.

—*Mistour* —respondió el guía.

—*Ja, mistour* —replicó uno de los islandeses, con tono de espanto.

—¿Qué significa esta palabra? —pregunté con inquietud.

—Mira —dijo mi tío.

Dirigí mi vista hacia la llanura: una inmensa columna de piedra pómez pulverizada, de arena y de polvo, se elevaba rodando como una tromba; el viento la llevaba sobre la falda del Sneffels, donde nosotros estábamos parados; esta cortina opaca extendida ante el sol proyectaba una gran sombra sobre la montaña. Si la tromba se inclinaba, inevitablemente nos arrastraría en su torbellino. Este fenómeno, bastante frecuente cuando el viento sopla del lado de los ventisqueros, tiene el nombre de *mistour* en lengua islandesa.

—*Hastigt*, *hastigt* —exclamó nuestro guía.

Sin saber danés, comprendí que había que seguir a Hans lo más deprisa posible. Éste empezó a dar la vuelta al cono del cráter, pero de forma sesgada para facilitarnos la marcha; la tromba cayó pronto sobre la montaña, que tembló con el choque; las piedras recogidas en el movimiento del viento cayeron formando lluvia como en una erupción.

Estábamos, afortunadamente, en el lado contrario y resguardados de todo peligro. Sin la precaución del guía, nuestros cuerpos deshechos, reducidos a polvo, hubiesen caído a lo lejos como producto de algún meteoro desconocido.

Sin embargo, Hans no juzgó prudente pasar la noche

en las faldas del cono. Continuamos nuestra ascensión zigzagueando y tardamos cerca de cinco horas en franquear los quince mil pies que nos quedaban; las vueltas, los rodeos y las contramarchas se prolongaron por lo menos tres leguas. Yo no podía más, sucumbía de frío y de hambre. El aire, algo enrarecido, no llegaba a mis pulmones.

Por fin, a las once de la noche, en plena oscuridad llegamos a la cima del Sneffels y, antes de guarecerme en el interior del cráter, pude ver «el sol de medianoche», en lo más bajo de su recorrido, proyectando sus pálidos rayos sobre la isla dormida a mis pies.

CAPÍTULO XVI

Devoramos la cena rápidamente y el grupito se acomodó como pudo. La cama era dura; el lugar donde nos resguardábamos, poco sólido; la situación, muy penosa, y, por si fuera poco, estábamos a cinco mil pies sobre el nivel del mar. A pesar de todo, mi sueño fue tranquilísimo durante toda la noche, una de las mejores que había pasado desde hacía mucho tiempo. Ni siquiera soñé.

Al día siguiente nos despertamos medio congelados por un aire muy fuerte, entre los rayos de un sol radiante. Me levanté de mi cama de granito y fui a disfrutar del magnífico espectáculo que se ofrecía ante mi vista.

Yo ocupaba la cima de uno de los dos picos del Sneffels, el del sur. Desde allí mi vista se extendía por encima de la mayor parte de la isla. Un fenómeno óptico muy corriente en las grandes alturas hacía parecer más altas las orillas y, en cambio, las partes del centro semejaban estar hundidas. Cualquiera diría que uno de esos mapas en relieve de Helbesmer se hallaba a mis pies; veía profundos valles cruzándose en todos los sentidos; los precipicios se hundían como pozos; los lagos se convertían en estanques y los ríos en arroyuelos. A mi derecha se sucedían los ventisqueros de forma innumerable y picos desdoblados, algunos de los cuales estaban coronados de un humo poco espeso. Las ondulaciones de aquellas montañas infinitas, cuyas capas de nieve parecían olas de espuma, me recordaba la superficie de un mar agitado. Si me volvía hacia el oeste, veía el océano, con toda su majestuosa extensión, como una continuación de aquellas cimas encrespadas. Mi vista apenas distinguía dónde acababa la tierra y dónde empezaban las olas.

Me sumergí en ese éxtasis ilusorio que produce encontrarse entre las altas cimas, ya sin vértigo, pues al fin me había acostumbrado a las contemplaciones más sublimes. Mi vista deslumbrada se empapaba de la irradiación transparente de los rayos del sol; olvidaba quién era, dónde estaba, para vivir como los elfos y los silfos, habitantes imaginarios de la mitología escandinava; me embriagaba con el deleite de las alturas sin pensar en los abismos donde me iba a sumergir dentro de poco. Pero la llegada del profesor y de Hans me devolvió a la realidad, pues se me unieron en la cima del pico.

Mi tío, volviéndose hacia el oeste, me indicó con la mano un vapor, una ligera bruma, algo parecido a la tierra que dominaba la línea de las olas.

—Groenlandia —dijo.

—¿Groenlandia? —exclamé.

—Sí, no estamos ni a treinta y cinco leguas de distancia y, en la época del deshielo, los osos blancos llegan hasta Islandia llevados por los témpanos del norte. Pero esto no tiene importancia. Estamos en la cima del Sneffels: mira los dos picos, uno al sur, otro al norte. Hans va a decirnos qué nombre dan los islandeses al que nos importa en este momento.

Una vez hecha la pregunta, el cazador contestó.

—*Scartaris.*

Mi tío me lanzó una mirada triunfante.

—¡Al cráter! —dijo.

El cráter del Sneffels representaba un cono invertido, cuyo orificio debía de tener una media legua de diámetro. Su profundidad me parecía de unos dos mil pies. Imaginémonos un recipiente semejante, lleno de truenos y de llamas. El fondo del embudo no debía de tener más de quinientos pies de perímetro, de modo que sus pendientes, bastante suaves, permitían llegar con facilidad a su parte inferior. Yo comparaba involuntariamente este cráter con un enorme trabuco acampanado, y esta comparación me horrorizaba.

«Bajar a un trabuco —pensaba—, que a lo mejor está cargado y puede estallar al menor choque, es cosa de locos.»

Pero yo ya no podía dar marcha atrás. Hans volvió a colocarse a la cabeza de la caravana con un aspecto indiferente y lo seguí sin decir palabra.

Con el fin de facilitar la bajada, Hans describía en el interior del cono unas elipses muy alargadas; había que andar entre las rocas eruptivas, algunas de las cuales, resentidas en sus alvéolos, se precipitaban hasta el fondo del abismo. Su caída producía repeticiones del eco que causaban una extraña sonoridad.

Ciertas partes del cono formaban ventisqueros interiores; Hans avanzaba entonces con una extremada precaución, tentando el terreno con su barra de hierro para descubrir las hendiduras. En algunos sitios dudosos fue necesario atarnos con una gran cuerda para que, si a alguno le fallaba el pie de repente, se encontrase sostenido por sus compañeros. Esta solidaridad era prudente, pero no excluía del todo el peligro. A pesar de las dificultades que implicaba el descenso, por pendientes que el guía no conocía, hicimos el camino sin accidentes; solamente se cayó un fardo de cuerdas que se le escapó a un islandés de las manos y que fue a parar al fondo del abismo.

A mediodía ya habíamos llegado. Levanté la cabeza y vi el orificio superior del cono, por el cual se veía un trozo de cielo de circunferencia casi perfecta, aunque reducida. Sobre un punto se destacaba el pico de Scartaris, que se hundía en la inmensidad.

En el fondo del cráter se abrían tres chimeneas por las cuales, en el tiempo de las erupciones del Sneffels, el foco central lanzaba sus lavas y sus vapores. Cada una de estas chimeneas tenía unos cien pies de diámetro. Estaban allí, boquiabiertas a nuestros pies. No tuve valor para echarles un vistazo. El profesor Lidenbrock sí había hecho un examen rápido de su colocación; estaba sin aliento, corría de una a otra, gesticulando y pronunciando palabras incomprensibles. Hans y sus compañeros, sentados sobre trozos de lava, miraban lo que hacía; seguramente lo tomaban por un loco.

De pronto, mi tío soltó un grito; creí que se le había ido un pie y que se había caído en una de las tres chimeneas. Pero no. Lo vi, con los brazos extendidos, las piernas separadas, de pie delante de una roca de granito colocada en medio del cráter como un enorme pedestal hecho para la estatua de un Plutón. Tenía la pose de un hombre pasmado, pero cuya estupefacción dejó pronto lugar a una insensata alegría.

—¡Axel! ¡Axel! —exclamó—. ¡Ven! ¡Ven!

Corrí hacia él. Ni Hans ni los islandeses se movieron.

—¡Mira! —me dijo el profesor.

Y compartiendo su estupefacción aunque no su alegría, leí en la parte occidental del bloque, en caracteres rúnicos y medio borrados por el tiempo, este nombre mil veces maldito:

—¡Ame Saknussem! —exclamó mi tío—, ¿todavía dudas?

No contesté y me volví al banco de lava derrotado. La evidencia me agobiaba. Durante cuánto tiempo permanecí absorto en mis reflexiones, lo ignoro. Lo único que sé es que cuando levanté la cabeza vi a mi tío y a Hans solos en el fondo del cráter. Los islandeses habían sido despedidos y ahora volvían a bajar por las pendientes exteriores del Sneffels para llegar a Stapi.

Hans dormía tranquilamente al pie de una roca, en una corriente de lava donde se había improvisado una cama; mi tío daba vueltas alrededor del fondo del cráter como una bestia salvaje en la trampa de un cazador. No tenía ni ganas ni fuerzas para levantarme y, siguiendo el ejemplo del guía, me dejé llevar por un molesto amodorramiento, creyendo oír ruidos o sentir temblores en las faldas de la montaña.

Así pasamos esta primera noche en el fondo del cráter.

Al día siguiente, un cielo gris cubierto de nubes, pesado, se veía sobre la cima del cono. Me di cuenta de ello no tanto por la oscuridad del abismo, sino por la rabia que tenía mi tío.

Comprendí la razón y recuperé un rayo de esperanza. Explicaré por qué:

De los tres caminos abiertos a nuestros pies, sólo uno había sido seguido por Saknussem. Según el sabio islandés, podría reconocerse por la particularidad señalada en el criptograma, o sea, que la sombra del Scartaris acariciaría sus bordes durante los últimos días del mes de junio.

Se podía considerar, desde luego, este pico agudo como una especie de inmenso cuadrante solar, cuya sombra, en un día determinado, marcaría el camino del centro del Globo.

Pero, si no hacía sol, no había sombra y, por supuesto, no había indicación. Estábamos a 25 de junio. Si el cielo permanecía cubierto durante seis días más, habría que dejar la observación para otro año.

Renuncio a describir la impotente rabia del profesor Lidenbrock. Pasó el día y ninguna sombra se proyectó en el fondo del cráter. Hans no se movió de su sitio; sin embargo, debía de preguntarse qué esperábamos, si es que ese hombre se preguntaba algo. Mi tío no me dirigió ni una sola vez la palabra. Sus miradas, siempre dirigidas al cielo, se perdían en su tinte gris y nebuloso.

El día 26, lo mismo: una lluvia mezclada con nieve estuvo cayendo durante toda la jornada. Hans construyó una choza con trozos de lava. Me entretuve mirando los millares de cascadas improvisadas sobre las faldas del cono, cuyas piedras aumentaban el murmullo ensordecedor.

Mi tío no podía más. Aquello podrá irritar al más paciente, pues era como nadar en mar abierto.

Pero a grandes males, grandes remedios; el cielo reservaba al profesor Lidenbrock una satisfacción igual a su anterior desesperación.

Al día siguiente el cielo continuó cubierto, pero el domingo 28 de junio, antepenúltimo día del mes, hubo cambio de luna y, con él, cambio de tiempo. El sol nos inundó con sus rayos como chorros de luz dentro del cráter. Cada montículo, cada roca, cada piedra, cada aspereza tuvo su parte en el luminoso efluvio, y la sombra se proyectó instantáneamente sobre la tierra. Entre todas, la del Scartaris se dibujó como una arista y empezó a dar la vuelta imperceptiblemente hacia el astro radiante.

Mi tío daba vueltas como ella.

A mediodía, en su período más corto, rozó en el borde de la chimenea central.

—¡Ahí es! —exclamó el profesor—, ¡ahí es! ¡Al centro del Globo! —añadió en danés.

Miré a Hans.

—*Forüt!* —dijo tranquilamente el guía.

—¡Adelante! —contestó mi tío.

Era la una y trece minutos de la tarde.

CAPÍTULO XVII

Ahora sí que comenzaba el auténtico viaje. Hasta entonces el cansancio había podido con todas las dificultades, pero ahora éstas iban a salir verdaderamente a nuestro paso.

Todavía no había echado una ojeada a aquel pozo insondable donde iba a sepultarme. Había llegado el momento. Aún me encontraba a tiempo de tomar parte en la aventura o de negarme a intentarlo. Pero me dio vergüenza echarme atrás ante el cazador. Hans aceptaba la aventura con tanta tranquilidad, con una indiferencia tal y una despreocupación tal ante el peligro que me avergoncé al pensar que iba a ser yo menos valiente que él. Solo, hubiese empezado con la retahíla de mis sólidos argumentos, pero en presencia del guía, preferí callarme. Uno de mis recuerdos voló hacia mi preciosa virlandesa y me acerqué a la chimenea central.

Ya he dicho que ésta medía cien pies de diámetro o trescientos pies de perímetro. Me incliné sobre una roca que se desplomaba y miré; se me pusieron los pelos de punta, la sensación del vacío se apoderó de mí. Sentí que se me iba el centro de gravedad y que el vértigo se me subía a la cabeza como una borrachera. Nada tan embriagador como la atracción del abismo. Me caía; una mano me sostuvo, la de Hans. Decididamente, no había tenido las suficientes clases de abismo en la Frelsers-Kirk de Copenhague.

Sin embargo, por poco que mi mirada se hubiese aventurado en ese pozo, me habría dado cuenta de su forma. Sus paredes, casi cortadas a pico, presentaban bastantes salientes que podían facilitar la bajada, pero cuando no faltaba la escalera, faltaba el pasamanos. Una cuerda atada al orificio hubiese bastado para sostenernos, pero ¿cómo desatarla al llegar a la extremidad inferior?

Mi tío empleó un medio muy sencillo para solventar esta dificultad. Deslió una cuerda de un dedo de gruesa y de cuatrocientos pies de larga; dejó escapar la mitad y la enrolló luego alrededor de un bloque de lava, que hacía saliente, echando la otra mitad por la chimenea. De ese modo cada uno de nosotros podría descender sujetando las dos mitades de la cuerda, que no se podía escurrir; una vez bajados doscientos pies, nos sería fácil recogerla tirando de un cabo. Luego repetiríamos esta maniobra hasta el infinito.

—Ahora —dijo mi tío tras haber acabado con sus preparativos—, ocupémonos de los equipajes: los dividiremos en tres paquetes y cada uno se atará uno a la espalda; hablo solamente de los objetos frágiles.

El atrevido profesor no nos incluía evidentemente en aquella última categoría.

—Hans —prosiguió— va a cargar con las herramientas y una parte de los víveres; tú, Axel, con otra tercera parte de los víveres y las armas, y yo con el resto de los víveres y los instrumentos delicados.

—Pero —pregunté— la ropa y todas esas cuerdas y escalas, ¿quién se encargará de bajarlas?

—Bajarán solas.

—¿Cómo? —pregunté.

—Ahora lo verás.

A mi tío no le gustaba titubear para poner en práctica los grandes remedios. Bajo su mando, Hans reunió en un solo paquete los objetos no frágiles, y aquel lío, sólidamente atado, se precipitó así, por las buenas, en el abismo.

Oí el murmullo sonoro producido por la alteración de las capas de aire. Mi tío, inclinado en el abismo, seguía con mirada satisfecha la bajada de su equipaje y no se levantó hasta que lo hubo perdido de vista.

—Bueno —dijo—, ahora nosotros.

Que me diga cualquier hombre de buena fe si era posible escuchar aquellas palabras sin echarse a temblar.

El profesor se ató a la espalda el paquete de los instrumentos, Hans cogió el de las herramientas y yo el de las armas. La bajada empezó en este orden: Hans, mi tío y yo. Se llevaba a cabo en un profundo silencio, turbado solamente por la caída de los trozos de roca que se precipitaban en el abismo.

Me dejé deslizar, por decirlo así, agarrándome desesperadamente a la doble cuerda con una mano y, con la otra, afianzándome por medio de mi barra de hierro. Una única idea me obsesionaba: me espantaba pensar que me pudiera faltar un punto de apoyo. Aquella cuerda me parecía demasiado endeble para soportar el peso de tres personas. Hacía el menor uso de ella, realizando milagros con el equilibrio sobre los salientes de lava a los que mi pie se agarraba como una mano.

Cuando algunos de estos escalones resbaladizos se derrumbaban al paso de Hans, éste decía con voz tranquila:

—*Gifakt!*

—¡Cuidado! —repetía mi tío.

Después de media hora, llegamos a la superficie de una roca fuertemente agarrada a la pared de la chimenea.

Hans tiró de uno de los cabos de la cuerda; el otro se elevó por los aires; después de pasar por la roca más alta, volvió a caer arrancando pedazos de piedras y de lava, una especie de lluvia o de granizada muy peligrosa.

Inclinándome por encima de nuestra estrecha llanura, me di cuenta de que el fondo del agujero era todavía invisible.

Empezamos de nuevo la maniobra de la cuerda y media hora más tarde habíamos alcanzado doscientos pies más de profundidad.

No sé si el más enrabietado de los geólogos habría tratado de estudiar, en este descenso, la naturaleza del terreno circundante.

Yo, por mi parte, no me preocupaba de ello en absoluto; que fuesen pliocenos, miocenos, eocenos, cretáceos, jurásicos, triásicos, carboníferos, devonianos o primitivos, me importaba poco. Pero el profesor hacía, sin duda, observaciones o tomaba notas, pues en una de las paradas me dijo:

—Cuanto más adelante voy, más confianza tengo; la disposición de estos terrenos volcánicos dan absolutamente la razón a las teorías de Davy. Estamos en pleno terreno primordial, terreno en el que se ha producido la operación química de los metales inflamados al contacto del aire y del agua; rechazo por completo el sistema de un calor central; ya lo veremos.

Siempre la misma conclusión. Se comprende que yo no perdiera el tiempo en discutir. Mi silencio fue tomado por asentimiento y la bajada volvió a empezar.

Al cabo de tres horas, aún no se entreveía el fondo de la chimenea. Cuando levantaba la cabeza veía su orificio, que iba disminuyendo poco a poco; sus paredes, por su ligera inclinación, tendían a aproximarse. Cada vez más, se hacía la oscuridad.

Sin embargo, seguíamos bajando; me parecía que las piedras desprendidas de las paredes se hundían con una repercusión más apagada, y que debían de dar enseguida contra el fondo del abismo.

Como había tenido cuidado de anotar exactamente nuestras maniobras con la cuerda, pude darme perfecta cuenta de la profundidad que habíamos alcanzado y del tiempo invertido.

Habíamos repetido ya catorce veces la maniobra,

que duraba media hora. Eran, por lo tanto, siete horas, más los catorce cuartos de hora de descanso, tres horas y media. En total, diez horas y media. Habíamos salido a la una, así es que debían de ser las once en ese momento.

En cuanto a la profundidad que habíamos alcanzado, estas catorce maniobras con una cuerda de doscientos pies de larga daban dos mil ochocientos pies de profundidad.

En ese momento se oyó la voz de Hans:

—*Halt!* —dijo.

Me paré en seco en el momento en que iba a pisar la cabeza de mi tío.

—Hemos llegado —dijo éste.

—¿Dónde? —pregunté, deslizándome a su lado.

—Al fondo de la chimenea perpendicular.

—¿No hay entonces otra salida?

—Sí, una especie de corredor que entreveo y que tuerce hacia la derecha. Ya lo veremos mañana. Cenemos primero y, después, a dormir.

La oscuridad no era absoluta todavía. Abrimos la bolsa de las provisiones, comimos y nos acostamos como pudimos sobre un lecho de piedras y de restos de lava.

Y cuando, tendido boca arriba, abrí los ojos, vi un punto brillante en la extremidad de aquel tubo de tres mil pies de largo que parecía un tragaluz de tamaño gigantesco.

Era una estrella que no centelleaba y que según mis cálculos debía de ser Beta, de la Osa Menor.

Luego me dormí profundamente.

CAPÍTULO XVIII

A las ocho de la mañana nos despertó un rayo de luz. Las mil facetas de la lava de las paredes la recogían y la desparramaban como una lluvia de destellos.

Esta luz era lo bastante clara para ver los objetos que nos rodeaban.

—Bien, Axel, ¿qué dices de esto? —dijo mi tío, frotándose las manos—. ¿Has pasado nunca una noche tan tranquila en nuestra casa de Königstrasse? ¡Con aquel ruido de carretas, aquellos gritos de los vendedores, aquellas voces de los barqueros!

—Sin duda, estamos muy tranquilos en el fondo de este pozo, pero esta misma calma tiene algo que espanta.

—Vamos, vamos, si te asustas ya, ¿qué será después, si aún no hemos entrado ni un dedo en las entrañas de la Tierra?

—¿Qué quiere usted decir?

—Quiero decir que no hemos entrado más que en el suelo de la isla. Este gran tubo vertical que sale al cráter del Sneffels se para más o menos hacia el nivel del mar.

—¿Está usted seguro de eso?

—Completamente seguro. Consulta el barómetro y verás.

En efecto, el mercurio, después de haber subido poco a poco a medida que descendíamos, se había parado en veintinueve pulgadas.

—¿Lo ves? —continuó el profesor—, no tenemos aún más que la presión atmosférica, y estoy deseando que el manómetro tenga que reemplazar al barómetro.

En efecto, este instrumento nos iba a ser inútil en el momento en que el peso del aire fuera mayor que la presión calculada al nivel del océano.

—Pero —dije—, ¿no es de temer que esta presión, al seguir aumentando, sea muy peligrosa?

—No. Bajaremos despacio y nuestros pulmones se acostumbrarán a una atmósfera más comprimida. Los aeronautas acaban por quedarse sin aire cuando se elevan en las capas altas; quizá a nosotros nos sobre, pero lo prefiero. Pero no perdamos tiempo. ¿Dónde estará el paquete que nos precedió al interior de la montaña?

Me acordé entonces de que lo habíamos buscado en vano la noche anterior. Mi tío interrogó a Hans, que después de investigar atentamente con su mirada de cazador, respondió:

—*Der huppe!*

—Allá arriba.

En efecto, el paquete estaba enganchado en el saliente de una roca, a unos cien pasos sobre nuestras cabezas. Enseguida, el ágil islandés subió como un gato y al momento nos lo trajo.

—Ahora —dijo mi tío—, desayunemos, pero desayunemos como la gente que tiene una gran caminata por delante.

Remojamos los bizcochos y la carne reseca en agua mezclada con ginebra.

Una vez terminado el desayuno, mi tío sacó del bolsillo un cuadernito destinado a las observaciones; fue cogiendo sucesivamente sus diferentes instrumentos y anotando lo siguiente:

«*Lunes 1 de julio.*
Cronómetro: 8 h y 17 m de la mañana.
Barómetro: 29 pulgadas, 71.
Termómetro: 6 grados centígrados.
Dirección: Este-Sureste».

Esta última observación estaba tomada en la galería oscura y por medio de la brújula.

—Ahora, Axel —exclamó el profesor con voz entusiasta—, es cuando vamos a hundirnos verdaderamente en las entrañas del Globo. Ya ha llegado el crítico momento en que empieza nuestro viaje.

Dicho esto, mi tío cogió con una mano el aparato de Ruhmkorff que llevaba colgado del cuello; con la otra conectó la corriente eléctrica con el serpentín de la linterna, y una luz bastante clara disipó las tinieblas de la galería.

Hans llevaba un segundo aparato que puso en funcionamiento. Esta ingeniosa aplicación de la electricidad nos permitía marchar mucho tiempo con luz artificial, aun en medio de los gases más inflamables.

—¡En marcha! —dijo mi tío.

Cada uno cogió de nuevo su hatillo. Hans se encargó de ir empujando el paquete de las cuerdas y la ropa y, yendo yo el último, como antes, entramos en la galería.

En el momento de sepultarme en este corredor oscuro, levanté la cabeza y vi por última vez, por el inmenso tubo, el cielo de Islandia, «que ya no volvería a ver nunca más».

La lava, en la última erupción de 1229, se había abierto paso a través del túnel. Tapizaba el interior con una capa espesa y brillante donde se reflejaba la luz eléctrica centuplicando su intensidad.

Toda la dificultad del camino consistía en no dejarse caer con demasiada rapidez por una pendiente inclinada de unos 45 grados; afortunadamente, ciertas erosiones y dilataciones nos servían de escalones y no teníamos más que bajar, dejando resbalar nuestros equipajes, que iban atados a una gran cuerda.

Pero lo que nos hacía las veces de escalón para apoyar los pies pronto pasaba a convertirse en una estalactita en las otras paredes; la lava, porosa en algunos sitios, presentaba pequeñas ampollas redondas. Algunos cristales de cuarzo opaco, adornados de límpidas gotas de cristal y colgados de la bóveda como arañas, parecían encenderse a nuestro paso. Podía decirse que los genios del abismo iluminaban sus palacios para recibir a los huéspedes de la tierra.

—¡Esto es magnífico! —exclamé sin darme cuenta—. ¡Qué espectáculo, tío! ¿No le maravillan a usted los tonos de la lava, que van desde el rojo oscuro al amarillo fuerte por escalas imperceptibles? ¿Y esos cristales que aparecen como globos de luz?

—¡Ah!, por fin te das cuenta, Axel —contestó mi tío—. Ahora encuentras esto espléndido, hijo mío; pues bien, verás cosas aún más espléndidas. ¡Sigamos andando! ¡Sigamos!

Hubiese sido más propio decir «resbalemos», pues nos dejábamos llevar sin esfuerzo por pendientes inclinadas. Era *el facilis descensus Averni*, de Virgilio. La brújula, que yo consultaba con frecuencia, indicaba con imperturbable rigor la dirección sudeste. Esta corriente de lava no torcía ni a un lado ni a otro. Tenía la inflexibilidad de una línea recta.

Sin embargo, el calor no aumentaba sensiblemente; esto daba la razón a las teorías de Davy, y más de una vez miré el termómetro con extrañeza. Dos horas después de la partida, no marcaba más que 10 grados, o sea, un incremento de 4 grados. Esto me hacía pensar que nuestra bajada era más en sentido horizontal que vertical. En cuanto a conocer exactamente la profundidad alcanzada, nada más fácil. El profesor medía con exactitud los ángulos de desviación y de inclinación del camino, pero guardaba para él el resultado de sus observaciones.

Por la noche, hacia las ocho, dio la señal de parada. Hans se sentó en el acto; enganchamos las lámparas en un saliente de lava. Estábamos en una especie de caverna donde no nos faltaba aire. Al contrario, nos llegaban algunas bocanadas ¿Qué las produciría? ¿De qué agitación atmosférica provendrían? Ésta era una cuestión que yo no trataba de solucionar en ese momento; el hambre y el cansancio me incapacitaban para razonar. Un descenso de siete horas consecutivas no se consigue sin un gran derroche de energías. Estaba rendido. La palabra «alto» me sonó a música celestial. Hans colocó algunas provisiones sobre un bloque de lava y todos comimos con apetito. Sin embargo, me preocupaba una cosa: nuestra provisión de agua estaba medio consumida. Mi tío pensaba coger agua para reponerla en las fuentes subterráneas, pero hasta ahora no habíamos encontrado ninguna. No pude por menos que recordarle este punto.

—¿Te choca que no haya manantiales? —dijo.

—Sin duda, y hasta me inquieta; sólo nos queda agua para cinco días.

—Tranquilízate, Axel. Yo te aseguro que encontraremos agua y quizá más de la quisiéramos.

—¿Cuándo?

—Cuando salgamos de esta envoltura de lava. ¿Cómo quieres que corran fuentes a través de estas paredes?

—Pero, ¿y si esta corriente se prolonga a una gran profundidad? Me parece que todavía no hemos hecho mucho camino vertical.

—¿Qué te hace suponer esto?

—Que si estuviésemos a mucha profundidad en el interior de la corteza terrestre, el calor sería más intenso.

—Según tu sistema —respondió mi tío—. ¿Y qué indica el termómetro?

—No llega a quince grados, lo que no supone más que un aumento de nueve grados desde nuestra salida.

—Bueno, ¿y qué deduces de eso?

—Escuche mi conclusión. Según las observaciones más exactas, el aumento de la temperatura en el interior del Globo es de un grado cada cien pies. Pero algunas condiciones de localización pueden modificar esta cifra. En Yakoust, en Siberia, se ha notado que había aumentado un grado cada treinta y seis pies; esto depende, evidentemente, de la conductibilidad de las rocas. Añadiré también que en las proximidades de un volcán apagado y a través del gneis, se ha visto que la elevación de la temperatura era sólo de un grado cada ciento veinticinco pies. Tomemos esta hipótesis, que es la más favorable, y calculemos.

—Calcula, hijo mío.

—Nada más fácil —dije, colocando los números en mi cuaderno—. Nueve veces ciento veinticinco pies dan mil ciento veinticinco pies de profundidad.

—Nada más exacto.

—¿Y entonces?

—Entonces, según mis observaciones, hemos llegado a diez mil pies bajo el nivel del mar.

—¿Es posible?

—Sí, a no ser que las cifras no sean ya cifras.

Los cálculos del profesor eran exactos; habíamos sobrepasado seis mil pies las profundidades mayores que el hombre había alcanzado: las minas de Kitz-Bahl, en el Tirol, y las de Wuttemberg, en Bohemia.

La temperatura, que tendría que haber sido de 81 grados en este lugar, apenas llegaba a quince. Esto daba que pensar.

CAPÍTULO XIX

Al día siguiente, el martes 30 de junio, el descenso continuó.

Seguíamos aún por la galería de lava, verdadera rampa, suave como esos planos inclinados que reemplazan todavía a la escalera en las casas antiguas. Así fue hasta las doce y diecisiete minutos, preciso momento en que nos reunimos con Hans, que acababa de pararse.

—¡Ah! —exclamó mi tío—, hemos llegado al extremo de la chimenea.

Miré a mi alrededor: estábamos en el centro de una encrucijada en la que desembocaban dos caminos oscuros y estrechos. ¿Cuál de los dos habría que tomar? Esto sí que era un dilema.

Sin embargo, mi tío no quiso aparentar que tenía dudas ni delante de mí ni delante del guía; señaló el túnel del este y pronto estuvimos los tres metidos en él.

Además, cualquier duda sobre cuál de los dos caminos se debía elegir se hubiese prolongado indefinidamente, pues ningún indicio podía determinar cuál era el que había que escoger; teníamos que obrar completamente a la aventura.

La pendiente de esta nueva galería era poco pronunciada y su corte muy desigual; algunas veces nos salía al paso una sucesión de arcos como las naves de una catedral gótica; los artistas de la Edad Media podían haber estudiado allí todas las formas de esta arquitectura religiosa que se desarrolla a partir de la ojiva. Una milla después nuestras cabezas se agachaban bajo las cimbras rebajadas de estilo románico, y las grandes columnas adosadas al macizo se curvaban bajo el arranque de las bóvedas. En algunos lugares, esta forma desaparecía para dar lugar a bajas sustracciones que se parecían a los trabajos de los castores, y nos deslizábamos por la pendiente en medio de pasillos estrechos.

El calor seguía siendo soportable. Involuntariamente pensaba en cuál sería su intensidad cuando las lavas vomitadas por el Sneffels se precipitaban por este camino, ahora tan tranquilo. Me imaginaba los torrentes de fuego doblando por los ángulos de la galería y la acumulación de vapores recalentados en este estrecho lugar.

«¡Por lo menos —pensé— que al viejo volcán no se le ocurra despertar de su sueño!»

Ni se me ocurría comunicar estos pensamientos al tío Lidenbrock, pues no los hubiese comprendido. Su única obsesión era seguir adelante. Andaba, se deslizaba, hasta rodaba con una convicción que, después de todo, era digna de admirar.

A las seis de la tarde, después de un paseo no muy

cansado, habíamos avanzado dos leguas hacia el sur, pero apenas un cuarto de milla en profundidad.

Mi tío dio la señal de descanso. Comimos sin hablar demasiado y nos dormimos sin pensar mucho.

Nuestros preparativos para la noche eran muy sencillos: una manta de viaje, en la que nos envolvíamos, era nuestra cama. No teníamos que temerle al frío ni a ninguna visita inoportuna. Los viajeros que se internan en los desiertos de África o en el seno de los bosques del Nuevo Mundo están obligados a velar unos el sueño de los otros, pero aquí no había más que soledad y seguridad absolutas. No había que temer ni salvajes ni bestias feroces.

Nos despertamos al día siguiente descansados y dispuestos. Continuamos nuestro camino, que era de lava como la víspera. Imposible reconocer la naturaleza del terreno que atravesábamos. El túnel, en lugar de hundirse hacia las entrañas del Globo, tendía a hacerse completamente horizontal. Me pareció, incluso, notar que subía hacia la superficie de la Tierra. Esta disposición se hizo tan manifiesta y tan cansada que a eso de las diez de la mañana me vi obligado a moderar el paso.

—¿Qué haces, Axel? —me dijo el profesor con impaciencia.

—No puedo más —contesté.

—¡Cómo, después de andar tres horas por un camino tan fácil!

—No digo que no sea fácil, pero sí enormemente cansado.

—¡Cansado!, ¡si no hay más que bajar!

—Dirá usted subir, que no es lo mismo.

—¡Subir! —dijo mi tío encogiéndose de hombros.

—Sin duda. Desde hace media hora, las pendientes se han modificado y, si seguimos así, seguramente volveremos a la tierra de Islandia.

El profesor movió la cabeza como un hombre que no quiere convencerse. Traté de continuar la conversación. No me contestó y dio la señal de marcha. Noté que su silencio no era más que mal humor reconcentrado.

A pesar de todo, volví a coger mi hatillo con valor y seguí rápidamente a Hans, a quien precedía mi tío. No quería distanciarme de ellos; mi gran preocupación era no perder de vista a mis compañeros. Me horrorizaba la idea de perderme en medio de las profundidades de aquel laberinto.

A todo esto, el camino ascendente se hacía cada vez más penoso; yo me consolaba pensando que me acercaba a la superficie de la Tierra. Era una esperanza, y cada paso así me la confirmaba; disfrutaba sólo con la idea de volver a ver a mi pequeña Graüben.

Al mediodía se produjo un cambio de aspecto en las paredes de la galería. Me di cuenta de ello por el debilitamiento de la luz eléctrica reflejada en los muros. A la envoltura de lava sucedía la roca viva; el macizo se componía de capas inclinadas y con frecuencia dispuestas verticalmente. Estábamos en pleno período de transición, en pleno período siluriano.

—Esto es evidente —exclamé—: los sedimentos de

las aguas han formado, en la segunda época de la Tierra, esos esquistos, esos calcáreos y esos gres. ¡Damos la espalda al macizo granítico! Hacemos como los de Hamburgo, que tomarían el camino de Hanovre para ir a Lübeck.

Debí reservarme mis observaciones. Pero mi temperamento de geólogo venció a la prudencia y el tío Lidenbrock oyó mis exclamaciones.

—¿Qué te pasa ahora? —dijo.

—¡Mire usted! —respondí, mostrándole la variada sucesión de gres, de calizas y los primeros indicios de terrenos pizarrosos.

—¿Y qué?

—Pues que hemos llegado al período en el cual aparecieron las primeras plantas y los primeros animales.

—¿Eso crees?

—¡Pero mírelo usted, examínelo y observe!

Obligué al profesor a pasar la lámpara por las paredes de la galería. Esperaba que lanzase alguna exclamación, pero, lejos de eso, no profirió palabra y continuó su camino.

¿Me habría comprendido o no? ¿No quería confesar, por amor propio, como tío y como sabio, que se había equivocado escogiendo el túnel del este, o es que se empeñaba en explorarlo hasta el fin? Era evidente que nos habíamos apartado del camino de lava y que el que seguíamos no podía llevarnos al fogón del Sneffels.

Pero al mismo tiempo me preguntaba si no le daba yo demasiada importancia a esta modificación del terreno. ¿No sería yo el que se equivocaba? ¿Atravesaríamos realmente esas capas de roca superpuestas al macizo granítico?

«Sí, tengo razón —pensaba—, debo encontrar algún trozo de planta primitiva y habrá que rendirse a la evidencia. Busquemos.»

No había avanzado cien pasos cuando aparecieron ante las narices pruebas incontestables. Esto tenía que suceder, pues en la época siluriana, los mares encerraban más de mil quinientas especies de vegetales o animales. Mis pies, acostumbrados al terreno duro de la lava, pisaron de pronto un polvo hecho de restos de plantas y de conchas. En las paredes se veían claramente señales de fucus y de licopodios; el profesor Lidenbrock no podía llamarse a engaño con aquello, pero cerraba los ojos, me figuro, y seguía su camino con paso invariable.

Era una terquedad fuera de toda razón. Yo ya no pude más. Recogí una concha perfectamente conservada y que habría pertenecido a un animal semejante a la cochinilla actual; luego me acerqué a mi tío y le dije:

—¡Mire usted!

—Sí —contestó tranquilamente—, es la concha de un crustáceo de la orden de los trilobulados que desapareció, pero nada más.

—¿Y nada deduce usted de eso?

—¿Lo que tú mismo deduces? Sí. Perfectamente. Hemos dejado la capa de granito y el camino de lava. Es posible que me haya equivocado, pero no estaré seguro de mi error hasta el momento en que llegue al extremo de esta galería.

—Tiene usted razón en obrar así, tío, y yo le aprobaría si no tuviésemos que temer un peligro que cada vez nos amenaza más.

—¿Cuál?

—La falta de agua.

—Bueno, Axel, la racionaremos.

CAPÍTULO XX

Desde luego que hubo que racionarla. Nuestra provisión no podía durar más de tres días, según comprobé durante la cena. Y terrible expectativa: no teníamos esperanza de encontrar ningún manantial vivo en estos terrenos de la época de transición.

Durante todo el día siguiente la galería desarrolló ante nuestra vista sus interminables arcos. Andábamos casi sin decir palabra; el mutismo de Hans se nos había contagiado.

El camino no ascendía, al menos de forma perceptible; a veces parecía incluso que se inclinaba. Pero esta tendencia, poco acusada por otro lado, no debía tranquilizar al profesor, pues la naturaleza de las capas no se modificaba y el período de transición se confirmaba cada vez más.

La luz eléctrica hacía resplandecer espléndidamente los esquistos, las calizas y la antigua arenisca roja de las paredes; hubiésemos creído estar en una zanja abierta en medio de Devonshire, que dio su nombre a esta clase de terrenos. Muestras de mármoles magníficos revestían los muros, unos de un gris ágata con venas blancas dispuestas caprichosamente, otros de un color encarnado o amarillo manchado con placas rojas; más allá muestras de grietas de colores oscuros, en las cuales se destacaban los tonos vivos de la caliza. La mayoría de esos mármoles contenían huellas de animales primitivos, pero, desde la víspera, la creación había progresado evidentemente. En lugar de los trilobulados rudimentarios, yo veía restos de un orden más perfecto; entre otros, peces ganoideos y esos sauropteris en los cuales la mirada del paleontólogo ha sabido descubrir las primeras formas del reptil. Los mares devonianos estaban habitados por un gran número de animales de esta especie y los arrojaron por miles contra las rocas de nueva formación.

Iba siendo evidente que subíamos por la escala de la vida animal en cuya cima está el hombre. Pero el profesor Lidenbrock parecía no darse cuenta de ello.

Esperaba dos cosas: o que se abriese bajo sus pies un pozo vertical que le permitiese efectuar de nuevo su bajada, o que algún obstáculo le impidiese continuar por este camino. Pero llegó la noche sin que esta esperanza se realizase.

El viernes, después de una noche en la que empecé a sentir los tormentos de la sed, nuestra pequeña caravana se internó de nuevo en las revueltas de la galería.

Después de diez horas de marcha, noté que la luz de nuestras lámparas reflejada en las paredes disminuía considerablemente. El mármol, el esquisto, la caliza y la arenisca de los muros eran reemplazados por una envoltura oscura y sin brillo. Hubo un momento en que el túnel se hizo muy estrecho y me apoyé en la pared de la izquierda.

Cuando retiré la mano estaba completamente negra. Miré más de cerca. Estábamos en plena hullera.

—¡Una mina de carbón! —exclamé.

—Una mina sin mineros —respondió mi tío.

—¿Quién sabe?

—Yo lo sé —contestó mi tío con tono áspero—, y estoy seguro de que esta galería, hecha a través de estas capas de hulla, no ha sido fabricada por la mano del hombre. Que sea obra de la naturaleza o no me importa poco. Ha llegado la hora de la cena. Cenemos.

Hans sacó algunos alimentos. Apenas comí y me bebí las gotas de agua que constituían mi ración. El odre del guía a medio llenar era todo lo que quedaba para saciar la sed de tres hombres.

Después de la comida, mis dos compañeros se echaron en sus mantas y encontraron en el sueño remedio a sus fatigas. Yo no pude dormir y conté las horas hasta la mañana.

El sábado, a las seis, continuamos. Veinte minutos después llegábamos a una gran excavación; entonces me di cuenta de que esa hullera no estaba hecha por el hombre; las bóvedas hubiesen estado apuntaladas y, en realidad, se sostenían en equilibrio de puro milagro.

Esta especie de caverna contaba cien pies de anchura y ciento cincuenta de altura. El terreno había sido violentamente separado por alguna sacudida subterránea. El macizo terrestre, cediendo a algún fortísimo empuje, se había dislocado, dejando un enorme hueco donde los habitantes de la tierra penetraban por vez primera.

Toda la historia del período hullero se encontraba escrita en aquellas paredes oscuras y cualquier geólogo podía seguir fácilmente sus diversas fases. Las capas de carbón estaban separadas por estratos compactos de gres o de arcilla, y parecían aplastadas por las capas superiores.

En esta época del mundo, que precedió al período secundario, la tierra se cubrió de una inmensa vegetación, debido a la doble acción de un calor tropical unido a una humedad persistente. Una atmósfera de vapor cubría la tierra por todas partes, privándola de los rayos del sol.

De ahí la conclusión de que las temperaturas elevadas no provenían de este nuevo foco; puede incluso que el astro del día no estuviese dispuesto a representar su brillante papel. Los «climas» no existían aún y un calor tórrido se extendía por toda la superficie del Globo, igual en el ecuador que en los polos. ¿De dónde procedería? Del interior del Globo.

A pesar de las teorías del profesor Lidenbrock, un fuego violento anidaba en las entrañas del esferoide; su acción se dejaba sentir incluso en las últimas capas de la corteza terrestre. Las plantas privadas del bienhechor efluvio del sol no producían ni flores ni perfumes, pero sus raíces se fortalecían en los terrenos abrasadores de los primeros tiempos.

Había pocos árboles, solamente plantas herbáceas, inmensas praderas, helechos, licopodios, sigilarías, asterofilitas, especies raras, pero que entonces se contaban por millares.

Precisamente, la hulla debe su origen a esta inmensa vegetación. La corteza del Globo, que era elástica aún, obedecía a los movimientos de la masa líquida que ella cubría. De ahí provenían las fisuras y los numerosos hundimientos; las plantas llevadas bajo las aguas formaron poco a poco montones de consideración importante.

Entonces intervino la acción de la química natural; en el fondo de los mares, las masas vegetales se transformaron primero en turba; luego, gracias a la influencia de los gases y bajo el fuego de la fermentación, se mineralizaron por completo.

Así se formaron esas inmensas capas de carbón que, sin embargo, el consumo excesivo llegará a agotar, a no ser que las sociedades industriales no tomen cartas en el asunto.

Estas reflexiones se me ocurrían mientras consideraba las riquezas hulleras acumuladas en este trozo de la masa terrestre. Éstas, seguramente, nunca serían descubiertas. La explotación de estas minas tan lejanas requería sacrificios demasiado considerables. Y, por otro lado, ¿para qué esos sacrificios si la hulla sigue estando repartida por un gran número de regiones en la superficie de la Tierra? De manera que esas capas que yo veía intactas seguirían igual hasta el fin de los tiempos.

Sin embargo, seguíamos andando y, de los tres, yo

era el único que me olvidaba de lo largo que era el camino, perdido en mis consideraciones geológicas. La temperatura seguía poco más o menos igual que cuando íbamos por la lava y los esquistos. Lo único era que se sentía un fuerte olor a protocarburo de hidrógeno. Me di cuenta inmediatamente de que en esta galería había una notable cantidad de ese fluido peligroso al que los mineros llaman grisú y cuya explosión ha causado con frecuencia tremendas catástrofes.

Afortunadamente, nos alumbrábamos con los ingeniosos aparatos de Ruhmkorff. Si por desgracia hubiésemos explorado imprudentemente esta galería con una antorcha en la mano, una terrible explosión habría terminado con el viaje y con los viajeros.

Esta excursión por la hullera duró hasta la noche. Mi tío ya no podía contener la impaciencia que le causaba la continuidad del camino horizontal. Las tinieblas eran tan profundas que no se distinguía ni a veinte pasos; impedían ver el largo de la galería y empecé a creer que ésta era interminable cuando, de pronto, a las seis dimos contra un muro que se nos presentó de sopetón. No había paso, ni a derecha ni a izquierda, ni hacia arriba ni hacia abajo. Habíamos llegado al fondo de un callejón sin salida.

—¡Bueno, mejor! —exclamó mi tío—. Al menos sé a qué atenerme. No estamos en el camino de Saknussem y no hay más remedio que volver hacia atrás. Vamos a descansar esta noche y antes de tres días habremos alcanzado el punto donde se bifurcan las dos galerías.

—Sí —dije—, si nos quedan fuerzas para eso.

—¿Y por qué no?

—Porque mañana nos faltará el agua por completo.

—¿Y faltará también el valor? —dijo el profesor, mirándome con un reproche severo.

No me atreví a contestarle.

CAPÍTULO XXI

Al día siguiente salimos muy temprano. Había que darse prisa. Nos faltaban cinco días de marcha para llegar a la encrucijada.

No me extenderé sobre las penalidades de nuestra vuelta. Mi tío las soportó con la rabia de un hombre que siente que no es el más fuerte; Hans, con la resignación propia a su naturaleza pacífica; yo, lo confieso, quejándome y desesperándome; no tenía ánimo para luchar contra este revés.

Como yo ya lo había previsto, al final del primer día de marcha se nos acabó el agua; no teníamos más líquido que ginebra, pero esta infernal bebida quemaba la garganta y yo no podía ni verla. La temperatura me parecía asfixiante y el cansancio me paralizaba. Más de una vez estuve a punto de desfallecer. Entonces se paraban mi tío o el islandés y me consolaban como podían. Pero yo veía que al primero le costaba muchísimo resistir el cansancio y las torturas causadas por la falta de agua.

Al final, el martes 7 de julio, arrastrándonos de rodillas o con las manos, llegamos medio muertos al punto de reunión de las dos galerías. Allí me quedé como una masa inerte, tumbado en el suelo de lava. Eran las diez de la mañana.

Hans y mi tío, apoyados en la pared, intentaron mordisquear algunos pedazos de bizcocho. Grandes lamentos se escapaban de mis labios entumecidos. Caí en un profundo letargo.

Al cabo de un rato mi tío se acercó a mí y me incorporó con sus brazos.

—¡Pobre criatura! —murmuró con verdadero acento de compasión.

Me emocionaron estas palabras, pues no estaba acostumbrado a las ternezas del malhumorado profesor. Cogí sus manos temblorosas entre las mías. Se dejó coger, mirándome; sus ojos estaban húmedos.

Entonces vi que cogía la bota que colgaba de su cintura. La acercó a mis labios y, con gran asombro por mi parte, me dijo:

—Bebe.

¿Había entendido bien o mi tío estaba loco? Lo miré con cara de idiota. No acababa de comprenderle.

—Bebe —repitió.

Y, empinando la bota, la vació por entero en mi boca.

¡Oh, qué delicia!, un trago de agua humedeció mi boca ardiente; fue uno solo, pero bastó para devolverme la vida, que se me iba.

Le di las gracias a mi tío juntando las manos.

—Sí —dijo—, un trago de agua, ¡el último!, ¿lo

oyes?, ¡el último! La había preservado como oro en paño al final de mi cantimplora. Veinte veces, cien veces, he resistido el deseo de bebérmela. Pero no, Axel, la reservaba para ti.

—¡Tío! —murmuré mientras gruesas lágrimas rodaban por mis mejillas.

—Sí, hijo mío, sabía que al llegar a esta encrucijada caerías medio muerto y guardé mis últimas gotas de agua para reanimarte.

—¡Gracias, gracias! —exclamé.

En cuanto mi sed se calmó, pude recobrar algunas fuerzas. Los músculos de mi garganta, que hasta entonces estaban contraídos, iban calmándose y se me suavizó la inflamación. Ya podía hablar.

—Vamos a ver —dije—, sólo nos queda un camino que seguir: nos falta el agua, hay que volver hacia atrás.

Mientras hablaba de este modo, mi tío evitaba mirarme; con la cabeza agachada, procuraba que sus ojos no se encontrasen con los míos.

—¡Hay que volver! —exclamé—, y tomar de nuevo el camino de Sneffels. ¡Que Dios nos dé fuerzas para volver a subir hasta la cima del cráter!

—¡Volver! —dijo mi tío como si hablase consigo mismo y no conmigo.

—Sí, volver, y sin perder un momento.

Hubo una pausa bastante larga.

—¿De modo, Axel —replicó el profesor con tono extraño—, que esas gotas de agua no te han devuelto el valor y la energía?

—¡El valor!

—Te veo tan abatido como antes y castigándonos con palabras de desesperación.

¿Qué clase de hombre era éste y qué proyectos formarían su espíritu aventurero?

—¡Qué! ¿Que no quiere usted...?

—Renunciar a esta expedición en el momento en que todo nos indica que podemos obtener resultados. ¡Nunca!

—¿Entonces hay que resignarse a perecer?

—¡No, Axel, no! Vete. No quiero que mueras. Que Hans te acompañe. ¡Déjame solo!

—¡Abandonarle!

—Déjame te digo. He empezado este viaje, lo haré hasta el final o no volveré. ¡Vete, Axel, vete!

Mi tío hablaba con una gran excitación. Su voz, debilitada por un momento, volvía a ser dura y amenazadora. Con una extraña energía luchaba contra lo imposible. No quería abandonarlo en el fondo de este abismo y, por otro lado, el instinto de conservación me empujaba a huir de él.

El guía presenciaba esta escena con su acostumbrada indiferencia. Comprendía, sin embargo, lo que pasaba entre sus dos compañeros: nuestros gestos indicaban con facilidad el camino diferente por el que cada uno quería llevar al otro, pero a Hans parecía interesarle poco esta cuestión, a pesar de que su vida estaba en juego. Estaba dispuesto a irse si le daban la señal de partida, y a quedarse si tal era la voluntad de su señor.

¡Cuánto sentía no poder hacerme comprender por él en estos momentos! Mis palabras, mis lamentaciones y mis gemidos hubiesen conseguido algo de aquella naturaleza fría. Esos peligros, que él ni siquiera sospechaba, se los hubiese hecho comprender y tocar con la mano, por decirlo de algún modo. Entre los dos habríamos convencido quizá al terco del profesor. En caso de necesidad, lo hubiésemos obligado a volver a las alturas del Sneffels.

Me acerqué a Hans. Le cogí una mano; no se movió. Le enseñé el camino del cráter; continuó sin moverse. El ansia que se reflejaba en mi cara mostraba mi sufrimiento. El islandés movió suavemente la cabeza y, señalando con tranquilidad a mi tío, dijo:

—*Master.*

—¡El señor! —exclamé—. ¡Insensato! No, no es él el dueño de tu vida. ¡Hay que huir! ¡Hay que convencerlo! ¿Me oyes? ¿Me comprendes?

Había cogido a Hans por un brazo. Quería obligarlo a levantarse. Luchaba con él; mi tío intervino.

—Calma, Axel —dijo—. No obtendrás nada de este criado impasible, de modo que escucha lo que te voy a proponer.

Me crucé de brazos, mirando a mi tío de frente.

—La falta de agua —dijo éste— es el único obstáculo para mis proyectos. En esta galería del este, hecha de lava, de esquistos, de hulla, no hemos encontrado ni una molécula líquida. Es posible que tengamos más fortuna siguiendo el túnel del oeste.

Moví la cabeza con aspecto de completa incredulidad.

—Escúchame hasta el final —continuó el profesor con voz forzada—. Mientras tú estabas ahí tendido sin movimiento, yo fui a reconocer la disposición de esta galería. Ésta se interna directamente en las entrañas del Globo y en pocas horas nos llevará al macizo granítico. Allí encontraremos manantiales en abundancia. La naturaleza de la roca lo dispone así y el instinto está de acuerdo con la lógica para apoyar mi convicción. Mira lo que te voy a proponer: cuando Colón pidió tres días a sus acompañantes para encontrar las nuevas tierras, sus acompañantes, aunque enfermos y atemorizados, encontraron justa su petición y descubrió el Nuevo Mundo. Yo, el Colón de estas tierras subterráneas, no te pido más que un día. Si, cuando haya pasado, no hemos encontrado el agua que nos falta, te juro que volveremos a la superficie de la Tierra.

A pesar de mi enfado, estas palabras me emocionaron, pues valoré lo violento que era para mi tío hablar de este modo.

—¡Bueno! —exclamé—, sea lo que usted quiera y que Dios recompense esa energía sobrehumana. No dispone usted más que de unas horas para probar fortuna. ¡En marcha!

CAPÍTULO XXII

El descenso volvió a empezar, esta vez por la otra galería. Hans, según su costumbre, iba delante. No habíamos andado cien pasos cuando el profesor, pasando su lámpara por los muros, exclamó:

—¡Éstos son los terrenos primitivos! Estamos en el buen camino. ¡Adelante! ¡Adelante!

Cuando la tierra se enfrió poco a poco en los primeros tiempos del mundo, la disminución de su volumen produjo en su corteza dislocaciones, rupturas, huecos, grietas. El pasillo en el que nos encontrábamos era una fisura de ese género, por el cual se salía otras veces el granito eruptivo; esas mil revueltas formaban un tremendo laberinto a través del terreno primordial.

A medida que íbamos bajando, la sucesión de las capas que componían el terreno primitivo aparecían con más claridad. La ciencia geológica considera este terreno primitivo como la base de la corteza mineral y ha reconocido que se compone de tres capas diferentes: los esquistos, los gneis y los micaesquistos, que descansan sobre esa roca firme que se llama granito.

Ahora bien, nunca jamás se había hallado ningún mineralogista en circunstancias tan maravillosas para estudiar la naturaleza sobre el terreno. Lo que la sonda, esa máquina brutal y obtusa, no había podido trasladar a la superficie del Globo de su forma interna, lo íbamos a estudiar nosotros, viéndolo con nuestros propios ojos y tocándolo con nuestras propias manos.

Entre los estratos de esquistos coloreados en tonos verdes, serpenteaban vetas metálicas de cobre y de manganeso, con algunas huellas de platino y oro. Pensaba en aquellas riquezas escondidas en las entrañas del Globo y de las que la avidez humana no disfrutaría nunca. Los temblores de los primeros tiempos enterraron estos tesoros a tal profundidad que ni el azadón ni el pico podrán arrancarlos de su tumba.

A los esquistos sucedieron los gneis de estructura estratiforme, destacando por la regularidad y el paralelismo de sus hojas; luego los micaesquistos, que, colocados en grandes láminas, saltaban a la vista por el brillo de la mica blanca.

La luz de los aparatos, que repercutía en las pequeñas facetas de la masa rocosa, hacía aumentar sus chorros de fuego en todos los ángulos y me parecía viajar entre un diamante hueco en el que los rayos se deshacían en mil resplandores.

Hacia las seis de la tarde esta fiesta de luz disminuyó notablemente y casi cesó por completo; las paredes tomaron un tono cristalizado pero oscuro; la mica se mezcló con más intensidad al feldespato y al cuarzo para formar la roca por excelencia, la más dura de todas, la que soporta sin romperse las cuatro clases de terrenos del Globo. Estábamos sepultados en una inmensa prisión de granito.

Eran las ocho de la noche. El agua seguía faltándonos. Yo padecía de un modo horrible. Mi tío iba delante, no quería detenerse. Yo prestaba toda mi atención en atisbar el murmullo de alguna fuente, pero nada.

Sin embargo, las piernas ya no me sostenían. Resistía mis tormentos para no obligar a mi tío a pararse. Hubiese sido para él el colmo de la desesperación, pues el día que terminaba era el último que le pertenecía.

Al cabo de un rato me abandonaron las fuerzas, di un grito y me caí:

—¡Socorro! ¡Me muero!

Mi tío se volvió. Me contempló con los brazos cruzados y profirió estas sepulcrales palabras:

—¡Se acabó todo!

Un espantoso gesto de rabia hirió mi vista, siendo lo último que vi, y cerré los ojos.

Cuando los volví a abrir, vi a mis dos compañeros inmóviles envueltos en sus mantas. ¿Estarían dormidos? Yo, desde luego, no era capaz de conciliar el sueño ni por un momento. Me encontraba muy mal, sobre todo al pensar que mis males no debían de tener remedio. Las últimas palabras de mi tío seguían resonando en mis oídos.

¡Todo se había acabado! Por descontado que en tal estado de debilidad no había ni que pensar en volver a la superficie del Globo.

¡Nos haría falta recorrer legua y media de corteza terrestre! Me parecía que esta mole pesaba sobre mis hombros. Me sentía como aplastado y tenía que hacer grandes esfuerzos sólo para darme la vuelta en mi cama de granito.

Pasaron algunas horas. Un silencio profundo, silencio de muerte, reinaba a nuestro alrededor. No se oía nada a través de aquellos muros, de los cuales, el más delgado medía cinco millas de grosor.

Sin embargo, en mi letargo me pareció oír un ruido; iba oscureciendo en el túnel. Miré atentamente y creí ver al islandés que desaparecía con la lámpara en la mano.

¿Por qué se iría? ¿Nos abandonaba Hans? Mi tío dormía. Quise gritar, pero mi voz no pudo abrirse paso por la sequedad de mis labios.

Reinaba ya una profunda oscuridad cuando cesaron los últimos ruidos.

«¡Hans nos abandona! —exclamé—. ¡Hans, Hans!»

Estas palabras me las decía yo para mis adentros. Nadie las oía. Sin embargo, después de unos momentos de terror, me avergoncé de haber dudado de un hombre cuya conducta no había tenido nada de sospechosa hasta ahora. Su marcha no podía ser una huida. En lugar de subir por la galería, se había ido hacia abajo. Si hubiese tenido mala intención, habría ido hacia arriba y no hacia abajo. Este razonamiento me tranquilizó un poco y me hizo cambiar de idea. Únicamente un motivo grave podía sacar al pacífico Hans de su descenso. ¿Iría a descubrir algo? ¿Habría oído en la noche silenciosa algún ruido que yo no había percibido?

CAPÍTULO XXIII

Durante una hora circularon por mi cerebro calenturiento todas las razones que habrían podido llevar al cazador a obrar de este modo. Las ideas más absurdas se enredaban en mi cabeza. Creí que me estaba volviendo loco.

Pero, por fin, se produjo un ruido de pasos en las profundidades. Era Hans, que regresaba. Una luz tenue empezó a reflejarse en las paredes; luego salió por el orificio del pasadizo y apareció Hans.

Se acercó a mi tío, le puso la mano sobre el hombro y lo despertó suavemente. Mi tío se levantó.

—¿Qué pasa? —dijo.

—*Watten* —respondió el cazador.

Hay que pensar que bajo la presión de las grandes penalidades se vuelve uno políglota. Yo no sabía una palabra de danés y, sin embargo, por instinto, comprendí la palabra de nuestro guía.

—¡Agua! ¡Agua! —exclamé dando palmadas y haciendo gestos como un loco.

—¡Agua! —repetía mi tío.

—*Hvar?* —le preguntó al islandés.

—*Nedat* —respondió Hans.

¿Dónde? ¡Abajo! Lo comprendía todo. Había cogido las manos del cazador y se las apretaba, mientras él me miraba con calma.

Los preparativos no fueron largos; pronto bajamos por un pasadizo cuya pendiente alcanzaba dos pies por toesa.[8]

Una hora después habíamos recorrido unas mil toesas y habíamos bajado dos mil pies.

Justo en ese momento oímos claramente un sonido al que no estábamos acostumbrados: el correr del agua por los costados de la muralla granítica, una especie de murmullo sordo, como un bramido lejano. Durante esta primera media hora de marcha, como no encontrábamos la fuente que adivinábamos ya, sentí que me volvía la angustia, pero entonces mi tío me comentó el origen del ruido que se oía.

—Hans no se ha equivocado —me dijo—. Eso que oyes por ahí es el estruendo de un torrente.

—¿De un torrente? —exclamé.

—Sin duda. Un río subterráneo fluye a nuestro alrededor.

Apresuramos el paso, empujados por la esperanza. Yo ya no sentía el cansancio. Sólo con el sonido del agua ya me estaba refrescando; el torrente, después de haberse

8. Toesa: antigua medida francesa de longitud, equivalente a 1 metro y 946 milímetros. *(N. del E.)*

oído largo rato por encima de nuestras cabezas, corría ahora por la pared izquierda, de forma estrepitosa. Yo pasaba una y otra vez la mano por la roca con esperanzas de hallar señales de filtración o de humedad. Pero fue inútil.

Pasó otra media hora más. Anduvimos aún media legua.

Era evidente, entonces, que el cazador, durante su ausencia, no había podido llevar más allá su exploración. Guiado por un instinto peculiar de los montañeros y de los hidróscopos, «sintió» el torrente a través de la roca, pero ciertamente no había visto el precioso líquido ni había saciado con él su sed.

Pronto nos dimos cuenta de que si seguíamos adelante, nos alejaríamos del torrente, cuyo murmullo se escuchaba cada vez menos.

Desanduvimos lo andado. Hans se paró en el lugar donde el torrente parecía más cercano.

Me senté cerca del muro, mientras las aguas corrían a dos pasos de mí con gran fuerza. Pero una muralla de granito nos separaba aún de ellas.

Sin reflexionar, sin preguntarme qué medio podía existir para procurarnos esa agua, me dejé llevar un momento de la desesperación.

Hans me miró y me pareció que una sonrisa se dibujaba en sus labios.

Se levantó y cogió su lámpara. Yo le seguí. Se dirigió hacia la muralla. Observé lo que hacía. Pegó la oreja contra la piedra y la llevó despacio de un lado a otro, escuchando con el mayor cuidado. Comprendí que buscaba el punto preciso donde el torrente se dejaba oír con mayor fuerza.

Encontró ese punto en la pared lateral izquierda, a tres pies por encima del suelo.

¡Qué emocionado estaba! No me atrevía a adivinar lo que pensaba hacer el cazador. Pero hubo que comprenderlo, aplaudirlo y agasajarlo, cuando le vi coger su azadón para atacar la roca.

—¡Salvados! —exclamé—. ¡Nos hemos salvado!

—Sí —repetía mi tío con ansia—, Hans tiene razón. ¡Ah! ¡Qué valiente cazador! Nosotros no lo hubiésemos encontrado.

¡Desde luego que no! Un medio semejante, por muy sencillo que fuese, no se nos hubiera ocurrido. No había nada tan peligroso como dar con un azadón en este armazón del Globo, pues podía producirse un hundimiento y aplastarnos. Y el torrente, saliendo por la roca, nos ahogaría. Estos peligros no eran quiméricos, pero en ese momento los temores de hundimiento o de inundación no nos detenían, pues teníamos tanta sed que hubiésemos cavado incluso al borde del océano.

Hans empezó el trabajo que ni mi tío ni yo hubiésemos podido hacer. Con la impaciencia que nos dominaba, la roca habría saltado con nuestros precipitados golpes. El guía, por el contrario, moderado y tranquilo, desgastó poco a poco la roca con una serie de golpecitos medidos, haciendo una abertura de seis pulgadas de anchura. Sentía que el ruido del torrente se acercaba y creía que el agua maravillosa mojaba ya mis labios.

Pronto el azadón se hundió dos pies en el muro de granito; el trabajo se venía realizando desde hacía más de una hora, ¡ya no podía más de impaciencia! Mi tío quería emplear sus grandes medios. Me costó trabajo disuadirlo y ya había cogido su azadón cuando, de pronto, se oyó un silbido. Un caño de agua salió del muro y vino a estrellarse contra la pared de enfrente.

Hans, a quien el impetuoso choque casi derribó, no pudo contener un grito de dolor. Comprendí el motivo cuando, metiendo mis manos en el líquido, vi que el agua estaba hirviendo. Lancé esta exclamación:

—¡Agua a cien grados!

—Bueno, ya se enfriará —respondió mi tío.

El pasadizo se llenaba de vapor, pero, mientras tanto, se formaba un arroyo que iba a perderse en las sinuosidades subterráneas; poco después, bebíamos por vez primera.

¡Oh, qué delicia, qué gusto! ¿De qué era esta agua? ¿De dónde venía? Poco nos importaba. Era agua y, aunque caliente todavía, nos devolvía la vida que se escapaba de nosotros. Yo bebía sin parar, sin siquiera saborearla.

Después de un rato de placer exclamé:

—¡Ah! ¡Pero si esta agua es ferruginosa!

—Excelente para el estómago —dijo mi tío— y muy mineral. Este viaje ganará al de Spa o al de Toeplitz.

—¡Oh, qué buena está!

—Ya lo creo, es un agua sacada a dos leguas bajo tierra y que tiene un gusto a tinta, nada desagradable. Es un gran recurso que Hans nos ha procurado, de modo que propongo darle su nombre a este arroyo saludable.

—¡Muy bien! —exclamé.

Y el nombre de Hans-Bach se adoptó en el momento.

Hans no se enorgulleció por ello. Después de beber con moderación, fue a colocarse en un rincón con su calma acostumbrada.

—Ahora —dije— habrá que ver el medio para que esta agua no se pierda.

—¿Para qué? —respondió mi tío—. Yo supongo que esta fuente es inagotable.

—¡Qué importa! Llenemos la bota y los odres y luego trataremos de tapar la abertura.

Se siguió mi consejo. Hans, con trozos de granito y estopa, trató de obstruir el corte hecho en la pared. No fue tarea fácil. Se quemaba uno las manos sin darse cuenta; la presión era bastante considerable y nuestros esfuerzos resultaron infructuosos.

—Es evidente —dije— que las capas superiores de esta corriente de agua están situadas a gran altura, a juzgar por la fuerza del chorro.

—Eso es indudable —replicó mi tío—, ahí hay mil atmósferas de presión, si es que esta columna de agua tiene treinta y dos mil pies de altura. Pero se me ocurre una idea.

—¿Cuál?

—¿Para qué empeñarnos en tapar esta abertura?

—Pues, porque...

No me hubiera sido fácil encontrar una razón.

—Cuando los odres estén vacíos, ¿estamos seguros de que encontraremos dónde volver a llenarlos?

—Evidentemente, no.

—Pues bien, dejemos correr esta agua; bajará de forma natural y además de guiarnos, nos refrescará por el camino.

—¡Muy bien pensado! —exclamé—, y teniendo este arroyo por compañero, no hay ninguna razón para que nuestros proyectos no tengan éxito.

—¡Ah!, ¡ya vas entendiendo, hijo mío! —dijo el profesor riéndose.

—Más que eso. Ya lo entiendo.

—¡Un momento! Empecemos por descansar algunas horas.

Se me había olvidado que era de noche. El cronómetro me lo hizo saber. Pronto, bien comidos y bebidos, nos dormimos todos profundamente.

CAPÍTULO XXIV

Al día siguiente ya teníamos olvidado nuestro antiguo calvario. Al principio, me extrañó el no tener sed y me preguntaba cuál sería el motivo. El arroyo que corría a mis pies con su murmullo se encargó de responderme.

Desayunamos y bebimos de aquella excelente agua ferruginosa. Me sentía rejuvenecido y decidido a llegar muy lejos. ¿Por qué no iba a tener éxito un hombre convencido como lo estaba mi tío, con un guía ingenioso como lo era Hans y un sobrino «decidido» como yo? ¡Menudas ideas se me ocurrían! Si me hubieran propuesto entonces volver a la cima del Sneffels, me habría negado indignado.

Pero, por fortuna, la cuestión era bajar.

—¡Vamos! —exclamé, haciendo con mis voces entusiastas resonar el eco.

La marcha comenzó de nuevo el jueves a las ocho de la mañana. El pasadizo de granito, que formaba sinuosas revueltas, presentaba recodos inesperados y parecía el embrollo de un laberinto, pero lo importante era que su principal dirección seguía siendo la del sudeste. Mi tío no dejaba de consultar su brújula con el mayor cuidado para percatarse del camino recorrido.

La galería se internaba casi horizontalmente, con dos pulgadas de pendiente por toesa, a lo sumo. El arroyo corría lentamente a nuestros pies, haciéndonos oír su murmullo. Yo lo comparaba con algún genio que nos guiaba a través de la tierra y acariciaba con la mano el tibio manantial cuyo sonido nos acompañaba.

Mi buen humor contribuía a mis ideas mitológicas.

En cuanto a mi tío, echaba pestes por lo horizontal que era el camino; él era «el hombre de las verticales». El camino se alargaba indefinidamente y en lugar de deslizarse a lo largo del circuito terrestre, según su expresión, se iba por la hipotenusa. Pero no nos quedaba otro remedio y mientras fuésemos llegando al centro, por poco que fuera, no había que quejarse.

De vez en cuando las pendientes eran más acusadas; la náyade rodaba por ellas bramando, y nosotros descendíamos con ella cada vez a mayor profundidad.

En suma, ese día y el siguiente hicimos mucho camino horizontal y, relativamente, poco vertical.

El viernes por la noche, 10 de julio, según el cálculo debíamos estar a treinta leguas al sudeste de Reykjawik y a una profundidad de dos leguas y media.

Un pozo bastante temible se abrió entonces a nuestros pies. Mi tío no pudo dejar de dar palmas, calculando lo empinado de sus pendientes.

—¡Esto sí que nos va a llevar lejos —exclamó—, y

con facilidad, pues los salientes de la roca forman una verdadera escalera!

Hans se encargó de preparar las cuerdas para evitar cualquier accidente. Empezó el descenso. No me atrevo a llamarlo peligroso, pues ya estaba familiarizado con esta clase de ejercicio.

Aquel pozo era una zanja estrecha practicada en el macizo, del género de las que llaman «fallas»; seguramente la produjo la contracción de la tierra en la época de su enfriamiento. Si había servido en otros tiempos de paso a las materias eruptivas arrojadas por el Sneffels, no me explico como éstas no habían dejado ninguna huella. Bajábamos por una especie de escalera de caracol que parecía hecha por la mano del hombre.

Cada cuarto de hora nos parábamos a descansar y estirar las piernas. Nos sentábamos en algún saliente, con las piernas colgando; charlábamos, comíamos y nos refrescábamos en el arroyo.

Se me olvidaba decir que en esta falla el Hans-Bach se había convertido en cascada, disminuyendo su volumen, pero era, sin embargo, suficiente para aplacar nuestra sed; además, cuando las pendientes se hiciesen menos pronunciadas, volvería, sin duda, a recuperar su curso tranquilo. En este momento, la cascada me recordaba a mi estirado tío con sus impaciencias y cuando perdía los estribos; en cambio, en sus pendientes suaves se parecía al cazador islandés e imitaba su calma.

El 11 y el 12 de julio continuamos por las espirales de aquella zanja, penetrando dos leguas más en el interior de la corteza terrestre, lo que sumaba cerca de cinco leguas bajo el nivel del mar. Pero el día 13, hacia el mediodía, la falla tomó la dirección del sudeste con una inclinación mucho más suave, alrededor de unos cuarenta y cinco grados.

El camino se hizo entonces fácil y, por tanto, monótono, pues la distracción de un viaje consiste principalmente en la variación del paisaje y en sus incidentes.

Finalmente, el miércoles 15, estábamos ya a siete leguas bajo tierra y a unas cincuenta leguas del Sneffels. Aunque estábamos cansados, nuestra salud era excelente y la farmacia ambulante continuaba intacta.

Mi tío tomaba cada hora apuntes sobre las indicaciones de la brújula, del cronómetro, del manómetro y del termómetro; todas estas indicaciones son las mismas que ha publicado en el relato científico de su viaje. Podía, por tanto, darse perfecta cuenta de su situación. Cuando me dijo que estábamos a una distancia horizontal de cincuenta leguas, no pude contener una exclamación.

—¿Qué te pasa? —me preguntó.

—Nada, que se me ocurre una cosa.

—¿Qué cosa, hijo mío?

—Que si sus cálculos son exactos, ya no estamos debajo de Islandia.

—¿Así lo crees?

—Sí, pero es fácil asegurarnos.

Tomé mis medidas con el compás sobre el mapa.

—No me equivocaba —dije—, hemos pasado el

cabo Portland, y esas cincuenta leguas hacia el sudeste nos colocan en medio del mar.

—Debajo del mar —replicó mi tío frotándose las manos.

—¡De modo —exclamé— que el océano se extiende sobre nuestras cabezas!

—¡Bah!, nada más natural, Axel, ¿no existen en Newcastle minas de carbón situadas bajo las olas?

El profesor encontraba muy sencilla esta situación, pero a mí no dejaba de preocuparme la idea de pasearme bajo aquella masa de agua. Pero, después de todo, siendo sólida la corteza granítica, lo mismo daba que se hallasen sobre nuestras cabezas las llanuras de Islandia o las olas del océano. Me acostumbré pronto a esta idea, pues el pasadizo tan pronto derecho como sinuoso, formando vueltas o pendientes, pero inclinado siempre al sudeste e internándose cada vez más, nos conducía rápidamente a profundidades considerables.

Cuatro días después, el sábado 18 de julio por la noche, llegamos a una especie de gruta bastante grande; mi tío pagó a Hans sus tres rixales semanales, y se decidió que el día siguiente fuese de descanso.

CAPÍTULO XXV

Me desperté, por tanto, el domingo por la mañana sin la preocupación de una marcha inmediata y, aunque estábamos en lo más profundo del abismo, aquello no dejaba de ser acogedor; además, ya nos habíamos acostumbrado a esa existencia de trogloditas. No me acordaba del Sol, ni de las estrellas, ni de la Luna, ni de los árboles, casas, ciudades, ni de todas esas superfluidades terrestres de las que el ser sublunar ha hecho una necesidad. En nuestra calidad de fósiles, desdeñábamos aquellas maravillas inútiles.

La gruta formaba una sala ancha; sobre su suelo granítico corría sosegado nuestro fiel arroyo. A tal distancia de su origen, el agua tenía la temperatura del ambiente y se podía beber tranquilamente.

Después del desayuno, el profesor quiso dedicar algunas horas a poner en orden sus notas diarias.

—Primero —dijo—, voy a hacer cálculos para poner en claro exactamente nuestra situación. A la vuelta quiero poder trazar un mapa de nuestro viaje, una especie de división vertical del Globo que dé una idea de nuestra expedición.

—Será muy interesante, tío, ¿pero tendrán sus observaciones el grado suficiente de precisión?

—Sí, he apuntado con cuidado los ángulos y las pendientes; estoy seguro de no equivocarme. Veamos primero dónde nos hallamos, coge la brújula y mira qué dirección indica.

Miré el instrumento y después de un minucioso examen, respondí.

—Este-Cuarto-Sudeste.

—¡Bien! —dijo el profesor, apuntando la observación y haciendo algunos cálculos—. De aquí deduzco que hemos andado ochenta y cinco leguas desde nuestro punto de partida.

—¿De modo que viajamos bajo el Atlántico?

—Exactamente.

—¿Y es posible que en este momento se pudiese estar desencadenando una tempestad y los navíos se hallen sobre nuestras cabezas, sacudidos por las olas y el huracán?

—Puede ser.

—¿Y que las ballenas estén dando coletazos en los muros de nuestra prisión?

—Puedes estar tranquilo, Axel, de que no nos la echarán abajo. Pero volvamos a nuestros cálculos. Estamos en el sudeste, a ochenta y cinco leguas de la base del Sneffels, y según mis notas anteriores, supongo que hemos alcanzado una profundidad de dieciséis leguas.

—¡Dieciséis leguas! —exclamé.

—Sin duda.

—Pero ése es el último límite que asigna la ciencia al grosor de la corteza terrestre.

—No digo que no.

—Así es que, según la ley del aumento de temperatura, aquí debería hacer un calor de mil quinientos grados.

—*Debería* hacerlo, hijo mío.

—Y todo este granito no podría mantenerse en estado sólido, se hallaría en plena fusión.

—Ya ves que no hay nada de eso y que los hechos, como suele suceder, vienen a desmentir las teorías.

—Tengo que reconocerlo, pero, desde luego, me extraña.

—¿Qué indica el termómetro?

—Veintisiete grados y seis décimas.

—Hacían falta, por tanto, mil cuatrocientos setenta y dos grados y cuatro décimas para que los sabios tuviesen razón, de manera que el aumento proporcional de la temperatura es un error. Por tanto, Humphry Davy no se equivocaba y he hecho bien en escucharlo. ¿Qué respondes a esto?

—Nada.

En realidad, hubiese tenido que decir montones de cosas. No admitía la teoría de Davy, de ninguna manera, y seguía siendo partidario de la idea del calor central, aunque no sintiese sus efectos. En realidad, prefería creer que la chimenea de un volcán apagado, cubierta de lavas de capas refractarias, no permitía que la temperatura se propagase a través de sus paredes. Pero sin detenerme en buscar nuevos argumentos, me contenté con tomar la situación tal cual era.

—Tío —repliqué—, me parecen exactos todos sus cálculos, pero permítame sacar una rigurosa consecuencia.

—Sácala como quieras, hijo mío.

—En el punto en que nos hallamos, bajo la latitud de Islandia, el radio terrestre es de unas mil quinientas ochenta y tres leguas.

—De mil quinientas ochenta y tres leguas y un tercio.

—Pongamos mil seiscientas, en números redondos ¿De esas mil seiscientas leguas de camino, habremos hecho ya doce?

—Sí, exactamente.

—¿Y eso con ochenta y cinco leguas en sentido diagonal?

—Perfectamente.

—¿En unos veinte días?

—En veinte días.

—Pues dieciséis leguas forman la centésima parte del radio terrestre, de modo que, si continuamos así, tardaremos dos mil días, es decir, cinco años y medio en bajar.

El profesor no contestó.

—Esto sin contar con que, si por cada dieciséis leguas en sentido vertical andamos ochenta en horizontal, formarán ocho mil leguas hacia el sudeste y hará mucho tiempo que habremos salido por un punto de la circunferencia, antes de llegar al centro.

—¡Váyanse al diablo tus cálculos y tus hipótesis! —dijo mi tío, poniéndose como un basilisco—. ¿En qué se basan esas hipótesis? ¿Quién te dice a ti que este pasillo no nos conduce directamente al final? Además, tengo un precedente a mi favor: otros lo han hecho y les ha dado resultado, y también me lo dará a mí.

—Así lo espero, pero, en fin, me está permitido...

—Sólo te está permitido callarte, Axel, cuando quieras decir semejantes disparates.

Me di cuenta de que el terrible profesor volvía a aparecer en la persona de mi tío y me puse sobre aviso.

—Ahora —replicó—, consulta el manómetro. ¿Qué indica?

—Una presión considerable.

—Bueno, pero ya ves que bajando suavemente nos acostumbramos poco a poco a la densidad de la atmósfera y ésta no nos sienta mal.

—No, sólo nos produce algunos dolores de oídos.

—Eso no es nada y ese malestar desaparecerá poniendo en comunicación rápidamente el aire exterior con el de los pulmones.

—¡Seguro que sí! —contesté decidido a no contrariar más a mi tío—. Menudo gusto produce el sentirse sumergido en esta atmósfera tan densa. ¿Se ha fijado usted con qué facilidad se propaga aquí el sonido?

—Sin duda; aquí un sordo acabaría oyendo de forma admirable.

—¿Pero esta densidad irá en aumento irremediablemente?

—Sí, según una ley poco fundamentada, es verdad que la intensidad de la gravedad irá disminuyendo conforme vayamos bajando. Como tú sabes, donde su acción se deja sentir con más intensidad es en la superficie de la tierra y, en cambio, en el centro del Globo los objetos ya no pesan.

—Ya lo sé, pero, dígame, ¿este aire no acabará por adquirir la densidad del agua?

—Sin duda, bajo una presión de setecientas diez atmósferas.

—¿Y más abajo?

—Más abajo, aumentará más aún.

—¿Como bajaremos entonces?

—Pues nos meteremos piedras en los bolsillos.

—¡Dios mío, tío!, en realidad tiene usted respuesta para todo.

No quise ir más allá en el sentido de la hipótesis, pues me habría estrellado con cualquier imposibilidad que hubiese sacado al profesor de sus casillas.

Era obvio, sin embargo, que el aire, bajo una presión que podía alcanzar millares de atmósferas, acabaría por volverse sólido y, entonces, aun admitiendo que nuestros cuerpos pudiesen resistir, habría que detenerse, a pesar de todos los razonamientos del mundo.

Pero no sostuve este argumento. Mi tío me lo hubiese chafado con su eterno Saknussem, argumento que no tenía fundamento, pues aunque el viaje del sabio islandés estuviese comprobado, había una cosa bien sencilla que objetar:

En el siglo XVI, ni el barómetro ni el manómetro se habían inventado; ¿cómo había podido resolver, pues, Saknussem su llegada al centro del Globo?

Pero me guardé esta objeción y esperé los acontecimientos.

El resto del día discurrió entre cálculos y conversaciones. Seguí dándole la razón al profesor Lidenbrock y envidiaba la perfecta indiferencia de Hans, que, sin buscar ni efectos ni causas, iba ciegamente donde el destino le llevaba.

CAPÍTULO XXVI

Hay que confesar que hasta aquí las cosas marchaban bien, y yo había hecho mal en quejarme. Si la «media» de dificultades no aumentaba, no dejaríamos de alcanzar nuestro objetivo. ¡Qué gloria entonces! Llegué a hacer estos razonamientos a lo Lidenbrock. ¿Tendría esto que ver con el lugar extraño donde ahora vivía? Puede ser.

Durante varios días, pendientes empinadísimas, algunas con una vertical tremenda, nos internaron profundamente en el macizo interior; había días que ganábamos de legua y media a dos leguas hacia el centro. Hubo bajadas peligrosas, en las cuales la habilidad de Hans y su sangre fría nos sirvieron de mucho. Este impasible islandés se sacrificaba con un denuedo incomprensible y, gracias a él, salimos de más de un apuro del que no hubiésemos podido salir solos.

Su mutismo, por ejemplo, aumentaba cada día. Yo creo que se nos contagiaba. Sobre el cerebro, indudablemente, los objetos exteriores tienen acción. El que se encierra entre cuatro paredes acaba por perder la facultad de asociar ideas y palabras. ¡Cuántos prisioneros se han vuelto idiotas, si no locos, por falta del ejercicio de las facultades mentales!

Durante las dos semanas que sucedieron a nuestra última conversación, no se produjo ningún incidente digno de mención. No me acuerdo más que de un único suceso de extrema gravedad. Me hubiese sido difícil olvidarlo ni en el más mínimo detalle.

El 7 de agosto nuestros descensos seguidos nos habían llevado a una profundidad de treinta leguas; es decir, que teníamos por encima de nuestras cabezas treinta leguas entre rocas, océano, continentes y ciudades. Debíamos de estar a doscientas leguas de Islandia.

Aquel día la pendiente del túnel no era muy inclinada.

Yo iba delante; mi tío llevaba uno de los instrumentos de Ruhmkorff y yo el otro. Iba examinando las capas de granito.

De pronto, me volví y me di cuenta de que estaba solo.

«Bueno —pensé—, o he andado demasiado deprisa, o mi tío y Hans se han parado en el camino. Iré a reunirme con ellos; afortunadamente, no hay mucha pendiente.»

Volví hacia atrás. Anduve durante un cuarto de hora, miré a mi alrededor: no había nadie. Llamé; no obtuve contestación alguna. Mi voz se perdió entre el sonido del eco estremecedor que ella misma despertaba.

Empecé a ponerme nervioso; un escalofrío me recorrió todo el cuerpo.

—Un poco de calma —dije en alta voz—. Estoy seguro de encontrar a mis compañeros. No hay más que un camino. Además, yo iba delante, no hay más que volver atrás.

Empecé a subir durante una media hora. Iba pendiente de alguna llamada, pues en aquella atmósfera tan densa podría oírse, aunque fuese desde lejos. El más absoluto silencio reinaba en la inmensa galería.

Me paré. No podía creer que me encontrara aislado. Pensaba que me había extraviado, pero no perdido, y cuando uno se extravía es fácil volverse a encontrar.

«Vamos a ver, puesto que no hay más que un camino —pensaba yo—, por él tienen que ir y no tengo más remedio que encontrarlos. Sólo tengo que subir un poco más aún. A menos que, al echarme de menos y olvidarse de que yo iba delante, no se les haya ocurrido volver atrás, pero aun en ese caso, si me apresuro, seguro que los encuentro.»

Repetí esto último sin estar muy convencido. Además, en asociar estas ideas tan sencillas y formar un razonamiento debí echar mucho tiempo.

Me asaltó una duda. ¿Iba yo realmente delante? Estoy seguro de que Hans me seguía y de que detrás venía mi tío. Éste se había parado un momento para atarse el equipaje a la espalda. Me acordaba muy bien de este detalle y en ese momento debió de ser cuando yo proseguí mi ruta.

«Por otro lado, tengo un medio seguro para no extraviarme —pensé—; un hilo que no puede romperse y que me guiará por este laberinto: mi fiel arroyo. No tengo más que subir, siguiendo su curso, y encontraré a la fuerza las huellas de mis compañeros.»

Este pensamiento me reanimó y resolví ponerme en camino sin pérdida de tiempo.

¡Cuánto bendije entonces la precaución de mi tío, que impidió que Hans tapase la abertura hecha en la pared de granito! De ese modo, esta bendita fuente, después de aplacar nuestra sed, me iba a servir de guía por las revueltas de la corteza terrestre.

Antes de empezar la subida, pensé que me sentaría bien refrescarme en el arroyo.

Me agaché, por tanto, para meter la cabeza en el Hans-Bach. Puede uno imaginarse mi sorpresa. Pisaba sobre granito seco y áspero. ¡El arroyo ya no corría a mis pies!

CAPÍTULO XXVII

Imposible describir mi desesperación; ninguna palabra humana podría expresar mis sentimientos. Estaba enterrado vivo y ante mí la perspectiva de morirme de hambre y de sed.

Maquinalmente, pasé mis manos sudorosas por el suelo. ¡Qué seca me pareció la roca!

Pero, ¿cómo me habría apartado del curso del arroyo? Desde luego, allí ya no estaba. Ahora me explicaba aquel silencio extraño cuando intenté oír por última vez si mis compañeros me llamaban, de modo que en el momento en que me metí por el camino equivocado, no me di cuenta de que no había arroyo. Está claro que en ese momento algún otro camino de la galería se abrió ante mí, mientras el Hans-Bach seguía por otra pendiente y se marchaba con mis compañeros hacia profundidades desconocidas.

¿Y cómo volver? No había ninguna huella. Mi pie no dejaba señal alguna en aquel suelo de granito. Me rompía la cabeza buscando solución a este problema irresoluble. Mi situación se resumía en una única palabra. ¡Perdido!

¡Sí! Perdido en una profundidad que me parecía inconmensurable. Las treinta leguas de corteza terrestre caían sobre mis hombros con su tremendo peso. Sentía que me aplastaban.

Traté de pensar en las cosas de la Tierra. Apenas pude conseguirlo. Hamburgo, la casa de Königstrasse, mi pobre Graüben, todo lo que había en el mundo, bajo el cual me encontraba perdido, pasó rápidamente ante mis recuerdos espantosos. Volvía a ver, en una especie de alucinación, los incidentes del viaje, la travesía, Islandia, el señor Fridriksson y el Sneffels. Pensé que si en mi situación conservaba algún rayo de esperanza, era señal de que estaba loco y que lo mejor era desesperarse.

A fin de cuentas, ¿qué potencia humana podía devolverme a la superficie del Globo, separando estas bóvedas enormes que se hallaban sobre mi cabeza? ¿Quién podía ponerme en el camino de vuelta y reunirme con mis compañeros? «¡Ay, mi tío!», exclamé con acento de desesperación.

Ésa fue la única palabra de reproche que salió de mis labios, pues comprendí lo que el pobre hombre estaría sufriendo, buscándome por su lado.

Cuando me vi excluido de toda salvación humana e incapaz de hacer nada por intentar salvarme, acudí a la ayuda del Cielo. Los recuerdos de mi infancia y de mi madre, a la que no había conocido más que en el tiempo de las caricias, vinieron a mi memoria. Recurrí a la oración por poco que me mereciera que aquel Dios me escuchara y al que tan tarde invocaba, pero lo imploré con fervor.

Esta invocación a la Providencia me devolvió un poco la calma y pude concentrar todas las fuerzas de mi inteligencia en aclarar mi situación.

Tenía víveres para tres días y mi odre estaba lleno de agua. Sin embargo, no podía estar solo por más tiempo. ¿Qué debía de hacer, subir o bajar?

¡Evidentemente, subir! ¡Siempre subir!

Así llegaría al punto donde había abandonado el arroyo, a la funesta encrucijada. Una vez allí, siguiendo el arroyo, siempre podría volver a la cima del Sneffels.

¿Cómo no se me había ocurrido antes? Ahí había una esperanza de salvación, de modo que lo más urgente era encontrar el curso del Hans-Bach cuanto antes.

Me levanté y, con la ayuda de mi bastón de hierro, empecé a subir por la galería. La pendiente era bastante empinada. Andaba con esperanza y sin preocupación, como un hombre que no tiene elección en el camino que debe seguir.

Durante media hora no se me presentó ningún obstáculo. Traté de reconocer el camino por la forma del túnel, por el saliente de algunas rocas o por la disposición de las cavidades. Pero nada de particular me lo hacía ver y pronto me di cuenta de que esta galería no podía conducirme hasta la encrucijada. No tenía salida. Tropecé contra un espeso muro y me caí sobre la roca.

No sabría explicar cuál fue entonces mi terror y mi desesperación. Estaba anonadado. Mi única esperanza acababa de estrellarse contra esa muralla de granito.

Perdido en aquel laberinto, cuyas sinuosidades se

cruzaban en todos los sentidos, no tenía razón de ser intentar una huida imposible. ¡Tenía que morir con una de las muertes más espantosas! Y, cosa extraña, me vino entonces a la mente que si algún día alguien encontraba mi cuerpo convertido en fósil, ese encuentro, a treinta leguas en las entrañas de la Tierra, constituiría una grave cuestión para los científicos.

Quise hablar en voz alta, pero sólo salían de mis labios secos acentos roncos. Estaba sin aliento.

En medio de mis angustias se apoderó de mí un nuevo terror. Mi lámpara, al caerse, se había descentrado. No tenía medios para repararla. Su luz era cada vez más tenue y me iba a quedar sin ella.

Miré como disminuía la corriente luminosa en el serpentín del aparato. El movimiento de las sombras parecía una procesión por las paredes oscuras. No me atrevía a cerrar los ojos, temiendo perder por completo ese átomo de claridad que me quedaba. A cada instante me parecía que se apagaba y que «las tinieblas» me invadían.

Un último reflejo tembló en la lámpara. Lo seguí, concentré en él mi mirada como si viese la luz por última vez y me quedé sumergido en las espesas tinieblas.

¡Menudo grito tan horrible lancé! Sobre la tierra, aun en las noches más oscuras, la luz nunca pierde del todo su razón: es difusa, sutil, pero por poca que haya, la retina puede percibirla. Aquí, nada. La oscuridad absoluta producía en mí la ceguera en toda la extensión de la palabra.

Entonces perdí la cabeza. Me levanté con los brazos

en alto, tratando de andar a tientas; quise huir, precipitando mis pasos por aquel laberinto, siempre bajando y corriendo a través de la corteza terrestre como un habitante de las fallas subterráneas; llamando, gritando, dando alaridos, hiriéndome con los salientes de las rocas, cayéndome y levantándome ensangrentado, queriendo beber esta sangre que me llenaba el rostro y esperando que mi cabeza hallase obstáculo en alguna muralla imprevista y acabara por rompérseme allí.

¿Dónde me condujo aquella loca carrera? Nunca lo sabré. Después de muchas horas y tras perder las fuerzas por completo, caí como una masa inerte al borde del muro y perdí el conocimiento.

CAPÍTULO XXVIII

Cuando volvía a la vida, mi cara estaba empapada de lágrimas. No sabría decir cuánto me duró este estado de inconsciencia. Ya no tenía recurso alguno para medir el tiempo. Nunca habrá soledad ni abandono comparable al mío.

Al caerme, había perdido mucha sangre; me sentía encharcado. ¡Oh, cuánto me pesaba no haber muerto y tener que pasar todavía por todo aquello! Ya no quería pensar en nada, deseché todas las ideas que me rondaban y, vencido por el dolor, rodé contra la pared opuesta.

Sentía que iba a desvanecerme otra vez y que ese desvanecimiento me sumiría en un aturdimiento mayor si cabe, cuando un violento ruido me llegó al oído. Se parecía al sonido prolongado de un trueno y oí como se perdían poco a poco las ondas sonoras en las profundidades del abismo.

¿De dónde vendría ese ruido? Sin duda de algún fenómeno producido en el seno del macizo terrestre. ¡Una explosión de gas o la caída de alguna potente sujeción del Globo!

Volví a escuchar; quería saber si aquel ruido se producía otra vez. Pasó un cuarto de hora. El silencio reinaba en la galería; no oía ni los latidos de mi corazón.

De pronto, mi oído pegado al muro de la galería creyó percibir por casualidad algunas palabras vagas, lejanas, inalcanzables. Me estremecí.

«Esto no es más que una alucinación», pensé.

Pero no. Escuché con más atención y oí claramente el murmullo de una voz. Lo que no me permitía mi estado de debilidad era comprender lo que decía. Pero alguien hablaba, de eso estaba seguro.

Por un instante temí que esas palabras fuesen las mías, repetidas por el eco. ¿Habría gritado sin darme cuenta? Apreté los labios y apliqué de nuevo el oído en la pared.

«¡Sí, seguro que alguien está hablando!»

Andando un poco a lo largo del muro, oía con más claridad. Llegué a coger algunas palabras, inseguras, extrañas, incomprensibles. Llegaban a mí como palabras pronunciadas en voz baja, como un murmullo, por decirlo así. La palabra *forloräd* era repetida muchas veces y con acento de dolor.

¿Qué significaría y quién la pronunciaba? Evidentemente, mi tío o Hans. De modo que si yo los oía, también ellos podían oírme.

—¡Socorro! —grité con todas mis fuerzas—. ¡Socorro!

Escuché, espié en la oscuridad alguna respuesta, algún grito, algún suspiro; no se oyó nada. Pasaron unos minutos. Las ideas se amontonaban en mi cabeza; pensé que mi voz debilitada quizá no llegara hasta mis compañeros.

«Seguramente son ellos, pues, ¿qué otro hombre iba a estar a treinta leguas bajo tierra?»

Volví a escuchar. Pasando mi oído por la pared, noté que en un punto determinado era donde las voces se oían con mayor intensidad.

Oí de nuevo la palabra *forlorād* y luego ese ruido de trueno que me había despertado anteriormente de mi letargo.

«No —dije—; esas voces no vienen a través del macizo. La pared es de granito y ningún sonido, aunque fuese una detonación, puede atravesarla. Este ruido procede de la galería misma. Tiene que existir ahí algún fenómeno acústico.»

Escuché de nuevo, y esta vez ¡sí!, esta vez oí pronunciar claramente mi nombre a través del espacio.

¿Lo pronunciaba mi tío? Sí, hablaba con el guía, y la palabra *forlorād* era danesa.

Entonces lo comprendí todo. Para que me oyeran tenía que hablar precisamente contra esa muralla que conduciría mi voz como el hilo conduce la electricidad.

No tenía tiempo que perder. Si mis compañeros se alejaban unos pasos del muro, el fenómeno acústico se habría desperdiciado. Me acerqué, por tanto, a la pared y pronuncié lo más claramente posible estas palabras:

—¡Tío Lidenbrock!

Esperé con ansiedad. El sonido no es de una rapidez

extrema. La densidad del aire no aumenta su rapidez, sólo aumenta su intensidad.

Pasaron unos segundos que me parecieron siglos, y al fin llegaron a mí estas palabras:

—¡Axel, Axel! ¿Eres tú?

—¡Sí, sí! —respondí.

—¡Hijo mío! ¿Dónde estás?

—¡Perdido en la oscuridad más profunda!

—Pero, ¿y tu lámpara?

—Apagada.

—¿Y el arroyo?

—Ha desaparecido.

—¡Axel, mi pobre Axel, ten valor!

—Espere usted un poco, estoy rendido y no tengo ya fuerzas para responder, pero hábleme.

—¡Valor! —continuó mi tío—. No hables, pero escúchame. Te hemos buscado subiendo y bajando la galería; imposible encontrarte. ¡Oh, cuánto te he llorado, hijo mío! En fin, suponiendo que seguías encontrándote al borde del Hans-Bach, hemos vuelto a descender dando tiros con el fusil. Si nuestras voces se unen ahora es por un efecto acústico, pero nuestras manos no pueden tocarse. Pero no te desesperes, Axel. Ya hemos ganado algo con poder oírnos.

Durante ese tiempo, reflexioné. Tuve un rayo de una vaga esperanza. Una cosa, sin embargo, me interesaba saber. Acerqué, por tanto, los labios a la pared y dije:

—¿Tío?

—¿Qué, hijo mío? —me respondió éste después de unos instantes.

—Lo primero que hay que saber es la distancia que nos separa.

—Eso es fácil de averiguar.

—¿Tiene usted su cronómetro?

—Sí.

—Pues bien, cójalo usted. Pronuncie mi nombre anotando con exactitud el segundo en que habla. Yo lo repetiré y usted observará igualmente el momento preciso en que le llegue mi respuesta.

—Bien, y la mitad del tiempo comprendido entre mi pregunta y tu respuesta indicará el que mi voz emplea para llegar hasta ti.

—Eso es, tío.

—¿Estás listo?

—Sí.

—Pues ten cuidado, que voy a pronunciar tu nombre.

Apliqué mi oído a la pared y en cuanto oí la palabra «Axel», respondí inmediatamente «Axel» y esperé.

—Cuarenta segundos —dijo mi tío—, han pasado cuarenta segundos entre las dos palabras; el sonido tarda, por tanto, veinte segundos en subir.

De manera que a mil veinte pies por segundo, hacen veinte mil cuatrocientos pies, o sea, legua y media y un octavo.

—¡Legua y media! —murmuré.

—¡Esa distancia puede franquearse, Axel!

—Pero ¿hay que subir o bajar?

—Bajar, y por esta razón: hemos llegado a un gran

espacio, donde desembocan un gran número de galerías. La que tú has seguido tiene que traerte, pues todas estas zanjas y fracturas del Globo tienen como centro la inmensa caverna que ocupamos. Por tanto, levántate y emprende tu camino, anda, arrástrate si es preciso, escúrrete por las pendientes más pronunciadas y te encontrarás al final del camino con nuestros brazos abiertos para recibirte. ¡Adelante, hijo, mío, adelante!

Estas palabras me reanimaron.

—Adiós, tío —exclamé—, me voy. Nuestras voces no se podrán volver a comunicar en el momento en que me retire de la pared, de modo que ¡adiós!

—Hasta la vista, Axel; hasta la vista.

Éstas fueron las últimas palabras que oí. Esta sorprendente conversación a través de la masa terrestre y sostenida a más de una legua de distancia terminó con esas palabras de esperanza. Di gracias a Dios, que me había conducido por entre aquella inmensidad sombría al único punto, quizá, donde se podía oír la voz de mis compañeros.

Este fenómeno acústico tan extraño se explicaba fácilmente por las leyes físicas: procedía de la forma que tomaba el pasadizo y de la conductibilidad de la roca; hay muchos ejemplos de semejante propagación del sonido que no son perceptibles en los espacios intermedios. Yo me acordaba de que en varios sitios se había observado ese fenómeno, entre otros, en la galería interior de la cúpula de Saint Paul, en Londres, y sobre todo, en mitad de las curiosas grutas de Sicilia, aquellas prisiones situadas cerca de Siracusa, la más maravillosa de las cuales, en este género, es conocida con el nombre de Oreja de Dionisio.

Me asaltaron estos recuerdos y vi claramente que, puesto que la voz de mi tío llegaba hasta mí, no debía existir entre nosotros ningún obstáculo. Siguiendo el mismo camino del sonido, tenía, lógicamente, que llegar lo mismo que él, si no me faltaban las fuerzas en el camino.

Así que me levanté, más que anduve me arrastré. La pendiente tenía caída suficiente y me dejé llevar, escurriéndome. Pronto la rapidez de mi bajada tomó unas proporciones alarmantes y parecía más bien que terminaría en un terrible golpe. Ya no tenía fuerzas para pararme. De pronto, me faltó el suelo. Sentí que rodaba dando saltos sobre las asperezas de una galería vertical; un verdadero pozo; mi cabeza dio contra una roca puntiaguda y perdí el conocimiento.

CAPÍTULO XXIX

Cuando volví en mí, me encontraba en una semioscuridad, tumbado en unas gruesas mantas. Mi tío cuidaba de mí, esperando ver en mi rostro algún signo de vida. Cuando suspiré, me cogió la mano; cuando le miré por primera vez, dio un grito de alegría.

—¡Vive, sí, vive! —exclamó.

—Sí —contesté con voz débil.

—Hijo mío —dijo mi tío, estrechándome contra su pecho—, ¡te has salvado!

Me emocioné de forma especial por el tono con que fueron pronunciadas estas palabras y más aún por los cuidados que las acompañaron. Pero hacían falta pruebas de este estilo para obtener del profesor aquellos mimos.

En ese momento llegaba Hans; vio mi mano cogida a la de mi tío y me atrevo a afirmar que sus ojos expresaron una gran alegría.

—*God dag* —dijo.

—Buenos días, Hans, buenos días —murmuré—. Y ahora, óigame usted, tío, ¿dónde nos hallamos en este momento?

—Mañana te lo explicaré, Axel, hoy estás aún demasiado débil. Te he puesto compresas en la cabeza y no debes moverte. Duerme ahora, hijo mío, mañana lo sabrás todo.

—Pero, al menos, dígame qué hora es y en qué día estamos —repliqué.

—Son las once de la noche del domingo nueve de agosto y te está prohibido interrogarme hasta el diez de este mes.

Era cierto que me sentía muy débil; se me cerraban los ojos sin querer. Me hacía falta una noche de descanso. Me quedé como aletargado, pensando que mi soledad había durado cuatro días interminables.

Al día siguiente, cuando desperté, miré a mi alrededor. Mi cama, hecha con todas las mantas del viaje, estaba instalada en una preciosa gruta, decorada con magníficas estalagmitas y cuyo suelo estaba cubierto de arena fina. Reinaba una vaga semioscuridad. Ninguna antorcha ni lámpara estaba encendida y, sin embargo, cierta claridad inexplicable penetraba por una abertura de la gruta. Oía también un murmullo vago e indefinido, semejante al que producen las olas al chocar contra la playa, y algunas veces, también, el soplo de una brisa marina.

Me preguntaba si estaba despierto, si soñaba aún o si mi cerebro afectado por el golpe, no percibiría ruidos completamente imaginarios. Pero ni mis ojos ni mis oídos podían equivocarse hasta ese extremo.

«¡Un rayo de luz —pensé— que penetra por esa raja

de la roca! ¡El murmullo de las olas! ¡El soplo de la brisa! ¿Estoy soñando? ¿Es que hemos vuelto a la superficie de la Tierra? ¿Mi tío habrá renunciado por fin a su expedición o será que la ha terminado afortunadamente?»

Trataba de resolver estas cuestiones cuando mi tío entró.

—Buenos días, Axel —dijo alegremente—. Apostaría a que te encuentras bien.

—Sí —dije, incorporándome sobre las mantas.

—Así tenía que ser, pues has dormido estupendamente. Hans y yo hemos estado vigilando por turnos y hemos visto como tu recuperación experimentaba excelentes progresos.

—Es verdad, me siento revivir y la prueba es que haré honor al desayuno, si me lo quieren servir.

—Sí, hijo mío, ¡a comer, que ya no hay fiebre! Hans ha curado tus magulladuras con no sé qué ungüento del cual solamente los islandeses poseen el secreto y se han cicatrizado de maravilla. ¡Este cazador nuestro sí que es un gran hombre!

Mientras hablaba, mi tío preparaba algunos alimentos que yo devoré a pesar de sus recomendaciones. Durante este tiempo le acribillé a preguntas, a las cuales se apresuró a contestar.

Supe entonces que por mi caída providencial había ido a parar precisamente al extremo de una galería casi perpendicular; cómo había llegado en medio de un torrente de piedras, de las cuales la más pequeña hubiese bastado para aplastarme: habría que pensar que una parte del macizo se desprendió y se escurrió conmigo. Este espantoso vehículo me transportó hasta los brazos de mi tío, donde caí ensangrentado e inerte.

—Es verdaderamente admirable —me dijo— que no te hayas matado una y mil veces. Pero, ¡por Dios!, no nos separemos más, ya que no nos volveríamos a ver.

«¡No nos separemos más! ¿Pues no se había terminado el viaje?» Abrí los ojos espantado y mi tío me preguntó:

—¿Qué te pasa ahora, Axel?

—Quiero hacerle una pregunta. ¿Estoy verdaderamente sano y salvo?

—Sin duda.

—¿Tengo intactos todos mis miembros?

—Ciertamente.

—¿Y la cabeza?

—Tu cabeza, aparte de algunas contusiones, está perfectamente sobre tus hombros.

—Pues temo que mi cerebro se haya trastornado.

—¿Trastornado?

—Sí. ¿No hemos vuelto a la superficie del Globo?

—¡Desde luego que no!

—Entonces yo estoy loco, pues veo la luz del día y oigo el ruido del viento y el chocar de las olas.

—¡Ah! ¿No es más que eso?

—¿Quiere usted explicármelo?

—No te lo explicaré, pues es inexplicable, pero verás y comprenderás que la ciencia geológica no ha pronunciado aún su última palabra.

—¡Salgamos, entonces! —dije levantándome bruscamente.

—¡No, Axel, no! El aire podría hacerte daño.

—¿El aire?

—Sí, el viento es demasiado fuerte; no quiero que te expongas de ese modo.

—Le aseguro que me encuentro de maravilla.

—Ten un poco de paciencia, hijo mío. Una recaída sería un impedimento y no hay que perder tiempo, pues la travesía puede ser larga.

—¿La travesía?

—Sí, hoy descansa, y mañana nos embarcaremos.

—¡Nos embarcaremos!

Aquello último me hizo dar un salto.

¡Embarcarnos! ¿Teníamos a nuestra disposición algún río, algún lago o el mar? ¿Habría alguna embarcación en algún puerto interior?

Me picaba la curiosidad cada vez más. Mi tío trató en vano de retenerme. Cuando vio que la impaciencia me haría más daño que la satisfacción de mi deseo, cedió.

Me vestí rápidamente; por exceso de precaución, me arropé con una manta y salí de la gruta.

CAPÍTULO XXX

Al principio no vi nada; mis ojos, acostumbrados a la oscuridad, se deslumbraron y se cerraron bruscamente. Cuando pude abrirlos, me quedé más que maravillado, alucinado.

—¡El mar! —exclamé.

—Sí —respondió mi tío—, el mar Lidenbrock. No creo que ningún navegante me dispute el honor de haberlo descubierto ni el derecho de darle mi nombre.

Un inmenso manto de agua, que podía ser el comienzo de un lago o de un océano, se extendía más allá de lo que alcanzaba la vista. La playa, muy abierta, regalaba a las últimas ondulaciones de las olas una arena fina, dorada y llena de pequeñas conchas donde vivieron los primeros seres de la Creación. Las olas chocaban con ese murmullo sonoro particular que producen en todo lugar cerrado e inmenso; la espuma se levantaba con el soplo del viento y me salpicaba la cara. Sobre esta playa ligeramente inclinada, a cien toesas de la orilla de las olas, se hallaban los contrafuertes de rocas enormes que se elevaban a gran altura. Algunos, desbaratando la playa con sus puntiagudas aristas, formaban cabos y promontorios roídos por la resaca. De lejos se adivinaban sus moles como dibujadas sobre el nebuloso horizonte.

Era un verdadero océano con el mismo contorno de las playas terrestres, pero desierto y de un aspecto espantosamente salvaje.

Si mis miradas podían llegar hasta lo más lejano de este mar es porque existía una luz «especial» que iluminaba hasta el menor detalle. No era la luz del sol con sus reflejos brillantes y la espléndida irradiación de sus rayos, ni la vaga palidez del astro de la noche que no es más que un reflejo sin calor. No era eso. El poder irradiado de esta luz, su difusión oscilante, su blancura clara y seca, la poca elevación de su temperatura y su brillo superior al de la Luna, indicaban evidentemente un origen puramente eléctrico. Era como una aurora boreal, un continuo fenómeno cósmico, el que llenaba esta caverna capaz de contener un océano.

La bóveda, suspendida sobre mi cabeza, el cielo, si se quiere llamar así, parecía estar hecho de grandes nubes, de vapores movibles que, por efecto de la condensación, se convertían algunos días en lluvias torrenciales. Yo creía que bajo una presión atmosférica tan fuerte no podría evaporarse el agua y, sin embargo, por una razón física que ignoraba, había nubes en el aire. Pero entonces «hacía buen tiempo». Las capas eléctricas producían extraños juegos de luz sobre las nubes muy elevadas; vivas sombras se dibujaban con sus volutas inferiores y, frecuentemente, entre dos capas separadas, se filtraba un rayo, cuyo reflejo llegaba hasta nosotros con una inmensa intensidad. Pero, a pesar de todo, aquello no era el Sol; le faltaba el calor a su claridad y el efecto de esta luz era triste y melancólico. En lugar de un firmamento lleno de brillantes estrellas, sentía sobre aquellas nubes una bóveda de granito que parecía iba a aplastarme con su peso, y este espacio, por inmenso que fuese, no le hubiera bastado a la órbita del menos ambicioso de los satélites.

Me acordé entonces de la teoría de un capitán inglés que reducía la Tierra a una ancha esfera hueca, en el interior de la cual el aire era luminoso por efecto de su presión, mientras dos astros, Plutón y Proserpina, trazaban alrededor de él sus misteriosas órbitas. ¿Sería verdad esto?

Estábamos realmente aprisionados en una enorme excavación. No se podía juzgar su anchura, puesto que la playa se ensanchaba hasta perderse en la lejanía, ni su longitud, pues una línea de horizonte limitaba la vista. En cuanto a su altura, debía de ser de muchas leguas. ¿Dónde apoyaría esta bóveda sus contrafuertes de granito? La vista no podía asegurarlo, pero había algunas nubes suspendidas en la atmósfera cuya elevación debía de ser de dos mil toesas, altura superior a la de los vapores terrestres y debida, sin duda, a la considerable densidad del aire.

La palabra «caverna» no es la más adecuada para describir este inmenso lugar. Pero se nos acaban las palabras a los que nos aventuramos por los abismos de las entrañas del Globo.

Además, yo no sabía qué hecho geológico podía explicar la existencia de aquella excavación. ¿Podía estar producida por el enfriamiento del Globo? Yo conocía algunas cavernas célebres por la narración de algunos viajantes, pero ninguna presentaba tales dimensiones.

Si la gruta de Guachara, en Colombia, visitada por el señor de Humboldt, no había revelado el secreto de su profundidad al sabio que la reconoció en un espacio de dos mil quinientos pies, su extensión no era seguro mucho mayor. La inmensa caverna del Mammouth, en el Kentucky, ofrecía proporciones gigantescas, puesto que su bóveda se elevaba a quinientos pies sobre un lago insondable, y los viajeros la recorrieron durante diez leguas sin encontrar su fin. Pero ¿qué eran aquellas cavidades al lado de la que yo estaba admirando entonces, con su cielo de vapor, sus irradiaciones eléctricas y un gran mar encerrado en su seno? Mi imaginación se desbordaba ante esa inmensidad.

Contemplaba todas esas maravillas en silencio; me faltaban palabras para expresar mis sensaciones. Creía admirar, en algún planeta lejano, como Urano o Neptuno, fenómenos de los que mi naturaleza «terrestre» no tenía conocimiento. Para estas sensaciones tan nuevas hacían falta palabras nuevas también y mi imaginación no me las procuraba. Miraba, pensaba y admiraba con una mezcla de sorpresa y terror a la vez.

Lo imprevisto de este espectáculo había devuelto la salud a mi cara sonrosada; mi tratamiento era la extrañeza y mi curación se estaba efectuando por medio de esta nueva terapéutica; la fuerza del aire más denso me reanimaba, procurando más oxígeno a mis pulmones.

Cabe imaginar que después de una prisión de cuarenta y siete días en una galería estrecha, aspirar aquella brisa producía una delicia infinita, una delicia impregnada de húmedas emanaciones salinas.

No tuve que arrepentirme, por tanto, de haber salido de mi gruta oscura. A mi tío ya no le chocaban estas maravillas de lo acostumbrado que estaba.

—¿Te sientes con fuerzas para pasear un poco? —me preguntó.

—Sí, por supuesto —respondí—, y me resultará muy agradable.

—Pues cógete de mi brazo, Axel, y sigamos las sinuosidades de la playa.

Acepté con gusto y empezamos a bordear este nuevo océano. A la izquierda, rocas abruptas, encaramadas unas sobre otras, formaban un montón titánico de un efecto prodigioso. A los lados, se extendían innumerables cascadas que formaban charcas límpidas y resonantes; ligeros vapores, saltando de una roca en otra, marcaban las fuentes termales y algunos arroyos corrían suavemente hacia su cuenca, buscando en las pendientes la ocasión de hacer oír su agradable murmullo.

Entre esos arroyos reconocí a nuestro fiel compañero, el Hans-Bach, que venía a perderse tranquilamente en el mar como si, desde el principio del mundo, no hubiese hecho otra cosa.

—Ya lo echaremos de menos —dije suspirando.

—¡Bah! —respondió el profesor—, ¿qué más nos da éste u otro?

Esta respuesta me pareció un poco ingrata.

Pero en aquel momento me llamó la atención un espectáculo inesperado. A quinientos pasos, a la vuelta de un promontorio, un bosque alto, frondoso, espeso, apareció ante nuestros ojos. Estaba compuesto de árboles de mediana altura, de contornos pronunciados y geométricos podados en forma de sombrilla; el aire no parecía atacar sus hojas, pues, en medio del viento, permanecían inmóviles como un macizo de cedros petrificados.

Apresuré el paso. No podía dar ningún nombre a estas esencias singulares. ¿No formarían parte de las doscientas mil especies de vegetales conocidos hasta entonces? ¿Y no habría que darles un sitio en la flora de los vegetales lacustres? No. Cuando estuvimos bajo su sombra, mi sorpresa se convirtió en admiración.

Me encontraba, en efecto, en presencia de productos terrestres, pero de dimensiones gigantescas. Mi tío las nombró inmediatamente con su propio nombre.

—Esto no es más que un bosque de setas —dijo.

Y no se equivocaba. Es conocido el desarrollo que adquieren estas plantas en lugares cálidos y húmedos. Yo sabía que el *Lycoperdon giganteum* alcanza, según Bulliard, ocho o nueve pies de circunferencia, pero aquí se trataba de setas blancas de treinta a cuarenta pies de altura, con un casquete de igual diámetro. Se contaban por miles; la luz no podía pasar a través de su espesa sombra y reinaba una oscuridad completa bajo aquellas cúpulas colocadas como los techos redondos de una ciudad africana.

Sin embargo, quise penetrar más adelante; salía un frío mortal de aquellas bóvedas. Dimos vueltas durante media hora por entre aquellas húmedas tinieblas y sentí un gran bienestar al encontrarme de nuevo a orillas del mar.

Pero la vegetación de esta región subterránea no se componía solamente de setas. Más allá se elevaban grupos de árboles de otras clases, de hojas descoloridas. Eran fáciles de reconocer, pues eran arbustos de la tierra de dimensiones fenomenales: licopodios de cien pies de altura, sigilarías gigantescas, helechos arborescentes, grandes como los abetos en las altas latitudes, terminados con anchas hojas y erizados de vello, como monstruosas plantas grasas.

—¡Admirable, magnífico, espléndido! —exclamó mi tío—. Aquí está toda la flora de la segunda época del mundo, de la época de transición. Mira, aquí tenemos humildes plantas de nuestros jardines, hechas árboles en los primeros tiempos del Globo. Mira, Axel, admira, ¡ningún botánico se ha hallado nunca en una fiesta semejante!

—Tiene usted razón, tío, parece que la Providencia ha querido conservar en este inmenso invernadero estas plantas antediluvianas que la sagacidad de los sabios ha reconstruido con tanto acierto.

—Dices bien, hijo mío, es un invernadero, pero aún sería mejor decir que puede que sea una casa de fieras.

—¡Una casa de fieras!

—Sin duda. Mira el polvo que pisamos, estos huesos esparcidos por el suelo.

—¡Huesos! —exclamé—. Sí, huesos de animales antediluvianos.

Me precipité sobre aquellos despojos seculares, hechos de una sustancia mineral indestructible. Sin titubear, les di un nombre a aquellos huesos gigantescos, que parecían troncos de árboles disecados.

—Ésta es la mandíbula inferior del mastodonte —decía yo—, estas muelas son de un dinoterio; he aquí un fémur que no puede haber pertenecido más que al mayor de todos estos animales: al megaterio. Sí, esto es una casa de fieras, no hay duda, pues estos huesos no han sido transportados aquí por ningún cataclismo; esos animales han vivido a orillas de este mar subterráneo y bajo la sombra de estas plantas arborescentes. Mire usted, aquí veo esqueletos enteros. Sin embargo...

—¿Sin embargo, qué? —dijo mi tío.

—Que no comprendo la presencia de semejantes cuadrúpedos en esta caverna de granito.

—¿Por qué?

—Porque la vida animal no ha existido en la Tierra hasta la época secundaria, cuando el terreno sedimentario fue formado por aluviones y reemplazó a las rocas incandescentes del período primitivo.

—Pues bien, Axel, tu objeción tiene una respuesta muy sencilla, y es que este terreno es sedimentario.

—¡Cómo! ¿En una profundidad tal, bajo la superficie de la Tierra?

—Sin duda, y este hecho puede tener su explicación geológica. En una época, la Tierra no estaba formada más que de una corteza elástica, sujeta a movimientos alternos de arriba y de abajo por las leyes de la atracción. Es probable que se produjesen hundimientos del terreno y que una parte de los terrenos sedimentarios fuese precipitada en el fondo del abismo súbitamente abierto.

—Eso debe de ser. Pero si en estas regiones subterráneas han vivido animales antediluvianos, ¿quién nos dice que uno de esos monstruos no anda errante aún por estos bosques sombríos o detrás de esas rocas escarpadas?

Con esta idea miré, y no sin cierto pánico, hacia todos los puntos del horizonte, pero en aquella playa desierta no aparecía ni un ser viviente.

Estaba algo cansado y fui a sentarme al final de un promontorio, a cuyos pies las olas venían a chocar con gran estruendo. Desde allí abarcaba con la vista toda aquella bahía, formada por el sesgo que hacía la costa. En el fondo había un puerto pequeño colocado entre rocas piramidales. Sus tranquilas aguas dormían al abrigo del viento. Un bergantín y dos o tres barcas hubiesen cabido allí fácilmente. Esperaba ver salir algún navío a toda vela bajo el viento del sur.

Pero pronto se desvaneció esta ilusión. Éramos los únicos seres vivientes en este mundo subterráneo. Cuando se calmaba el viento, un silencio mayor que el de un desierto se extendía sobre las rocas y sobre la superficie del océano. Entonces quería, con la mirada, abrir aquella bruma y penetrar detrás de aquella especie de cortina que se extendía en el fondo del horizonte. ¡Cuántas preguntas se me amontonaban! ¿Dónde acabaría aquel mar? ¿Dónde conduciría? ¿Podríamos alguna vez conocer su orilla opuesta?

Mi tío no lo dudaba siquiera. Yo, por mi lado, lo deseaba y lo temía al mismo tiempo.

Después de una hora, pasada en la contemplación de este espectáculo maravilloso, volvimos a tomar el camino de la playa y llegamos a la gruta, donde dominado por los pensamientos más extraños, acabé por quedarme dormido profundamente.

CAPÍTULO XXXI

Me desperté al día siguiente completamente curado. Pensé que un baño me vendría muy bien y fui a meterme en las aguas de aquel Mediterráneo; tal nombre era seguramente el que mejor le cuadraba.

Volví a desayunar con gran apetito. Hans se dedicaba a guisar nuestra comida; tenía agua y fuego a su disposición, así es que podíamos variar un poco más que de costumbre. De postre nos sirvió una taza de café y nunca me había parecido esta bebida tan deliciosa como hasta aquel momento.

—Ahora —dijo mi tío— es la hora de la marea y no debemos perder la ocasión de contemplar este fenómeno.

—¡Cómo! —exclamé—. ¡La marea!

—Sin duda.

—¡Es posible que la influencia del Sol y de la Luna llegue hasta aquí!

—¿Y por qué no? ¿Los cuerpos en conjunto no están sometidos a la atracción universal? Pues esta masa de agua no puede sustraerse a la ley general, de modo que a pesar de la presión atmosférica que hay en su superficie, la vas a ver encresparse como el mismo Atlántico.

En este momento pisábamos la arena de la playa, donde las olas iban ganando terreno poco a poco.

—Ya empieza la marea —exclamé.

—Sí, Axel, y por este sitio que deja la espuma podrás darte cuenta de que el mar se eleva unos diez pies.

—¡Es maravilloso!

—No, es una cosa natural.

—Por mucho que usted diga, tío, todo esto me parece extraordinario y apenas puedo creer lo que están viendo mis ojos. ¿Quién hubiese imaginado que bajo la corteza terrestre iba a existir un verdadero océano con su resaca, su brisa y sus tempestades?

—¿Por qué no? ¿Hay alguna razón física que se oponga a ello?

—No veo que haya ninguna, desde el momento en que hay que abandonar la teoría del calor central.

—Por tanto, ¿está justificada, hasta ahora, la teoría de Davy?

—Evidentemente y, por lo tanto, nada prohíbe la existencia de mares o de regiones en el interior del Globo.

—Sin duda, aunque deshabitadas.

—¿Y por qué no tendrán estas aguas algunos peces de una especie desconocida?

—En todo caso, no hemos visto ninguno hasta ahora.

—Bueno, pues vamos a fabricar cañas y a ver si el anzuelo tiene tanto éxito aquí como en los océanos sublunares.

—Vamos a probar, Axel, pues hay que indagar en todos los secretos de estas nuevas regiones.

—Pero ¿dónde estamos, tío? Pues todavía no lo he interrogado acerca de esto y seguramente sus instrumentos lo habrán señalado.

—Horizontalmente, a trescientas cincuenta leguas de Islandia.

—¿Tanto?

—Estoy seguro de que no me equivoco ni en quinientas toesas.

—¿Y la brújula sigue indicando el sudeste?

—Sí, con una declinación occidental de 19 grados y 42 minutos exactamente como en la Tierra. En cuanto a su inclinación, se produce un hecho curioso que he observado con atención.

—¿Cuál?

—Pues es que la aguja, en lugar de inclinarse hacia el polo como en el hemisferio boreal, se alza al contrario.

—¿De esto se deduce que el punto de atracción magnética se halla comprendido entre la superficie del Globo y el lugar donde nos encontramos?

—Precisamente, y es probable que si llegásemos bajo las regiones polares, hacia el grado setenta, donde James Ross descubrió el polo magnético, viésemos que la aguja se colocaría verticalmente. Por tanto, ese misterioso centro de atracción no está situado a una gran profundidad.

—En efecto, un hecho que la ciencia no ha sospechado.

—La ciencia, hijo mío, está hecha de errores, pero

son errores que es bueno cometer, pues nos llevan poco a poco a la verdad.

—¿Y a qué profundidad estamos?

—A una profundidad de treinta y cinco leguas.

—De modo —dije mirando el mapa— que la parte montañosa de Escocia está encima de nosotros y aquí se elevan los montes Grampianos con sus cimas completamente cubiertas de nieve.

—Sí —contestó el profesor riéndose—, es una bóveda algo pesada pero sólida; el gran Arquitecto del Universo la ha construido con unos materiales tan buenos, con los que el hombre nunca hubiese podido dotarla. ¿Qué son los ojos de los puentes y los arcos de las catedrales al lado de esta nave de tres leguas de radio, bajo la cual puede desarrollarse un océano con sus tempestades?

—¡Oh!, no hay miedo que el cielo se venga abajo sobre nuestras cabezas. Y ahora, tío, ¿cuáles son sus proyectos? ¿No piensa usted que es hora de volver ya a la superficie del Globo?

—¡Volver! ¡Estaría bueno! Seguir nuestro viaje, puesto que nos ha ido tan bien hasta aquí.

—Pero yo lo que no veo es cómo vamos a penetrar bajo esa masa líquida.

—Por eso no pretendo lanzarme a ella de cabeza. Pero como los océanos no son, hablando claramente, más que lagos, y están rodeados de tierra, con más razón este mar interior estará circunscrito por el macizo granítico.

—Eso es indudable.

—Pues bien, estoy seguro de que en la orilla opuesta encontraremos nuevas salidas.

—¿Qué longitud cree usted que tendrá este océano?

—Treinta o cuarenta leguas.

—¡Ah! —dije, imaginando que este cálculo podía ser inexacto.

—Por lo tanto, no tenemos tiempo que perder y mañana mismo nos haremos a la mar.

Involuntariamente busqué con la vista el navío que tenía que transportarnos.

—¡Ah! —dije—, nos embarcaremos, muy bien. ¿Y en qué barco haremos la travesía?

—No la haremos en un barco, hijo mío, sino en una sólida balsa.

—¡Una balsa! —exclamé—, pero una balsa es tan imposible de hacer como un navío y no veo...

—Tú no ves, Axel, pero si escuchases, podrías oír.

—¿Oír?

—Sí, oír unos golpes de martillo que te harían saber que Hans ya se ha puesto manos a la obra.

—¿Está construyendo una balsa?

—Sí.

—¡Cómo! ¿Ha cortado ya árboles con su hacha?

—¡Oh! Los árboles estaban ya caídos. Ven y lo verás trabajar.

Después de un cuarto de hora de marcha del otro lado del promontorio que formaba el pequeño puerto natural, vi a Hans con su trabajo; algunos pasos más y estuve a su lado. Con gran sorpresa, vi sobre la arena una balsa casi terminada; estaba hecha de vigas de una madera especial, y un gran número de tablones, de maderas de toda clase, sembraban el suelo literalmente. Había para construir una marina entera.

—Tío —exclamé—, ¿qué madera es ésa?

—Pues es pino, abeto, abedul, toda clase de coníferas del norte, mineralizadas bajo la acción de las aguas del mar.

—¿Es posible?

—Eso es lo que llaman *surtarbrandur,* o madera fósil.

—Pero entonces tendrá, como los lignitos, la dureza de la piedra y no podrá flotar.

—Algunas veces pasa eso: hay maderas que se han convertido en auténticas antracitas, pero otras, como éstas, no han experimentado más que un comienzo de transformación en fósil. Míralo —añadió mi tío echando al mar uno de aquellos trozos.

El pedazo de madera, después de desaparecer, volvió a la superficie y osciló a merced de las olas.

—¿Estás convencido? —dijo mi tío.

—Convencido sobre todo de que esto es increíble.

Al día siguiente por la noche la balsa estaba terminada gracias a la habilidad del guía; tenía diez pies de larga y cinco de ancha; las vigas de *surtarbrandur,* atadas unas con otras por fuertes cuerdas, ofrecían una superficie sólida y, una vez botada al agua, esta embarcación flotó tranquilamente sobre el mar Lidenbrock.

CAPÍTULO XXXII

El 13 de agosto nos despertamos muy temprano. Había que inaugurar un nuevo sistema de locomoción, rápido y poco cansado.

Un mástil hecho con dos palos empalmados, una verga formada con un tercer palo y una vela hecha con nuestras mantas componían todo el aparejo de la balsa. Las cuerdas no faltaban y el conjunto era sólido.

A las seis, el profesor dio la señal de embarque. Los víveres, los equipajes, los instrumentos, las armas y una gran cantidad de agua dulce habían sido ya colocados.

Hans había instalado un timón que le servía para gobernar su aparato flotante. Se puso a dirigir el timón. Solté la amarra que nos sujetaba a la playa, se dispuso la vela y nos hicimos a la mar rápidamente.

En el momento de salir del puerto, mi tío, que tenía interés en su nomenclatura geográfica, quiso darle un nombre, el mío, por ejemplo.

—Pues yo tenía otro que proponerle —dije.

—¿Cuál?

—El nombre de Graüben; Puerto-Graüben quedará muy bien en el mapa.

—Pues le pondremos Puerto-Graüben.

Y, de esta manera, el recuerdo de mi querida virlandesa se unió a nuestra afortunada expedición.

La brisa soplaba del nordeste; marchábamos viento en popa con una extremada rapidez; las densas capas de la atmósfera tenían una fuerza considerable y ejercían sobre la veía como un potente ventilador.

Al cabo de una hora, mi tío pudo darse cuenta de nuestra rapidez.

—Si seguimos así —dijo—, haremos treinta leguas, al menos, cada veinticuatro horas y no tardaremos en reconocer las playas opuestas.

No respondí y me coloqué en la proa de la balsa. La costa septentrional descendía ya en el horizonte; los dos lados de la playa se ensanchaban, como para facilitar nuestra partida. Ante mis ojos se extendía un mar inmenso; grandes nubes esparcían rápidamente sobre la superficie su sombra grisácea, que se reflejaba en aquella agua triste. Los rayos plateados de la luz eléctrica reflejados aquí y allí por cualquier gotita hacían aparecer puntos luminosos a los lados de la embarcación. Pronto perdimos de vista la tierra y desaparecieron los puntos de señal y, si no fuera por el surco espumoso que formaba la balsa, habría creído que ésta permanecía totalmente inmóvil.

Hacia el mediodía aparecieron algas inmensas sobre la superficie de las olas. Yo conocía la fuerza vegetativa de estas plantas que se arrastraban a una profundidad de más de doce mil pies hasta el fondo del mar, se reproducen bajo una presión de cerca de cuatrocientas atmósferas y forman con frecuencia bajos considerables que entorpecen el paso de los navíos; pero nunca creo que haya habido algas tan gigantescas como las del mar Lidenbrock.

Nuestra balsa pasó por entre fucus de tres y cuatro mil pies de largo, inmensas serpientes que se desarrollaban hasta más allá de nuestra vista; me entretenía siguiendo con la mirada sus infinitas cintas, creyendo siempre llegar a su extremo y viendo como durante horas engañaban a mi paciencia.

¡Qué fuerza natural podía producir plantas semejantes y cuál sería el aspecto de la Tierra en los primeros tiempos de su formación, cuando, bajo la acción del calor y de la humedad, se desarrollaba en su superficie solamente el reino vegetal!

Llegó la noche y, como ya había notado la víspera, el estado luminoso del aire no disminuyó en nada. Era un fenómeno constante con cuya duración podíamos contar siempre.

Después de la cena, me tumbé al pie del mástil y no tardé en dormirme y soñar con cosas nimias.

Hans, inmóvil en el timón, dejaba correr la balsa que, empujada por el viento de popa, no necesitaba que la dirigiesen.

Desde nuestra salida del Puerto-Graüben, el profesor Lidenbrock me había encargado la tarea de escribir «el diario de a bordo», anotar las mínimas observaciones, consignar los fenómenos interesantes, la dirección del viento, la rapidez adquirida, el camino recorrido, en una palabra, todos los incidentes de esta extraña navegación.

Me limitaré, por tanto, a reproducir aquí esas notas diarias, dictadas, por así decirlo, por los mismos acontecimientos, con el fin de hacer una narración más exacta de nuestra travesía.

Viernes 14 de agosto. —Brisa estable del noroeste. La balsa marcha con rapidez y en línea recta. La costa queda a treinta leguas. No se divisa nada en el horizonte. La intensidad de la luz no varía. Buen tiempo, es decir, las nubes están altas, transparentes y bañadas en una niebla blanca que parece plata fundida.

Termómetro: 32 grados centígrados.

A mediodía, Hans prepara un anzuelo con un trocito de carne, lo ata al extremo de una cuerda y lo echa al mar. Pasan dos horas sin coger nada. ¿Estarán estas aguas deshabitadas? ¡No! Se produce una sacudida, Hans tira de la caña y saca un pez, que se defiende vigorosamente.

—¡Un pez! —exclamó mi tío.

—¡Es un esturión! —exclamé a mi vez—, un esturión pequeño.

El profesor mira atentamente al animal y no comparte mi opinión. Este pez tiene la cabeza aplastada y redonda y la parte inferior del cuerpo cubierta de placas óseas. No tiene dientes; tiene aletas pectorales bastante desarrolladas y está provisto de cola. Este animal pertenece a un orden en el que los naturalistas han situado al esturión, pero difiere de éste en cosas bastante esenciales.

Mi tío no se equivoca; después de un pequeño examen, dice:

—Este pez pertenece a una familia extinguida hace siglos y restos fósiles se encuentran en los terrenos devonianos.

—¡Cómo! —digo—, ¿habremos cogido vivo a uno de esos habitantes del mar primitivo?

—Sí —responde el profesor, continuando sus observaciones—, mira como estos peces fósiles no tienen ningún parecido con las especies actuales. Por eso, haber cogido vivo uno de estos seres es un gran privilegio para un naturalista.

—¿Y a qué familia pertenece?

—Al orden de los Ganoides, de la familia de los Cefaláspidos, del género...

—¿De qué género?

—Juraría que era del género de los Peteriquites, pero éste tiene una particularidad que dicen no se encuentra más que en los de las aguas subterráneas.

—¿Cuál?

—Que es ciego.

—¡Ciego!

—No solamente ciego, sino que le falta por completo el órgano de la vista.

Lo miro y, en efecto, nada es más real. Pero puede

que sea un caso aislado. Por tanto, se vuelve a preparar la caña y se echa de nuevo al mar. Este océano posee, sin duda, gran cantidad de peces, pues en dos horas cogemos muchísimos peteriquites y otros pertenecientes también a una familia extinguida, los Diptérides, pero cuyo género no pudo reconocer mi tío. Todos están desprovistos del órgano de la vista. Esta pesca inesperada viene a aumentar considerablemente nuestras provisiones.

De modo que, según parece, este mar no encierra más que especies fósiles, en las cuales lo mismo los peces que los reptiles son más perfectos cuanto más antiguos.

¿Puede ser que encontremos algunos de estos saurios que la ciencia ha sabido rehacer con un trozo de hueso o de cartílago?

Cojo el anteojo y examino el mar: está desierto. Sin duda, estamos aún demasiado cerca de la costa.

Miro por los aires. ¿Por qué no volarán algunos de los pájaros criados por el inmortal Hacedor a través de esta pesada atmósfera? Podrían alimentarse de sobra con los peces. Observo el espacio y veo que los aires están tan deshabitados como las playas.

Sin embargo, me dejo llevar por la imaginación a las maravillosas hipótesis de la paleontología. Me pongo a soñar despierto. Me parece ver en la superficie de las aguas aquellos chersistes enormes, tortugas antediluvianas semejantes a islotes flotantes. Creo ver pasar, sobre las playas sombrías, a los grandes mamíferos de los primeros tiempos; el leptoterio, hallado en las cavernas del Brasil; el mericoterio, llegado de las regiones heladas de

Siberia. Más allá creo ver el paquidermo lofiodon, aquel tapir gigantesco que se esconde tras las rocas dispuesto a disputarle su presa al naploterio, animal extraño que tiene algo del rinoceronte, del caballo, del hipopótamo y del camello, como si el Creador hubiese querido apresurarse en las primeras horas del mundo y reunir muchos animales en uno solo. El mastodonte gigante hace girar su trompa y tritura las rocas de la playa, mientras el megaterio, sobre sus enormes patas, revuelve la tierra despertando con sus rugidos el eco en aquellos macizos graníticos. Más allá, el protopiteco, primer mono que apareció en la superficie del Globo, se encarama por las cimas más ásperas. Más allá todavía el pterodáctilo, con sus manos aladas, se escurre como un gran murciélago por los aires. Por fin, en las últimas capas, pájaros inmensos, más fuertes que el casoar y mayores que el avestruz, despliegan sus anchas alas y dan con sus cabezas contra la bóveda granítica.

En mi imaginación, renacen todos esos seres fósiles. Me transporto a los tiempos bíblicos de la Creación, antes del nacimiento del hombre y cuando la Tierra, incompleta aún, no podía ser suficiente. Entonces mi sueño hace adelantar la aparición de los seres animados. Desaparecen primero los mamíferos, luego los pájaros y los reptiles de la época secundaria, después, en fin, los peces, los crustáceos, los moluscos y los articulados. Los zoófitos del período de transición vuelven a su vez a la nada. Toda la vida de la Tierra se reduce a mí y sólo mi corazón late en medio de este mundo deshabitado. Ya no hay estaciones ni climas; el calor propio del Globo va en aumento y neutraliza el del astro radiante. La vegetación llega a la exageración; me paseo como una sombra entre los helechos arborescentes, pisando, con mi paso inseguro, sobre las margas irisadas y los gres abigarrados del terreno; me apoyo en el tronco de inmensas coníferas y me acuesto a la sombra de esfenófilos, asterófilos y licopodios de cien pies de altura.

Los siglos transcurren como días; paso por la serie de transformaciones terrestres, desaparecen las plantas, las rocas graníticas pierden su dureza bajo la acción de un calor cada vez más intenso; el estado líquido reemplaza al sólido; corren las aguas por la superficie del Globo, hierven y se volatilizan, formando vapores que llenan la Tierra que poco a poco se convierte en una masa de gas de un tono rojo blanquecino, grande y brillante como el Sol.

Una vez en el centro de esta nebulosa, catorce mil veces mayor que el Globo que ha de formarse un día de ella, me siento arrastrado a los espacios planetarios; mi cuerpo se vuelve etéreo también y se mezcla como un imponderable átomo con esos vapores inmensos que trazan sus inflamadas órbitas hasta el infinito.

¡Qué sueño! ¿Dónde me lleva? Mi mano calenturienta traza sobre el papel sus estrambóticos detalles. Lo he olvidado todo, el profesor, el guía y la balsa. Una alucinación se ha apoderado de mi espíritu...

—¿Qué tienes? —dijo mi tío.

Mis ojos abiertos se fijan en él, pero sin verle.

—¡Ten cuidado, Axel, no vayas a caerte al mar!

Al mismo tiempo me sentí vigorosamente cogido por la mano de Hans; sin él, me hubiese caído al agua bajo el poder de mi sueño.

—¿Se habrá vuelto loco? —exclamó el profesor.

—¿Qué pasa? —dije al fin volviendo en mí.

—¿Estás enfermo?

—No, he tenido un momento de alucinación, pero ya pasó. ¿Todo lo demás va bien?

—¡Sí!, buen aire y buen mar, vamos con rapidez y, si no me equivoco en mi cuenta, no podemos tardar en recalar.

Al oír estas palabras, me levanto y miro al horizonte, pero la línea del agua sigue confundiéndose con las nubes.

CAPÍTULO XXXIII

Sábado 15 de agosto. —El mar continúa en su monótona regularidad; ninguna tierra aparece a la vista, el horizonte se ve excesivamente lejano.

Tengo aún la cabeza pesada por la impresión de mi sueño. Mi tío, aunque no ha soñado, está de mal humor; recorre con su anteojo todos los puntos del espacio y se cruza de brazos, con aire contrariado.

Voy notando que el profesor Lidenbrock tiende a volverse a convertir en el hombre impaciente del pasado y consigno este hecho en mi diario. Fueron menester mis peligros y mis sufrimientos, para que brotase de él algún rayo de sentimiento humano, pero desde mi curación, su naturaleza le ha vuelto a traicionar. Pero ahora, ¿por qué enfadarse? ¿El viaje no se está llevando a cabo en las circunstancias más favorables? ¿No avanza la balsa con una maravillosa rapidez?

—Parece que está usted inquieto, tío —le dije, viéndole mirar a cada momento con el anteojo.

—¿Inquieto? No.

—¿Impaciente entonces?

—¡Cualquiera lo estaría con menos motivo!

—Sin embargo, marchamos rápidamente...

—¿Y qué importa? No es que la rapidez sea pequeña, es que el mar es demasiado grande.

Entonces me acordé de que el profesor, antes de embarcar, estimaba que este mar subterráneo tendría unas treinta leguas de largo; ya hemos recorrido un camino tres veces mayor y las costas del sur no aparecen todavía.

—¡No descendemos! —continuó el profesor—. ¡Todo esto es tiempo perdido y, sobre todo, no he venido desde tan lejos para dar un paseo en barco en un estanque!

¡Llama a esta travesía un paseo en barco y a este mar un estanque!

—Pero, puesto que hemos seguido el camino indicado por Saknussem... —dije.

—Esa es la cuestión. ¿Hemos seguido ese camino? ¿Encontró Saknussem esta extensión de agua? ¿La atravesó? ¿El arroyo que tomamos por guía no nos habrá extraviado por completo?

—En todo caso, no debemos sentir el haber venido hasta aquí; el espectáculo es magnífico y...

—No se trata de ver. ¡Me he propuesto un fin y quiero conseguirlo! ¡De modo que no me hables de admirar!

Queda dicho, por consiguiente, y dejo al profesor que se muerda los labios de impaciencia. A las seis de la tarde, Hans reclama su paga y se le entregan sus tres rixedales.

Domingo 16 de agosto. —Nada nuevo. El tiempo es el mismo, el viento tiene una cierta tendencia a refrescar. En cuanto despierto, lo primero que hago es observar la intensidad de la luz. Siempre temo que el fenómeno eléctrico se oscurezca y se apague. Pero nada de eso: la sombra de la balsa se dibuja claramente sobre la superficie de las olas.

¡Este mar es infinito! Debe de tener la anchura del Mediterráneo o la del mismo Atlántico. ¿Y por qué no?

Mi tío sondea a cada instante; ata el más pesado de los azadones al extremo de una cuerda y la deja caer hasta doscientas brazas. No hay fondo. Nos cuesta gran trabajo volver a sacar la sonda.

Cuando el azadón vuelve a bordo, Hans me hace notar que tiene huellas muy marcadas. Cualquiera diría que este trozo de hierro había sido apretado vigorosamente entre dos cuerpos duros.

Miro al cazador.

—*Tänder!* —me dice.

No lo entiendo y me vuelvo hacia mi tío, que está completamente absorto en sus reflexiones. No pienso en molestarlo. Vuelvo hacia el islandés que, cerrando y abriendo la boca varias veces, me hace comprender su idea.

—¡Dientes! —exclamé con estupefacción, considerando más detenidamente la barra de hierro.

¡Sí! Las huellas que se han señalado en el metal son realmente de dientes. ¡Las quijadas que los cubran deben de tener una fuerza prodigiosa! ¿Será un monstruo de alguna de las especies desaparecidas, más voraz que el tiburón y más temible que la ballena, que se agita bajo el fondo profundo de estas aguas? No puedo separar la vista de este hierro casi roído. Mi sueño de la noche anterior, ¿irá a convertirse en realidad?

Estos pensamientos me agitan durante todo el día y apenas me dejan dormir algunas horas durante la noche.

Lunes 17 de agosto. —Trato de acordarme de los instintos particulares de estos animales antediluvianos de la época secundaria que, sucediendo a los moluscos, a los crustáceos y a los peces, precedieron a la aparición de los mamíferos sobre el Globo. El mundo pertenecía entonces a los reptiles, esos monstruos reinaban en los mares jurásicos. La naturaleza les había concedido la organización más completa. ¡Qué estructura gigantesca y qué fuerza prodigiosa! Los saurios, aligátores o cocodrilos actuales más temibles no son sino débiles reducciones de lo que fueron sus padres en las primeras edades.

Tiemblo pensando en esos monstruos; el ojo humano no los ha visto vivos. Aparecieron sobre la tierra mil siglos antes que el hombre, pero sus huesos fósiles encontrados en aquella caliza arenosa que los ingleses llaman lías, han permitido reconstruirlos anatómicamente y conocer su colosal conformación.

Yo he visto en el museo de Hamburgo el esqueleto de uno de esos saurios que medía treinta pies de largo ¿Estoy destinado yo, habitante de la tierra, a encontrarme frente a frente con los representantes de una familia antediluviana? ¡No!, es imposible. Sin embargo, la huella de unos dientes queda grabada en la barra de hierro, y por esta huella puedo conocer que son unos dientes cónicos como los del cocodrilo.

Mis ojos se fijan en el mar con verdadero espanto; temo ver saltar uno de esos habitantes de las cavernas submarinas.

Supongo que el profesor Lidenbrock participa de mis ideas, si no de mis temores, pues después de examinar con detenimiento el azadón, recorre con la vista todo el océano.

«¡Menuda idea tan genial ha tenido con echar la sonda! —dije para mis adentros—. Seguramente ha turbado en su reposo a algún animal marino, y si no somos atacados por el camino...»

Echo una ojeada sobre las armas y me aseguro de que están en buen estado. Mi tío se da cuenta de lo que hago y lo aprueba con un gesto.

Las agitaciones producidas en la superficie de las aguas indican el movimiento de las capas más lejanas. El peligro se acerca. Hay que estar alerta.

Martes 18 de agosto. —Llega la noche o, mejor dicho, el momento en que el sueño pesa sobre nuestros párpados, pues en este océano falta la noche y la luz implacable cansa nuestra vista, como si navegásemos bajo el sol de los mares árticos. Hans está en el timón; mientras tanto yo me duermo.

Dos horas después me despierta una espantosa sacudida. La balsa ha sido elevada fuera de las olas y lanzada con una fuerza indescriptible a veinte toesas de distancia.

—¿Qué pasa? —exclamó mi tío—. ¿Hemos llegado?

Hans señala con el dedo una masa negra que se alza y se baja a unas doscientas toesas de distancia. Miro y exclamo:

—¡Es una marsopa colosal!

—Sí —replica mi tío—, y mira ahora un lagarto de un tamaño poco corriente.

—¡Y más allá un cocodrilo enorme! Mire usted su gran quijada y los dientes enormes que encierra. ¡Ah, ya desaparece!

—¡Una ballena! ¡Una ballena! —exclama entonces el profesor—. Desde aquí percibo sus enormes aletas. ¡Mira el agua y el aire que lanza por sus narices!

En efecto, dos columnas líquidas se elevan a gran altura sobre el mar. Nos quedamos sorprendidos, paralizados, espantados en presencia de este ejército de monstruos marinos. Tienen unas dimensiones sobrenaturales y el más pequeño de todos rompería la balsa con hincarle un solo diente. Hans quiere poner el timón a toda vela para librarnos de esta peligrosa vecindad, pero se fija que en la otra orilla aparecen enemigos no menos temibles: una tortuga de cuarenta pies de anchura y una serpiente con treinta de largo que asoma su cabeza enorme sobre las olas.

Imposible huir; estos reptiles se acercan, dan vueltas alrededor de la balsa con una rapidez que ningún convoy lanzado vertiginosamente podría igualar; trazan círculos concéntricos en torno de ella. Cojo mi carabina. ¿Pero qué efecto puede producir una bala sobre la concha con que están cubiertos estos animales?

Estamos mudos de espanto. ¡Ya se acercan! De un lado el cocodrilo y del otro la serpiente. El resto del ejército marino ha desaparecido. Voy a hacer fuego, pero Hans me hace señas y permanezco quieto. Los dos monstruos llegan a cincuenta toesas de la balsa, se precipita uno sobre el otro y su furia les impide vernos.

El combate se libra a cien toesas de la balsa. Vemos claramente a los dos monstruos en la pelea.

A mí me parece que los otros animales vienen a tomar parte en la lucha: la marsopa, la ballena, el lagarto y la tortuga; los veo a cada instante y se los enseño al islandés. Éste mueve la cabeza negativamente.

—*Tva* —dice.

—¡Cómo! ¡Dos! Pretende que hay dos animales solamente...

—¡Tiene razón! —exclama mi tío, que no deja ni un momento el anteojo.

—¡Es posible!

—¡Sí! El primero de estos monstruos tiene el hocico de marsopa, la cabeza de lagarto y los dientes de cocodrilo, y esto es lo que nos ha engañado. Es el ictiosauro, el más temible de los reptiles antediluvianos.

—¿Y el otro?

—El otro es una serpiente escondida en el caparazón de una tortuga, se llama plesiosauro y es un terrible enemigo del primero.

Hans tiene razón. Solamente son dos los monstruos que agitan de este modo la superficie del mar; tengo ante la vista dos reptiles de los océanos primitivos. Veo el ojo sangriento del ictiosauro, tan grande como la cabeza de un hombre. La naturaleza lo ha dotado de un aparato óptico de una fuerza capaz de resistir la presión del agua en las profundidades que habita. Se lo ha llamado, justamente, la ballena de los saurios, pues tiene su rapidez y su tamaño. Éste no mide menos de cien pies y puedo darme cuenta de su enormidad cuando saca sobre las olas las aletas verticales de su cola. Su quijada es enorme y según los naturalistas no tiene menos de ciento ochenta y dos dientes.

El plesiosauro, serpiente de tronco cilíndrico y de cola corta, tiene las patas colocadas en forma de remo; su cuerpo está completamente cubierto de un caparazón y su cuello, flexible como el de un cisne, se alza a treinta pies sobre las olas.

Estos dos animales se atacan con una furia indescriptible. Levantan montañas líquidas, que llegan hasta la balsa. Estamos lo menos veinte veces a punto de zozobrar. Se oyen silbidos de una intensidad prodigiosa. Los dos animales se han enzarzado en la pelea. No pueden distinguirse el uno del otro. Cabe temer cualquier cosa de la rabia del vencedor.

Pasa una hora, luego, dos; la lucha continúa con el mismo ahínco. Los combatientes tan pronto se acercan a la balsa como se alejan de ella. Permanecemos inmóviles, dispuestos a hacer fuego.

De pronto, el ictiosauro y el plesiosauro desaparecen abriendo en el mar un auténtico *maelström*. Pasan unos minutos. ¿Irán a terminar el combate en las profundidades del mar?

Pero, de repente, aparece fuera del agua la enorme cabeza del plesiosauro. El monstruo está herido de muerte; ya no se ve su enorme caparazón. Solamente vemos su largo cuello que se endereza, se dobla, vuelve a levantarse, al caer se cimbrea sobre las olas, como un látigo gigantesco, y se retuerce como un gusano cortado. El agua salta a una distancia considerable y nos ciega. Pero la agonía del reptil va tocando a su fin, sus movimientos disminuyen, se apaciguan sus contorsiones y aquel largo tronco de serpiente se extiende al fin como una masa inerte sobre las olas calmadas.

En cuanto al ictiosauro, ¿habrá vuelto a su caverna submarina o volverá a aparecer sobre la superficie del mar?

CAPÍTULO XXXIV

Miércoles 19 de agosto. —Afortunadamente y gracias al viento, que sopla con fuerza, hemos podido huir del centro del combate. Hans continúa en el timón.

Mi tío, distraído de sus absorbentes ideas por los incidentes de aquella lucha, vuelve a dejarse llevar por sus impaciencias y contempla el mar con ansiedad.

El viajero vuelve a su monótona regularidad, que no quisiera ver interrumpida por las mismas causas de ayer.

Jueves 20 de agosto.—Viento nornordeste, bastante desigual. La temperatura es calurosa. Marchamos con una rapidez de tres leguas y media por hora.

Hacia mediodía se oye un ruido muy lejano.

Consigno este hecho sin poder darle una explicación; es un rugido continuo.

«Debe de haber a lo lejos alguna roca o algún islote sobre el cual choca el mar.»

Hans se encarama a lo alto del mástil, pero no ve ningún escollo. El océano se percibe hasta la línea de horizonte.

Pasan tres horas. Los rugidos parece que provienen de algún salto de agua lejano.

Se lo digo a mi tío, que mueve la cabeza en señal de duda. A pesar de eso, estoy convencido de que no me equivoco. ¿Iremos hacia alguna catarata que nos precipitará en el abismo? Puede que esta manera de bajar le guste al profesor, pues se acerca a la vertical, pero lo que es a mí...

De todos modos debe existir a algunas leguas de aquí un fenómeno ruidoso, pues ahora los rugidos se escuchan con más estruendo. ¿Provienen del cielo o del océano?

Dirijo mi vista hacia los vapores suspendidos en la atmósfera y trato de sondar su profundidad. El cielo está tranquilo, las nubes en lo más alto de la bóveda parecen inmóviles y se pierden en la intensidad de la luz. Hay que buscar en otro lado la causa de este fenómeno.

Vuelvo mi mirada interrogadora hacia el horizonte puro y sin bruma; su aspecto es el mismo. Pero si este ruido procede de un salto de agua o de una catarata; si este océano se precipita en una fuente inferior; si estos rugidos están producidos por una masa de agua que cae, la corriente debería activarse y por su rapidez creciente podría darme cuenta del peligro que nos amenaza. Me fijo en la corriente; no existe; echo al agua una botella vacía y se queda inmóvil.

Hacia las cuatro, Hans se levanta y vuelve a encaramarse en el extremo del mástil. Desde allí su mirada recorre el círculo que el océano describe ante la balsa y se para en un punto fijo. Su fisonomía no experimenta sorpresa alguna, pero su vista no se aparta de aquel punto.

—Ha visto algo —dijo mi tío.

—Creo que sí.

Hans vuelve a bajar y extiende el brazo hacia el sur diciendo:

—*Der nere!*

—¿Allí? —responde mi tío.

Y cogiendo su catalejo, mira durante un minuto que a mí me parece un siglo.

—¡Sí, sí! —exclama.

—¿Qué ve usted?

—Un inmenso chorro que se eleva sobre las olas.

—¿Será otro animal marino?

—Puede ser.

—Entonces pongamos rumbo hacia el oeste, pues ya sabemos el peligro que supone el encontrarse con estos monstruos antediluvianos.

—Esperemos a ver qué pasa —responde mi tío.

Me vuelvo hacia Hans; éste sigue sus órdenes con un rigor inflexible.

Sin embargo, si a la distancia a que estamos de este animal, que es de unas doce leguas, podemos ver la columna de agua que lanza por sus narices, debe de ser de un tamaño sobrenatural. Huir sería conformarse con lo que mandan las leyes de la prudencia más vulgar; pero no hemos venido aquí para ser prudentes.

Así que seguimos adelante. Mientras más nos acercamos, más crece aquel chorro. ¿Qué clase de monstruo puede llenarse de tal cantidad de agua y expulsarla sin interrupción?

A las ocho de la noche apenas nos separan de él dos leguas. Su cuerpo negruzco, enorme, monstruoso se extiende sobre el mar como un islote. ¿Y será ilusión o pánico?, su longitud me parece de más de mil toesas. ¿Cuál será este cetáceo que no han previsto ni los Cuvier ni los Blumenbach? Está inmóvil y como dormido; parece que el mar no puede levantarlo y las olas pasan sobre su costado. La columna de agua, después de elevarse a una altura de quinientos pies, cae con un ruido ensordecedor. Corremos como insensatos hacia esta masa enorme que apenas podría alimentarse con cien ballenas diarias.

El terror se apodera de mí. ¡No quiero seguir! ¡Cortaré, si es preciso, la driza de la vela! Me sublevo contra el profesor, que no me contesta.

De pronto, Hans se levanta y, señalando con el dedo el lugar amenazador, dice:

—*Holme!*

—¡Una isla! —exclama mi tío.

—¡Una isla! —digo a mi vez, encogiéndome de hombros.

—Evidentemente —responde el profesor soltando una sonora carcajada.

—Pero ¿y ese salto de agua?

—*Geyser* —dice Hans.

—¡Sin duda! —exclama mi tío—, es un géiser como los de Islandia.

Al principio no me resigno a haberme equivocado de esta manera.

¡Tomar un islote por un monstruo marino! Pero hay que rendirse a la evidencia y confesar mi error: no existe más que un fenómeno natural.

A medida que nos acercamos, las dimensiones de la masa líquida crecen.

El islote puede confundirse con un cetáceo, cuya enorme cabeza domina las olas a una altura de diez toesas. El géiser, palabra que los islandeses pronuncian *geysir* y que significa «furor», se eleva majestuosamente en su extremidad. Sordas detonaciones estallan a cada momento y el enorme salto de agua, enfurecido con más violencia, sacude a veces su penacho de vapores y llega hasta las primeras nubes. No lo rodean ni humaredas ni fuentes termales; está solo y toda la fuerza volcánica se concentra en él. Los rayos de la luz eléctrica vienen a mezclarse con este chorro deslumbrante y en cada una de sus gotas se reúnen todos los tonos del prisma.

—Atraquemos —dice el profesor.

Pero hay que tener cuidado y evitar esta tromba de agua que anegaría nuestra balsa en un momento. Hans, maniobrando con habilidad, nos conduce al extremo del islote.

Salto a la roca; mi tío me sigue con agilidad mientras el cazador permanece en su puesto, como un hombre que está por encima de estas sorpresas.

Andamos sobre granito mezclado con toba silicosa; el terreno tiembla bajo nuestros pies como los lados de una caldera donde se mueve el vapor recalentado; está caliente. Llegamos a una pequeña cuenca central desde donde se eleva el géiser. Sumerjo en el agua, que sale hirviendo, un termómetro de desagüe y marca una temperatura de ciento sesenta y tres grados.

Por lo tanto, esta agua sale de un centro que está candente. Esto contradice singularmente las teorías del profesor Lidenbrock. No puedo por menos que recordárselo.

—¿Y qué prueba esto contra mi doctrina? —replica.

—Nada —contesto con tono áspero, viendo que tropiezo con una terquedad absoluta.

A pesar de todo, me veo obligado a confesar que hasta aquí hemos sido favorecidos singularmente y que no sé por qué razón este viaje se lleva a cabo en unas condiciones de temperatura excepcionales, pero me parece evidente y cierto que de un día a otro llegaremos a esas regiones donde el calor central alcanza los límites más elevados y sobrepasa todos los grados del termómetro.

—Ya veremos.

Ésas son las palabras del profesor, que, después de bautizar este islote volcánico con el nombre de su sobrino, da la señal de embarcarse.

Me quedo aún unos minutos contemplando el géiser. Noto que el salto es irregular en sus accesos, que tan pronto disminuye en su intensidad como vuelve a cobrar nuevo vigor, lo que atribuyo a las variaciones de presión de los vapores acumulados en su depósito.

Al fin nos vamos, rodeando las rocas escarpadas del

sur. Hans ha aprovechado este descanso para volver a poner la balsa en condiciones.

Pero antes de alejarnos de la orilla, hago algunas observaciones para calcular la distancia recorrida y las apunto en mi diario. Hemos recorrido doscientas setenta leguas de mar desde Puerto-Graüben y estamos a seiscientas veinte leguas de Islandia, debajo de Inglaterra.

CAPÍTULO XXXV

Viernes 21 de agosto. —Al día siguiente, el magnífico géiser ha desaparecido. El viento ha refrescado y nos ha alejado rápidamente del islote Axel. Los rugidos se han ido extinguiendo poco a poco.

El tiempo va a cambiar pronto, si se puede decir así. La atmósfera se carga de vapores que se llevan la electricidad formada por la evaporación de las aguas salinas; las nubes descienden sensiblemente y toman un tinte aceitunado; los rayos eléctricos apenas pueden atravesar este opaco telón que cae sobre el teatro donde va a representarse el drama de las tempestades.

Me encuentro impresionado, como le pasa a cualquier criatura cuando siente que se aproxima un cataclismo.

Los «cúmulos» situados hacia el sur tienen un aspecto siniestro, presentan esa apariencia despiadada que se nota con frecuencia al principio de las tormentas. El aire se hace pesado y el mar está tranquilo.

Las nubes parecen a lo lejos bolas de algodón amontonadas desordenadamente, poco a poco se van hinchando y acumulando, disminuyendo en número, pero creciendo en intensidad; es tal su pesadez que no pueden separarse del horizonte, pero con el viento se van uniendo poco a poco y oscureciéndose hasta presentar una sola capa de un aspecto temible; de cuando en cuando, algún trozo de vapor iluminado todavía se deja ver en aquel tapiz grisáceo y acaba, al fin, por confundirse con aquella masa opaca.

La atmósfera está completamente impregnada de fluido eléctrico; yo mismo lo siento, mis cabellos se erizan como si se acercasen a una máquina eléctrica. Creo que si mis compañeros me tocasen ahora, experimentarían una violenta sacudida.

A las diez de la mañana, los síntomas de la tormenta son más decisivos: parece que el viento se suaviza para recobrar fuerzas; la nube se asemeja a un abismo inmenso, en el que se acumula el huracán.

Aunque no quiero creer en las amenazas del cielo, no puedo por menos de decir:

—Se prepara mal tiempo.

El profesor no responde. Está de un humor terrible al ver que el océano se prolonga indefinidamente ante sus ojos. Al oír mis palabras, se encoge de hombros.

—Vamos a tener tempestad —digo extendiendo la mano hacia el horizonte—. Estas nubes descienden sobre el mar como si fuesen a aplastarlo.

Silencio general. El viento cesa. La naturaleza parece muerta, ya no respira. Sobre el mástil, donde ya veo brillar un rápido relámpago, la vela desplegada se extiende en pesadas dobleces. La balsa está inmóvil, en medio de un mar espeso y sin ondulaciones. ¿Y si no avanzamos más, para qué conservar esta tela que nos haría zozobrar al primer choque de la tempestad?

—Arriemos el mástil —digo—: eso será lo más prudente.

—¡No, diablos; no, y cien veces no! —exclama mi tío—. ¡Que nos lleve el viento! ¡Que nos coja la tormenta! Pero que percibamos las rocas de alguna orilla, ¡aunque nuestra balsa tenga que romperse en mil pedazos!

Aún no había terminado de pronunciar estas palabras, cuando el horizonte cambia súbitamente de aspecto por el lado sur, los vapores acumulados se resuelven en agua, y el aire atraído violentamente en los huecos formados por la condensación se convierte en huracán. Proviene de lo más lejano de la caverna. La oscuridad aumenta considerablemente; apenas puedo tomar algunas notas incompletas.

La balsa empieza a levantarse, da un salto. Mi tío se cae. Me arrastro hasta él; se ha agarrado fuertemente al extremo de una cuerda y parece contemplar con gusto el espectáculo de los elementos desencadenados.

Hans no se mueve. Sus largos cabellos, impulsados por el huracán, se le vienen a la cara y dan un aspecto extraño a su fisonomía, pues en cada una de sus puntas aparece una cresta luminosa. Su terrible máscara es la de un hombre antediluviano, contemporáneo de los ictiosaurios y de los megaterios.

Sin embargo, el mástil resiste. La vela se extiende como una ampolla a punto de reventar. La balsa corre con una precipitación que no puedo estimar, pero con menos velocidad que el agua que tiene debajo, cuya rapidez hace formar líneas rectas y claras.

—¡La vela, la vela! —digo haciendo señas para que la bajen.

—¡No! —responde mi tío.

—*Nej* —dice Hans, meneando suavemente la cabeza.

La lluvia forma una rugiente catarata ante aquel horizonte hacia el cual corremos como insensatos. Pero antes de que llegue hasta nosotros, se cubren las nubes, el mar entra en ebullición y sobreviene la electricidad producida por una fuerte acción química que se forma en las alturas. Al ruido de los truenos se mezclan los rayos resplandecientes, los relámpagos que se cruzan entre el ruido de las innumerables detonaciones; la masa de vapores se hace incandescente; los granizos al chocar contra el metal de nuestras herramientas y armas se iluminan, las olas al levantarse parecen cercos ignívomos, bajo los cuales nace un fuego interior y cada una de cuyas cimas tiene por penacho una llama.

La intensidad de la luz ciega mis ojos y el ruido del rayo hace que parezca que estallen mis oídos; ¡me tengo que agarrar al mástil, que se dobla como una caña bajo la fuerza del huracán!...

(Al llegar aquí, mis notas de viaje son muy incompletas. No he podido encontrar más que algunas observaciones fugitivas, tomadas maquinalmente, por así decirlo. Pero aun en su brevedad y oscuridad están impregnadas por la tensión que me dominaba y, mejor que mi memoria, dan una idea más real de nuestra situación.)

Domingo 23 de agosto. —¿Dónde estamos? Llevados con una rapidez incomparable.

La noche ha sido espantosa. La tormenta arrecia. Vivimos en medio del ruido de una incesante detonación. Nuestros oídos sangran. No podemos dirigirnos ni una sola palabra.

Los relámpagos no paran ni un momento. Parecen zigzags en retroceso que, después de un tiro rápido, circulan de abajo arriba y van a chocar contra la bóveda de granito. ¡Si se llegase a derrumbar! Otros relámpagos se bifurcan o toman la forma de globos, que estallan como bombas. El ruido general no aumenta, pues ha pasado ya el límite de intensidad que puede percibir el oído humano, y, aunque explotaran todas las fábricas de pólvora al mismo tiempo, ya habríamos oído mucho más.

La emisión de luz en las nubes es continua; la materia eléctrica se desprende incesantemente de sus moléculas; evidentemente, los principios gaseosos del aire están alterados, innumerables columnas de agua se elevan en la atmósfera y vuelven a caer haciendo espuma.

¿Dónde vamos?... Mi tío está acostado en el extremo de la balsa. El calor aumenta. Miro el termómetro, marca... (El número está borrado.)

Lunes 24 de agosto. —¡Esto no se acaba! El estado de esta atmósfera tan densa, una vez modificado, ¿por qué no será definitivo?

Estamos rendidos de cansancio; Hans, como siempre. La balsa corre invariablemente hacia el sudeste. Hemos andado más de doscientas leguas desde el islote Axel.

A mediodía arrecia el huracán: hay que atar fuertemente todos los objetos que van en la embarcación y nosotros mismos nos atamos también. Las olas nos pasan por encima.

Imposible dirigirnos la palabra desde hace tres días; abrimos la boca, movemos los labios, pero no se produce ningún sonido.

Mi tío se acerca a mí. Articula unas palabras. Creo que me ha dicho: «Estamos perdidos», pero no estoy seguro.

Decido contestarle, escribiéndole estas palabras: «Arriemos la vela».

Me dice por señas que está de acuerdo.

Todavía no le ha dado tiempo a sacar la cabeza cuando un disco de fuego aparece al borde de la balsa. El mástil y la vela quedan destrozados de un solo golpe y los veo que saltan a una altura prodigiosa, semejante a la de aquel pájaro fantástico de los primeros siglos que se llamaba pterodáctilo.

Nos quedamos helados de espanto; la bola, mitad blanca y mitad azulada, con el grosor de una bomba de diez pulgadas, se pasea lentamente, dando vueltas bajo el impulso del huracán, con una rapidez sorprendente. Va de acá para allá, sube a bordo del armazón de la balsa, salta hasta el saco de las provisiones, vuelve a bajar, da un salto, roza con la caja de la pólvora. ¡Horror! ¡Vamos a volar! Pero no; el disco brillante se aleja; se acerca a Hans, que lo mira fijamente; luego a mi tío, que se pone de rodillas para evitar que le dé; luego a mí, pálido y tembloroso por la claridad y el calor; hace piruetas al lado de mi pie, que procuro retirar, pero no lo consigo.

Un olor a gas nitroso llena la atmósfera; penetra en la garganta y en los pulmones. Se ahoga uno.

¿Por qué no podré separar mi pie? ¿Estará clavado a la balsa? ¡Ah!, la caída de este globo eléctrico ha imantado todo el hierro de a bordo; los instrumentos, las herramientas y las armas se agitan con un sonido agudo y los clavos de mi zapato se adhieren con violencia a una plancha de hierro incrustada en la madera. ¡No puedo quitar el pie!

Al final, tras un violento esfuerzo, consigo arrancarlo en el momento en que la bola iba a agarrarlo en una de sus vueltas giratorias y llevarme tras ella si... ¡Oh, qué intensidad de luz! El globo estalla y quedamos envueltos en llamas.

Después, todo se apaga. He tenido tiempo de ver a mi tío tumbado en la balsa y a Hans en el timón «escupiendo fuego» por la carga de electricidad que lo envuelve. ¿Dónde vamos? ¿Dónde vamos?...

Martes 25 de agosto. —Me recupero después de un largo desmayo; la tempestad continúa; los relámpagos se suceden como una cría de serpientes que hubieran soltado en la atmósfera.

¿Seguimos en el mar? Sí, y llevados con una rapidez

incalculable. Ya hemos pasado debajo de Inglaterra, del Canal de la Mancha, de Francia y de Europa entera, probablemente...

¡Un nuevo ruido se deja oír! ¡Será el mar, que se estrella contra alguna roca!... Pero entonces...

CAPÍTULO XXXVI

Aquí termina lo que he llamado «el diario de a bordo», salvado del naufragio milagrosamente. Vuelvo a retomar mi narración como antes.

Lo que pasó al chocar la balsa contra los escollos de la costa me sería imposible describirlo. Me sentí precipitado en el agua y, si escapé a la muerte y no me destrocé contra aquellas rocas puntiagudas, fue porque el brazo vigoroso de Hans me sacó del abismo.

El valiente islandés me puso a salvo del alcance de las olas, sobre una arena ardiente, donde me encontré al lado de mi tío.

Luego volvió hacia aquellas rocas contra las que se estrellaba el furioso oleaje, por ver si podía salvar algunos restos del naufragio. Yo no podía hablar; estaba rendido por el cansancio y por la emoción; necesité una hora larga para reponerme.

El agua seguía cayendo en forma de diluvio, pero con la intensidad que anuncia el final de la tormenta.

Algunas rocas sobrepuestas nos sirvieron de refugio contra los torrentes que caían del cielo. Hans preparó algunos alimentos, que yo no pude ni probar, y los tres caímos en un apesadumbrado sueño, después de tres noches en vela.

Al día siguiente, el tiempo era espléndido; el cielo y el mar se habían apaciguado de común acuerdo. Había desaparecido toda huella de tormenta. Cuando me desperté, mi tío me saludó con estas palabras dichas en tono alegre:

—¿Qué, has dormido bien, hijo mío?

¿No parecía que estábamos en la casa de Königstrasse, que yo bajaba tranquilamente a desayunar y que mi boda con la pobre Graüben iba a tener lugar ese mismo día?

¡Qué desgracia! Con que la tempestad hubiera inclinado un poco la balsa hacia el este, habríamos pasado debajo de Alemania, bajo mi querida ciudad de Hamburgo, bajo aquella calle donde vivía lo único que yo amaba en el mundo. ¡Entonces apenas cuarenta leguas escasas me separaban de ella! ¡Pero cuarenta leguas de una pared vertical de granito y, en realidad, más de mil que atravesar!

Todas estas reflexiones dolorosas pasaron por mi mente antes de responder a mi tío.

—¡Ah! —repitió éste—. ¿No me quieres decir si has dormido bien?

—Muy bien —respondí—. Aún estoy rendido, pero eso no es nada.

—Nada de nada. Un poco de cansancio, nada más.

—Parece usted muy contento esta mañana, tío.

—Encantado, hijo, encantado. ¡Hemos llegado!

—¿Al término de nuestra expedición?

—No, pero al final de este mar que no se acababa nunca. Ahora vamos a retornar el camino por tierra y a hundirnos verdaderamente en las entrañas del Globo.

—Permítame una pregunta, tío.

—Te la permito, Axel.

—¿Y la vuelta?

—¡La vuelta! Pero ¿ piensas ya en volver y aún no hemos llegado?

—¡No, quiero saber solamente como la efectuaremos!

—De la manera más sencilla del mundo. Una vez llegados al centro del esferoide, encontraremos un nuevo camino para volver a su superficie o nos vendremos llanamente por el mismo que ahora estamos recorriendo. Creo que no se cerrará detrás de nosotros.

—Entonces, habrá que volver a poner la balsa en condiciones.

—Necesariamente.

—¿Y quedan provisiones suficientes para llevar a cabo todas nuestras empresas?

—Sí, por supuesto. Hans es muy hábil y estoy seguro de que ha salvado casi todo el cargamento. Pero vamos a asegurarnos.

Salimos de aquella gruta abierta a todos los vientos; tenía una esperanza mezclada de temor; me parecía imposible que en la imponente arribada de la balsa no se hubiese hundido todo lo que ésta trasportaba. Estaba equivocado. Cuando llegué a la playa, me encontré a Hans rodeado de una multitud de objetos que había ordenado cuidadosamente. Mi tío le estrechó la mano con vivo agradecimiento. Este hombre, con una abnegación sobrehumana e incomparable, había trabajado mientras nosotros dormíamos y había salvado los objetos más preciosos, exponiendo su vida.

Esto no quiere decir que no hubiésemos tenido pérdidas bastante importantes, como la de las armas, por ejemplo, pero podíamos pasar sin ellas. La provisión de pólvora, aunque había estado a punto de estallar durante la tempestad, se conservaba intacta.

—Muy bien —dijo el profesor—, pero como los fusiles faltan, no cazaremos.

—Bueno, pero ¿y los instrumentos?

—Aquí está el manómetro, que es el más útil y por el que yo hubiese dado todos los demás. Con él puedo saber la profundidad y calcular si hemos llegado al centro. Sin él, en cambio, nos expondríamos a pasarnos y a salir por las antípodas.

Tenía una alegría desbordante.

—¿Y la brújula? —pregunté.

—Aquí está, en esa roca y en perfecto estado, así como el cronómetro y los termómetros. ¡Oh!, este cazador es una joya.

Así había que reconocerlo, pues no faltaba ni un instrumento. En cuanto a las herramientas y redes vi diseminados por el suelo escalas, cuerdas, picos, azadones, etcétera.

La cuestión de los víveres quedaba aún por dilucidar.

—¿Y las provisiones? —dije.

—Vamos a ver las provisiones —respondió mi tío.

Los cajones que las contenían habían sido conservados y estaban colocados sobre la arena en perfecto orden; el mar había respetado la mayor parte, y, sobre todo en bizcochos, carne salada, ginebra y pescados en salazón, había provisión por lo menos para cuatro meses.

—¡Cuatro meses! —exclamó el profesor—. En cuatro meses tenemos tiempo de sobra para ir y volver y, con lo que quede, voy a poder ofrecer un banquete a mis compañeros del Johannoeum.

Yo debería estar acostumbrado, desde hace tiempo, al temperamento de mi tío y, sin embargo, aquel hombre siempre me sorprendía.

—Ahora —dijo—, vamos a reponer nuestra provisión de agua con la lluvia que ha caído durante la tormenta y se ha quedado en todos estos recipientes de granito; por lo tanto, no tenemos que temer que la sed nos apremie de nuevo. En cuanto a la balsa, voy a decirle a Hans que la arregle lo mejor que pueda, aunque no creo que nos vuelva a servir.

—¿Como que no? —exclamé.

—Tengo una idea, hijo. No creo que tengamos que salir por donde hemos entrado.

Miré al profesor con cierta desconfianza; me preguntaba si se habría vuelto loco. Y, sin embargo, no sabía lo bien que hablaba.

—Vamos a desayunar —continuó.

Después que hubo dado sus instrucciones al cazador, le seguí hasta un promontorio elevado. Allí disfrutamos de una excelente comida compuesta de carne seca, bizcocho y té; debo confesar que fue uno de los mejores almuerzos de mi vida. La necesidad, el aire libre y la tranquilidad, después de tantas tensiones, contribuyeron a darme apetito.

Durante el desayuno pregunté a mi tío si sabía dónde estábamos en aquel momento.

—Es difícil de calcular —dije.

—Calcularlo exactamente es imposible —respondió mi tío—, pues en estos tres días de tempestad no he podido tomar notas ni de la velocidad ni de la dirección de la balsa, pero podemos calcular nuestra situación aproximada.

—En efecto, la última observación está hecha en el islote del géiser...

—En el islote Axel, hijo mío. No declines el honor de haber bautizado con tu nombre la primera isla descubierta en el centro del macizo terrestre.

—¡Vale! Pues en el islote Axel habíamos recorrido unas doscientas setenta leguas por mar, y nos encontrábamos a más de seiscientas leguas de Islandia.

—¡Bien!, partiendo de este punto, contemos entonces cuatro días de tormenta, durante los cuales nuestra rapidez no ha debido ser inferior a ochenta leguas cada veinticuatro horas.

—Así lo creo. Hay que añadir, por tanto, trescientas leguas.

—Sí, y el mar Lidenbrock debe de tener unas seiscientas leguas de una orilla a otra. ¿Sabes, Axel, que puede competir en tamaño con el Mediterráneo?

—Sí, sobre todo si lo hemos cruzado solamente a lo ancho.

—¡Pues es muy posible!

—Y, cosa extraña, si nuestros cálculos son exactos, tenemos ahora ese Mediterráneo sobre nuestras cabezas.

—¿De veras?

—De veras, pues estamos a novecientas leguas de Reykjawik.

—¡Vaya un camino, hijo mío! Pero no se puede afirmar que estemos bajo el Mediterráneo, o bajo Turquía, o bajo el Atlántico, sólo es posible saberlo si no nos hemos desviado de nuestra dirección.

—No, el viento no parecía haber cambiado. Creo, por tanto, que esta playa debe de estar situada al sudeste de Puerto-Graüben.

—Bueno, lo mejor es asegurarse consultando la brújula. ¡Vamos a examinar la brújula!

El profesor se dirigió hacia la roca donde Hans había colocado los instrumentos. Estaba contento, alegre; se frotaba las manos y no paraba de moverse. ¡Parecía un muchacho! Lo seguí con bastante curiosidad para saber si me había equivocado en mis cálculos.

Cuando llegó a la roca, mi tío cogió el compás, lo colocó horizontalmente y observó la aguja, que después de oscilar, se detuvo en una posición fija bajo la influencia magnética.

Mi tío miró; luego se restregó los ojos y volvió a mirar. Después se volvió hacia mí sorprendidísimo.

—¿Qué pasa? —pregunté.

Me hizo señas de que examinase el instrumento. Una exclamación de sorpresa escapó de mis labios. ¡La aguja marcaba el norte, donde suponíamos el mediodía! ¡Se volvía hacia la playa en lugar de señalar al mar!

Moví la brújula, la examiné: estaba en perfecto estado. Cualquiera que fuese la posición que se diera a la aguja, ésta marcaba siempre aquella inesperada dirección.

Ya no había que dudarlo, por tanto; durante la tempestad se había producido un cambio de viento sin que nos diésemos cuenta y había conducido la balsa hacia la orilla que mi tío creía haber dejado atrás.

CAPÍTULO XXXVII

Me sería imposible describir las emociones que, una tras otra, fueron embargando al profesor Lidenbrock: la sorpresa primero, luego la incredulidad y, por fin, la cólera. Nunca he visto a un hombre que estuviera tan aturdido primero y tan irritado después. Las fatigas de la travesía, los peligros, ¡todo había que pasarlo de nuevo! ¡Habíamos retrocedido en lugar de avanzar!

Pero mi tío pronto se sobrepuso a todo.

—¡Ah! ¡La fatalidad me juega malas pasadas como éstas! —exclamó—. ¡Los elementos conspiran contra mí! ¡El aire, el fuego y el agua se ponen de acuerdo para oponerse a mi paso! ¡Pues bien! Ya sabrán lo que puede mi voluntad. ¡No cederé; no retrocederé ni una línea, y ya veremos quién vence, si el hombre o la naturaleza!

De pie sobre la roca, irritado, amenazador, Otto Lidenbrock, semejante al feroz Ayax, parecía querer desafiar a los dioses. Creí oportuno intervenir y poner freno a aquel ímpetu insensato.

—Escúcheme usted —le dije en tono firme—. Toda ambición aquí abajo tiene que tener un límite; no podemos luchar contra lo imposible; no estamos equipados para una travesía marítima; no pueden hacerse quinientas leguas luchando contra el viento desencadenado sobre unas cuantas vigas ensambladas, con una manta por veía y un palo por mástil. No podemos ponernos así al timón, pues estamos a merced de la tempestad, así que intentar por segunda vez esta travesía imposible es cosa de locos.

Pude desarrollar todas estas razones durante diez minutos, sin ser interrumpido, porque mi tío no me prestaba ninguna atención y no oyó ni una sola palabra de mis argumentos.

—¡A la balsa! —exclamó.

Ésa fue su respuesta. No sirvieron de nada súplicas ni enfados: tropezaba contra una voluntad más dura que el granito.

Hans acababa en aquel momento la reparación de la balsa; parecía que aquel ser extraño adivinaba los proyectos de mi tío. Había consolidado la embarcación con algunos trozos de *surtarbrandur*. Ya tenía también colocada la vela, cuyos pliegues flotaban a merced del viento.

El profesor dijo algunas palabras al guía y éste embarcó enseguida los equipajes y lo dispuso todo para la partida. La atmósfera estaba bastante clara y había buen viento del noroeste.

¿Qué podía hacer yo? Resistir uno contra dos era imposible. ¡Si Hans estuviese de mi parte! Pero no. Parecía que el islandés había dejado por completo su voluntad y hecho voto de obediencia. No podía obtener nada de un criado tan enfeudado a su amo. No me quedaba más remedio que seguir adelante.

Ya iba, por tanto, a colocarme en la balsa en mi sitio de costumbre, cuando mi tío me paró con la mano:

—No nos iremos hasta mañana —dijo.

Hice un gesto, como un hombre que ya está resignado a todo.

—No debo ser negligente —continuó— y, puesto que la fatalidad me ha conducido a esta parte de la costa, no me marcharé sin haberla reconocido.

Esta observación tendrá sentido cuando se sepa que aunque habíamos vuelto a la orilla del norte, no estábamos en el mismo lugar que la primera vez que nos embarcamos. Puerto-Graüben debía de quedar más al oeste. Nada tan razonable, por lo tanto, que reconocer atentamente los alrededores de nuestra nueva posición.

—¡Vamos al descubrimiento! —dije.

Y dejando a Hans en sus ocupaciones, nos fuimos. El espacio comprendido entre el mar y el principio de los contrafuertes era muy ancho: había que andar media hora antes de llegar a la pared de roca. Nuestros pies aplastaban las innumerables conchas de todos los tamaños y formas, donde vivieron los animales de las primeras épocas. Se veían también caparazones enormes, cuyo diámetro pasaba con frecuencia de quince pies. Habían pertenecido a aquellos gliptodontes gigantescos del período plioceno, de los cuales la tortuga moderna no es más que una pequeña reducción. Por otra parte, el terreno aparecía sembrado de una gran cantidad de piedras, especie de guijarros igualados por la oleada y ordenados en líneas sucesivas. De ahí deduje que el mar debió de ocupar este espacio en otros tiempos. Las olas habían dejado sus huellas sobre las rocas esparcidas ahora y fuera de su alcance.

De este modo podía explicarse, hasta cierto punto, la existencia de este océano situado a cuarenta leguas por debajo de la superficie del Globo. Según creía yo, estas aguas debían perderse poco a poco en las entrañas de la Tierra, pues provenían evidentemente del océano y se habían filtrado hasta allí por algunas hendiduras. Había que suponer, sin embargo, que aquellas aberturas ya se habían cerrado, pues si no aquella caverna o, mejor dicho, aquel inmenso depósito se habría llenado en muy poco tiempo. Podía ser también que parte de aquella agua, al luchar contra algún fuego subterráneo, se hubiera evaporado. De ahí podríamos explicar aquellas nubes suspendidas sobre nuestras cabezas y el desprendimiento de electricidad que producía aquellas tormentas en el interior del macizo terrestre.

Esta teoría de los fenómenos que habíamos presenciado me pareció satisfactoria, pues por grandes que sean las maravillas de la naturaleza, siempre tienen su explicación física.

Andábamos, por tanto, sobre una especie de terreno sedimentario, formado por las aguas como todos los de aquel período y tan extendidos sobre la superficie del Globo. El profesor examinaba detenidamente cada hendidura de la roca. Si existía alguna abertura en ella, sondaba enseguida para ver su profundidad.

Habíamos costeado la playa del mar Lidenbrock, andando una milla, cuando el terreno cambió bruscamente de aspecto.

Parecía removido y convulsionado por alguna elevación violenta de las capas inferiores. Hundimientos o levantamientos de algunos lugares atestiguaban una poderosa dislocación del macizo terrestre.

Íbamos andando con dificultad sobre aquellas roturas de granito, mezcladas con sílice, cuarzo y despojos aluviales, cuando apareció ante nuestros ojos un campo o, más que un campo, una llanura de huesos. Parecía un cementerio inmenso, donde se confundía el polvo eterno de todas las generaciones durante veinte siglos. Las emanaciones de aquellos despojos se elevaban a lo lejos, llegaban hasta el límite del horizonte y allí se perdían como una niebla en fusión. Allí, en tres millas cuadradas, se acumulaba, quizá, toda la historia de la vida animal, apenas escrita en los terrenos demasiado recientes del mundo habitado.

Nos conducía una impaciente curiosidad. Nuestros pies aplastaban, con un ruido seco, los restos de aquellos animales prehistóricos y aquellos fósiles cuyos raros despojos se disputan los museos de las grandes ciudades. Mil Cuvier no hubiesen bastado para recomponer los esqueletos de los seres orgánicos que yacían en aquel magnífico osario.

Yo me quedé paralizado. Mi tío había levantado sus

largos brazos hacia la espesa bóveda que nos servía de cielo. Con su boca desmesuradamente abierta, con sus ojos refulgentes bajo la lente de sus gafas, el movimiento de su cabeza de arriba abajo, de izquierda a derecha, toda su compostura, en fin, denotaba una extrañeza sin límites. Se hallaba ante una colección inapreciable de leptoterios, mericoterios, mastodontes, protopitecos, pterodáctilos y de todos los monstruos antediluvianos, amontonados allí para su satisfacción personal. ¡Figúrense a un bibliómano apasionado transportado de pronto a aquella famosa biblioteca de Alejandría, quemada por Omar y renacida, por un milagro, de sus cenizas! Así estaba el profesor Lidenbrock.

Pero aún se maravilló más cuando, corriendo entre aquel polvo orgánico, cogió un cráneo descarnado y exclamó con voz temblorosa:

—¡Axel, Axel! ¡Una cabeza humana!

—¡Una cabeza humana! —respondí más estupefacto aún.

—Sí, sobrino mío. ¡Ah!, señor Milne Edwards. ¡Ah!, señor de Quatrefages, ¡por qué no estarán ustedes aquí donde está Otto Lidenbrock!

CAPÍTULO XXXVIII

Para comprender esta evocación hecha por mi tío a aquellos sabios franceses, hace falta saber que algún tiempo antes de nuestra salida, se había producido un hecho de gran importancia en la paleontología.

El 28 de marzo de 1863, algunos trabajadores, bajo la dirección del señor Boucher de Perthes, rebuscando en las carreteras de Moulin-Quignon, cerca de Abbeville, en el departamento dels Somme, en Francia, encontraron una quijada humana a catorce pies bajo el suelo. Era el primer fósil de esta especie que salía a la luz del día. A su lado hallaron trozos de piedra y de sílex tallados, coloreados y cubiertos por el tiempo de una pátina uniforme.

Fue grande el alboroto que produjo este descubrimiento no solamente en Francia, sino en Inglaterra y Alemania. Muchos sabios del Instituto Francés, los señores Milne Edwards y Quatrefages, entre otros, se tomaron el asunto muy a pecho y demostraron la indiscutible autenticidad del hueso en cuestión y se convirtieron en los defensores más ardientes del «proceso de la quijada», como lo llamaban en Inglaterra.

A los geólogos del Reino Unido que dieron por cierto el hecho, como los señores Falconer, Busk, Carpenter, etcétera, se unieron algunos sabios de Alemania y, entre ellos, el que estaba en primer término y el más ardiente y entusiasta era mi tío Lidenbrock.

La autenticidad de un fósil humano de la época cuaternaria parecía estar indiscutiblemente demostrada y admitida.

Es verdad que esta causa había tenido un adversario encarnizado en la persona del señor Élie de Beaumont. Este sabio, de una gran autoridad, sostenía que el terreno de Moulin-Quignon no pertenecía al «diluvio» sino a una época menos lejana y, de acuerdo con Cuvier, no admitía que la especie humana hubiese sido contemporánea a los animales de la época cuaternaria. Mi tío Lidenbrock, de acuerdo con la mayoría de los geólogos, había seguido en sus trece, disputando y discutiendo, y el señor Élie de Beaumont se había quedado casi solo entre sus partidarios.

Conocíamos todos estos detalles del asunto, pero ignorábamos que, desde nuestra marcha, la cuestión había hecho nuevos progresos. Se habían encontrado otras quijadas idénticas, aunque pertenecientes a individuos de tipos diversos y de naciones diferentes, en las tierras blandas grises de ciertas grutas de Francia, Suiza y Bélgica, como también armas, utensilios, herramientas, huesos de niños, de adolescentes, de hombres y de ancianos. La existencia del hombre en la época cuaternaria se afirmaba, por lo tanto, cada vez más.

Pero eso no era todo. Nuevos restos sacados del terreno terciario plioceno habían permitido a algunos sabios, más temerarios aún, atribuir una gran antigüedad a la raza humana. Estos restos no eran, en realidad, huesos humanos sino solamente objetos de su industria, tibias, fémures de animales fósiles, estriados regularmente, esculpidos, por decirlo así, y que conservaban algún indicio de la labor humana.

De este modo, el hombre remontaba de un salto un gran número de siglos en la escala de los tiempos; precedía al mastodonte, venía a ser contemporáneo del Elephas meridionalis; contaba cien mil años de existencia, puesto que ésa es la fecha asignada por los geólogos de mayor renombre a la formación del terreno plioceno.

Tal era entonces la situación de la ciencia paleontológica, y lo que conocíamos de ella era suficiente para explicar nuestra actitud ante este osario del mar Lidenbrock. Puede comprenderse fácilmente la sorpresa y la alegría de mi tío, sobre todo cuando veinte pasos más allá, se encontró en presencia y frente a frente, puede decirse, con una muestra del hombre cuaternario.

Era un cuerpo humano que se reconocía perfectamente.

¿Se habría conservado durante siglos en un terreno especial, como el del cementerio de San Miguel, en Burdeos, por ejemplo? No con los miembros todavía suaves —así lo parecía a la vista—. Conservaba los dientes intactos, la cabellera abundante, las uñas de las manos y de los pies de un tamaño imponente, y aparecía ante nuestros ojos tal como había vivido.

Yo estaba mudo ante aquella aparición de otros tiempos. Mi tío, tan locuaz y tan ocurrente de costumbre, también callaba. Levantamos aquel cuerpo. Lo pusimos derecho. Nos miraba con sus órbitas hundidas y nosotros le palpábamos el pecho.

Después de unos momentos de silencio, el tío fue vencido por el profesor; Otto Lidenbrock, dejándose llevar por su temperamento, olvidó las circunstancias de nuestro viaje y el lugar donde nos hallábamos y la inmensa caverna que nos encerraba. Se creyó, sin duda, en el Johannoeum ante sus alumnos, pues adoptó un tono doctoral y, dirigiéndose a un auditorio imaginario, empezó:

—Señores —dijo—, tengo el honor de presentarles a un hombre de la época cuaternaria. Grandes sabios han negado su existencia, pero otros no menos grandes la han afirmado. Si se hallasen aquí los santo Tomás de la paleontología, lo tocarían con sus manos y se verían obligados a reconocer su error. Ya sé que la ciencia debe estar alerta con los descubrimientos de este género. No ignoro qué clase de explotación de hombres fósiles hicieron los Barnum y otros charlatanes del mismo estilo. Conozco la historia de la rótula de Ayax, del supuesto cuerpo de Orestes encontrado por los espartanos y del cuerpo de Asterio de diez codos de largo del que habla Pausanias. He leído las narraciones sobre el esqueleto de Trapani, descubierto en el siglo XIV y en el que querían reconocer a Polifemo, y la historia del gigante desenterrado durante el siglo XVI en los alrededores de Palermo. ¡No ignoran ustedes, señores, el análisis hecho cerca de Lucerna, en 1577, de aquellos huesos que el célebre médico Félix Plater declaraba que pertenecía a un gigante de diecinueve pies! ¡He devorado los tratados de Cassanion y todas aquellas memorias, folletos, discursos y contradiscursos publicados a propósito del esqueleto del rey de los Cimbros, Teutobochus, invasor de la Galia, exhumado de un arenal del Delfinado en 1613! ¡En el siglo XVIII, hubiese discutido con Pedro Campet la existencia de los predamitas de Seheuchzer! He tenido entre mis manos el escrito llamado *Gigans*...

Aquí reapareció la enfermedad habitual de mi tío: cuando estaba en público no era capaz de pronunciar las palabras difíciles.

—El escrito llamado *Gigans*... —volvió a decir.

No podía seguir.

—*Giganteo*...

¡Imposible! ¡La maldita palabra no quería salir! ¡Lo que se hubiesen reído en el Johannoeum!

—*Gigantosteología* —acabó por decir el profesor Lidenbrock entre dos juramentos.

Después continuó, animándose cada vez más:

—Sí, señores, sé todo eso. Sé también que Cuvier y Blumenbach han reconocido, en esos huesos, simples huesos de mamut y de otros animales de la época cuaternaria. Pero, en este caso, solamente dudarlo sería una injuria a la ciencia. ¡El cadáver está aquí! Pueden ustedes verlo, tocarlo. No es un esqueleto, es un cuerpo intacto, conservado con un fin únicamente antropológico.

No quise contradecir aquella afirmación.

—Si pudiese lavarlo con una solución de ácido sulfúrico —continuó mi tío—, desaparecerían de él toda la tierra y las conchas que lo cubren. Pero carezco de esta preciosa disolución. Este cuerpo, sin embargo, tal como está, nos contará su propia historia.

Al llegar aquí el profesor cogió al cadáver fósil y lo manejó con la destreza de un expositor de curiosidades.

—Véanlo —continuó—, no tiene ni siquiera seis pies de largo, está lejos de ser un gigante. En cuanto a la raza a la que pertenece, es seguramente la del Cáucaso. ¡Es la raza blanca, nuestra raza! El cráneo de este fósil es regularmente ovoideo; no tiene desarrollados los pómulos, ni salida la quijada. No presenta ninguna señal de aquel prognatismo que modifica el ángulo facial.[9] Midan ustedes este ángulo, tiene cerca de noventa grados. Pero iré aún más lejos en el terreno de las deducciones y me atreveré a decir que esta muestra humana pertenece a la familia jaética, extendida desde las Indias hasta los límites de Europa occidental. ¡No se sonrían, señores!

No se sonreía nadie, pero ¡tenía tal costumbre el

9. El ángulo facial está formado por dos planos: uno, más o menos vertical, que es tangente a la frente y a los incisivos; otro, horizontal, pasa por la abertura de los conductos auditivos y la espina inferior nasal.

Se llama prognatismo, en lenguaje antropológico, a la salida de la quijada que modifica el ángulo facial. *(N. de la T.)*

profesor de ver a la gente sonreírse durante sus sabias disertaciones...!

—Sí —continuó animándose de nuevo—, he aquí un hombre fósil, contemporáneo de los mastodontes, de cuyos huesos se encuentra lleno este anfiteatro. Lo que no me permito decirles es por qué camino habrá llegado hasta aquí este hombre y como las capas de la tierra donde estaba enterrado se han deslizado hasta esta enorme cavidad del Globo. En la época cuaternaria se manifestaban aún, sin duda, grandes trastornos en la corteza terrestre: el enfriamiento continuo del Globo producía rupturas, hendiduras, fallas por las que se desmoronaba seguramente parte del terreno superior. No quiero afirmar nada, pero el hombre está aquí, rodeado de los productos de sus manos, de sus hachas, de aquellos sílices tallados que constituyeron la Edad de Piedra y, a no ser que haya venido como turista, como vanguardia de la ciencia, no puedo dudar de la autenticidad de su origen antiguo.

El profesor se calló al fin y yo prorrumpí en frenéticos y unánimes aplausos. Además, mi tío tenía razón, y hombres más sabios que su sobrino no se hubiesen atrevido a combatirlo.

Otro indicio: aquel cuerpo fósil no era el único en aquel enorme osario. A cada paso que dábamos entre aquel polvo, encontrábamos otros semejantes y mi tío pudo escoger la muestra más maravillosa para convencer a los incrédulos.

Era, en verdad, un extraño espectáculo el que ofrecían aquellas generaciones de hombres y animales confundidos en aquel cementerio. Pero se nos presentaba una grave cuestión, que no nos atrevíamos a resolver. ¿Aquellos seres animados habrían resbalado por una convulsión del terreno hacia las orillas del mar Lidenbrock estando ya reducidos a polvo? ¿O habrían vivido aquí, en este mundo subterráneo, bajo este cielo ficticio, naciendo y muriendo como los habitantes de la Tierra?

Hasta entonces solamente los monstruos marinos y los peces se nos habían aparecido vivos.

CAPÍTULO XXXIX

Durante media hora anduvimos sobre aquellas capas de huesos. Seguíamos avanzando, empujados por una viva curiosidad. ¿Qué nuevas maravillas y qué tesoros para la ciencia encerraría aún esta caverna? Me mantenía alerta, esperaba cualquier sorpresa y mi imaginación cualquier extrañeza.

Las orillas del mar habían desaparecido hacía mucho tiempo tras las colinas del osario. El imprudente profesor, importándole poco extraviarse, me conducía muy lejos. Avanzábamos en silencio, iluminados por las ondas eléctricas. Por un fenómeno que no puedo explicar, y gracias a su difusión, entonces completa, la luz iluminaba por igual las diversas caras de los objetos. Su foco no estaba ya en un punto determinado del espacio y no producía ninguna sombra. Creía uno estar a mediodía y en pleno verano, en el centro de las regiones ecuatoriales y bajo los rayos verticales del sol. Habían desaparecido todos los vapores. Las rocas, los montes lejanos, algunas masas confusas de bosques distantes tomaban un aspecto extraño, bajo la idéntica distribución del fluido luminoso. Nos parecíamos a aquel personaje fantástico de Hoffmann que había perdido su sombra.

Después de una milla de marcha, apareció el confín de un inmenso bosque, pero no un bosque de setas como el que estaba al lado de Puerto-Graüben.

Aquello era la vegetación de la época terciaria en todo su esplendor. Grandes palmeras, de una clase hoy desaparecida, soberbios palmitos, pinos, tejos, cipreses y tuyas representaban la familia de las coníferas y se unían entre sí en una enredadera inextricable. Una alfombra de musgo y de hepáticas cubría suavemente el suelo. Algunos arroyos corrían bajo aquel bosque sombrío, aunque no le cuadraba este nombre, pues no producía sombra. A los lados crecían helechos arborescentes, semejantes a los de los invernaderos del mundo habitado. Solamente que a estas plantas, a esos arbustos y árboles privados del calor del sol, les faltaba color. Todo se confundía en un tono uniforme oscuro, como anticuado. Las hojas estaban desprovistas de verdor y aun las mismas flores, tan numerosas en aquella época terciaria que las vio nacer y que estaban ahora sin color y sin perfume, parecían hechas de un papel descolorido por la acción atmosférica.

Mi tío Lidenbrock se arriesgó a internarse entre aquellos tallos gigantescos. Lo seguí, aunque no sin cierta aprensión. Si la naturaleza había colocado allí una alimentación vegetal, ¿por qué no iban a encontrarse allí los temibles mamíferos? En aquellos claros que dejaban los árboles caídos o consumidos por el tiempo, se veían leguminosas, acerίneos, rubiáceos y mil arbolitos comestibles muy gustosos para los rumiantes de todas las épocas. Luego aparecían, confundidos y mezclados, todos los árboles de las diferentes regiones de la superficie del Globo: el roble al lado de la palmera, el eucaliptus australiano junto al abeto de Noruega, el abedul del Norte confundiendo sus ramas con las del kauri zelandés. Aquello era para confundir al más ingenioso clasificador de la botánica terrestre.

De pronto me detuve y con la mano detuve a mi tío.

La luz difusa permitía percibir los menores objetos entre la profundidad de los tallos. Me había parecido ver... ¡No! ¡Realmente, con mis propios ojos veía unas formas inmensas agitarse bajo los árboles! ¡Eran, en efecto, animales gigantescos, todo un ejército de mastodontes, no ya fósiles, sino vivos, semejantes a aquellos cuyos restos fueron descubiertos, en 1801, en los pantanos de Ohio! Veía aquellos enormes elefantes, cuyas trompas se arrastraban bajo los árboles, como una legión de serpientes. Se oía el ruido de sus largas defensas, cuyo marfil taladraba los troncos viejos. Las ramas crujían y las hojas arrancadas por grandes manojos eran engullidas por aquellos monstruos.

Aquel sueño, donde yo había visto renacer todos los animales de los tiempos prehistóricos, de la época terciaria y cuaternaria, por fin se convertía en realidad. Y nos encontrábamos allí, solos, en las entrañas de la Tierra y a merced de aquellos feroces habitantes.

Mi tío observaba.

—Vamos —dijo de pronto cogiéndome de un brazo—, ¡adelante, adelante!

—¡No! —exclamé—. ¡No! ¡No tenemos armas! ¿Qué vamos a hacer en medio de esa cantidad de cuadrúpedos gigantes? Venga, tío, venga. Ninguna criatura humana puede burlar impunemente la cólera de estos monstruos.

—¡Ninguna criatura humana! —respondió mi tío bajando la voz—. Te equivocas, Axel. ¡Mira! ¡Mira allí! ¡Me parece percibir un ser viviente, un ser semejante a nosotros, un hombre!

Miré, encogiéndome de hombros y decidido a llevar mi incredulidad hasta sus últimas consecuencias. Pero, a pesar de todo, no hubo más remedio que rendirse a la evidencia.

En efecto, a menos de un cuarto de milla de distancia, apoyado en el tronco de un enorme kauri, un ser humano, un Proteo de aquellas regiones subterráneas, un nuevo hijo de Neptuno guardaba aquel numeroso rebaño de mastodontes.

Immanis pecoris custos, immanior ipse![10]

¡Sí!, *¡immanior ipse!* No era ya el ser fósil, cuyo cadáver habíamos levantado en el osario; era un gigante capaz de dirigir a aquellos monstruos. Tenía más de doce pies de alto. Su cabeza, gorda como la de un búfalo, desaparecía entre la maleza de una cabellera inculta. Parecía

10. «Guardián de un prodigioso rebaño, ¡él mismo más prodigioso si cabe!» *(N. del E.)*

realmente una crin, semejante a la del elefante de las primeras épocas. Llevaba en la mano una rama enorme, un cayado propio de aquel pastor antediluviano.

Nos quedamos inmóviles, asombrados. Pero podía vernos, había que huir.

—¡Venga, venga! —exclamé, tirando de mi tío, que por primera vez se dejó llevar.

Un cuarto de hora más tarde estábamos ya lejos de aquel temible enemigo.

Y ahora que pienso en ello tranquilamente, ahora que mi espíritu ha recobrado la calma, después de transcurridos meses desde aquel extraño y sobrenatural encuentro, ¿qué pensar, qué creer? ¡No! ¡Es imposible! Nuestros sentidos estaban embotados y nuestros ojos no vieron lo que creían ver. ¡No existe ninguna criatura humana en ese mundo subterráneo! Ninguna generación de hombres puede habitar en aquellas cavernas profundas del Globo, sin preocuparse de los habitantes de la superficie ni comunicarse con ellos. ¡Eso es insensato, verdaderamente insensato!

Prefiero creer en la existencia de algún animal, cuya estructura se parezca a la forma humana, algún mono de las primeras épocas geológicas, algún protopiteco, algún mesopiteco semejante al que descubrió el señor Lartet en el osario de Sansan. ¡Pero el tamaño de éste sobrepasaba a todas las medidas obtenidas por la paleontología! ¡No importa, era un mono, sí, un mono, por muy increíble que parezca! ¡Pero un hombre vivo y con él toda una generación enterrada en las entrañas de la Tierra...! ¡Eso nunca!

Sin embargo, salimos de aquel bosque claro y luminoso mudos de espanto, abrumados por una estupefacción que llegaba a atontarnos. Corríamos a pesar nuestro. Era una auténtica huida, parecida a esas espantosas carreras que creemos dar en algunas pesadillas. Instintivamente volvíamos hacia el mar Lidenbrock y no sé en qué divagaciones me habría metido si una preocupación no me hubiese llevado hasta las observaciones más prácticas.

Aunque pisábamos sobre un terreno enteramente virgen, veía algunas veces rocas cuya forma me recordaba a las de Puerto-Graüben. Eso explicaría la indicación de la brújula y nuestro regreso involuntario al norte del mar Lidenbrock. Aquello era como para equivocarse. De los salientes de las rocas caían cascadas y arroyuelos a centenares. Me parecía volver a ver la capa de *surtarbrandur*, a nuestro fiel Hans-Back y la gruta donde volví a la vida; algunos pasos más allá, la disposición de los contrafuertes, la aparición de un arroyo y el perfil sorprendente de una roca volvían a sumergirme en la duda. Le comenté a mi tío el dilema en el que me encontraba.

El profesor estaba tan indeciso como yo; no podía orientarse en medio de aquel panorama uniforme. Lo comprendí por algunas palabras que se le escaparon.

—Evidentemente —le dije—, no hemos desembarcado en el mismo lugar de donde salimos, pero seguro que rodeando la playa nos acercaríamos a Puerto-Graüben.

—En ese caso —respondió mi tío—, es inútil continuar nuestra exploración; volvamos a la balsa. ¿Pero no estarás equivocado, Axel?

—Es muy difícil afirmar nada, pues todas estas rocas se parecen mucho. Creo, sin embargo, reconocer el promontorio al pie del cual construyó Hans nuestra embarcación. Debemos de estar cerca del puerto, si no es este mismo —añadí, examinando una ensenada que me pareció reconocer.

—Pero Axel, si así fuese, encontraríamos al menos nuestras propias huellas y yo no veo nada...

—¡Yo sí veo algo! —exclamé lanzándome sobre un objeto que brillaba sobre la arena.

—¿Qué es eso?

—Mírelo —respondí, y enseñé a mi tío el puñal cubierto de moho que acababa de recoger.

—¿Tú habías traído esa arma?

—Yo, de ningún modo. La traería usted, supongo.

—Que yo sepa, no; nunca he poseído este objeto.

—¡Qué cosa tan particular!

—No, es muy sencillo, Axel, los islandeses suelen tener armas de este género. Debe, por tanto, de pertenecer a Hans y la ha perdido en esta playa...

—¡A Hans! —dije yo, negándolo con la cabeza. Hans jamás hubiera poseído aquel puñal.

—¿Es que acaso es el arma de algún guerrero antediluviano —exclamé yo— o de un hombre vivo, de alguien contemporáneo al gigantesco pastor? ¡Claro que no! ¡Esto no es un objeto de la Edad de Piedra! ¡Ni de la del Bronce! Este filo es de acero...

Mi tío me cortó rápido, pues por ese camino me perdería en medio de una nueva divagación, y con su tono frío me dijo:

—Cálmate, Axel, y atiende a razones.

Luego examinó el arma con atención.

—Axel, este puñal es un arma del siglo dieciséis; una daga auténtica de las que los gentilhombres llevaban en el cinto para dar el golpe de gracia; es de origen español. No pertenece ni a ti, ni a mí, ni al cazador, ni siquiera a los seres humanos que pudieran habitar en las entrañas del Globo.

—¿Será posible lo que está usted diciendo?

—Mira, esta melladura no es de haber sido clavada en la garganta de la gente y su hoja está cubierta de una herrumbre que no data de un día, ni de un año, ni de un siglo.

El profesor se iba animando según su costumbre, dejándose llevar por su imaginación.

—¡Axel —continuó—, estamos sobre la pista del gran descubrimiento! Este puñal quedó abandonado en la arena desde hace cien, doscientos o trescientos años, y se ha mellado sobre las rocas de este mar subterráneo.

—¡Pero no ha podido venir él solo! —exclamé—. ¡No ha podido torcerse él solo! ¡Alguien nos ha precedido!...

—Sí, un hombre.

—¿Qué hombre?

—¡Ese hombre ha grabado su nombre con este puñal! Ese hombre ha querido, una vez más, señalar con su propia mano el camino del centro. ¡Busquemos pues, busquemos!

E interesados prodigiosamente, empezamos a bordear aquella alta muralla, examinando las hendiduras más pequeñas que pudieran convertirse en galería.

De esta manera llegamos a un lugar donde la playa se estrechaba. El mar llegaba casi a mojar el pie de los contrafuertes, dejando un paso de una toesa de ancho todo lo más. Entre dos salientes de una roca, se podía ver la boca de un túnel oscuro.

Allí, sobre una piedra de granito, aparecían dos letras misteriosas, medio borradas, las iniciales del osado y fantástico viajero:

—¡A. S.! —exclamó mi tío—, ¡Arne Saknussem! ¡Siempre Arne Saknussem!

CAPÍTULO XL

Yo ya había pasado por bastantes sucesos extraños desde el principio del viaje, de modo que debería creerme inmune a cualquier sorpresa e incapaz de maravillarme por nada. Sin embargo, a la vista de aquellas dos letras grabadas allí desde hacía trescientos años, me quedé en un estado de tal embobamiento que rozaba la estupidez. No solamente el nombre del sabio alquimista se leía sobre la roca, sino que el puñal que lo había trazado se hallaba entre mis manos. Ya no podía dudar de la existencia del viajero, ni de la realidad de su viaje, sino siendo un incrédulo insigne.

Mientras me entregaba a estas turbulentas reflexiones, mi tío, el profesor Lidenbrock, se dejaba llevar por un arrebato de algo ditirámbico hacia Arne Saknussem.

—¡Genio maravilloso! —exclamaba—. ¡No has olvidado nada de lo que pudiese abrir a los demás mortales los caminos de la corteza terrestre y tus semejantes pueden hallar después de tres siglos las huellas que tus pies dejaron en el fondo de estos oscuros subterráneos! ¡Has reservado la contemplación de estas maravillas a otras miradas además de la tuya! ¡Tu nombre, grabado de trecho en trecho, conduce recto a su fin al viajero que es lo suficientemente valiente para seguirte, y aun en el centro de nuestro planeta se encontrará inscrito con tu propia mano! ¡Pues bien, yo también firmaré sobre esta última piedra de granito! ¡Que, desde ahora, este cabo que tú viste al lado de este mar descubierto por ti, se llame el cabo Saknussem!

Esto, poco más o menos, fue lo que oí, y me sentí vencido por el entusiasmo que respiraban estas palabras. ¡Un fuego interior se encendió en mi pecho! Me olvidé de todo, de los peligros del viaje y de las dificultades de la vuelta. Lo que otro había hecho quería yo hacerlo también y, dentro de lo humano, nada me parecía imposible.

—¡Adelante! —exclamé—. ¡Adelante!

Iba ya a internarme por la oscura galería cuando mi tío me detuvo y él, que era hombre de arrebatos, fue esta vez el que tuvo que recomendarme paciencia y sangre fría.

—Volvamos primero adonde está Hans y traigamos la balsa a este lugar.

Obedecí esta orden con esfuerzo y me lancé rápidamente entre las rocas de la playa.

—Sabe usted, tío —dije mientras andábamos—, que hasta aquí nos han servido de mucho las circunstancias.

—¿Te parece así, Axel?

—Sin duda; si no es por la tempestad, no encontramos el verdadero camino. ¡Bendita sea la tormenta! ¡Nos ha conducido a esta costa de donde el buen tiempo nos hubiese alejado! Suponga usted por un momento que hubiéramos llegado con nuestra proa (¡la proa de una balsa!) a las costas meridionales del mar Lidenbrock. ¿Qué habría sido de nosotros? No hubiésemos visto el nombre de Saknussem y estaríamos ahora abandonados en una playa sin salida.

—Sí, Axel, hay algo providencial en esto de que navegando hacia el sur hayamos vuelto precisamente al norte y al cabo Saknussem. Esto es más que extraño: hay ahí un hecho que no puedo explicarme.

—¿Y qué importa? No hay que explicarse los hechos, sino aprovecharse de ellos.

—Sin duda, hijo mío, pero...

—Pero vamos a tomar de nuevo el camino del norte, pasar bajo las regiones septentrionales de Europa: Suecia, Siberia, ¡qué sé yo!, en lugar de internarnos bajo los desiertos de África, las aguas del océano y no sé dónde más.

—Sí, Axel, tienes razón; todo sucede para nuestro bien, puesto que, además, vamos a dejar este mar horizontal que no nos llevaba a ninguna parte. ¡Vamos a bajar, a bajar otra vez, siempre a bajar! ¿No sabes que no nos quedan más que mil quinientas leguas para llegar al centro del Globo?

—¡Bah! —exclamé—. No merece la pena ni hablar de ello. ¡En marcha, en marcha!

Aún duraban estos discursos insensatos cuando nos reunimos con Hans. Todo estaba preparado para partir inmediatamente; no quedaba ni un solo bulto por embarcar; nos colocamos en la balsa y, con la vela desplegada, Hans se dirigió hacia el cabo Saknussem, siguiendo la costa.

El viento no era favorable para una embarcación que no podía mantenerse cerca de la costa. Más de una vez hubo que recurrir a las barras de hierro para seguir avanzando. Otras veces, las rocas, que salían a flor de agua, nos obligaban a dar un gran rodeo. Por fin, a eso de las seis de la tarde y después de tres horas de navegación, llegamos a un lugar adecuado para desembarcar.

Salté a tierra seguido de mi tío y del islandés. La travesía no me había calmado. Al contrario. Llegué incluso a proponer que quemásemos «nuestro barco» para impedir la retirada. Pero mi tío se opuso a ello. Lo encontré singularmente frío.

—Al menos, vámonos sin perder un instante —dije.

—Sí, hijo mío, pero examinemos primero esta nueva galería para saber si hay que preparar las escalas.

Mi tío puso enseguida en movimiento el aparato de Ruhmkorff. La balsa quedó atada a la playa y la dejamos sola. La abertura de la galería no estaba ni en veinte pasos de allí, así es que nuestro pequeño ejército, conmigo a la cabeza, no tardó en llegar.

El orificio, casi en forma de círculo, presentaba unos cinco pies de diámetro; el sombrío túnel se abría sobre la roca viva, estaba redondeado cuidadosamente por las materias eruptivas que habían pasado por él; su parte inferior rozaba contra el suelo de tal manera que pudimos penetrar sin ninguna dificultad.

Seguimos aún en dirección casi horizontal cuando, al cabo de seis pasos, un enorme bloque se interpuso a nuestra marcha.

—¡Maldita roca! —exclamé con furia, viéndome detenido de repente por un obstáculo infranqueable.

Por más que buscamos a derecha y a izquierda, arriba y abajo, no existía ningún paso, ninguna bifurcación. Experimenté un auténtico desencanto y no quería creer en la realidad del obstáculo. Me agaché, miré por debajo del bloque: ninguna hendidura. Luego por encima, y tropecé con la misma barrera de granito. Hans recorrió con la lámpara toda la pared; ésta no nos ofrecía ninguna solución por donde seguir.

No nos quedaba más remedio que perder las esperanzas de pasar.

Me senté en el suelo; mi tío se paseaba, dando pasos largos por el pasadizo.

—¡Pero, y Saknussem! —exclamé.

—Eso es —dijo mi tío—, ¿acaso se vio detenido por esta puerta de piedra?

—¡No, no! —continué con energía—. Esta roca ha cerrado el paso bruscamente, o por algún sacudimiento, o bien por uno de esos fenómenos magnéticos que desplazan la corteza terrestre. Han debido de pasar muchos años desde que Saknussem volviera por aquí hasta la caída de este bloque. Es evidente que por esta galería se abría paso la lava otras veces y circulaban libremente las materias eruptivas. Mire, hay grietas recientes que surcan este techo de granito; está hecho de trozos de piedras enormes que hacen pensar que algún gigante es el que ha trabajado en esta substrucción. Pero un día el empuje fue más fuerte y este bloque, como si fuese una llave, resbaló al suelo y cerró por completo el paso. ¡He aquí un obstáculo accidental que Saknussem no encontró y que si no lo derribamos nos hará indignos de llegar al centro del Globo!

¡Así hablaba yo! Parecía que el alma del profesor se había reencarnado a la mía. Me inspiraba el genio de los descubrimientos. Olvidaba el pasado y despreciaba el porvenir. Para mí ya no existía nada sobre la superficie de aquella esfera, en el centro de la cual estaba sepultado; ni ciudades, ni campos, ni Hamburgo, ni Königstrasse, ni siquiera mi pobre Graüben, que debía creerme perdido para siempre en las entrañas de la Tierra.

—Pues bien —dijo mi tío—, tiremos estas murallas a golpes de pico y azadón y abrámonos paso.

—¡Para el pico es demasiado duro! —exclamé.

—Pues entonces con el azadón.

—Es demasiado largo para el azadón.

—Pero entonces...

—Pues, ¡la pólvora! ¡La mina! ¡Hagamos volar el obstáculo!

—¡La pólvora!

—¡Sí! No se trata sino de partir un trozo de roca.

—¡Háns, manos a la obra! —exclamó mi tío.

El islandés fue a la balsa, de donde volvió enseguida con un pico del cual se sirvió para cavar el barreno. No era un trabajo sencillo. Se trataba de hacer un hueco lo bastante grande para contener cincuenta libras de fulmicotón, cuyo poder explosivo es cuatro veces mayor que el de la pólvora de cañón.

Me encontraba en un prodigioso estado de euforia. Mientras Hans trabajaba, yo ayudaba a mi tío a preparar una mecha larga hecha con pólvora mojada y colocada dentro de un tubo de tela.

—¡Pasaremos! —dije.

—Sí, pasaremos —repitió mi tío.

A media noche, nuestro trabajo de mineros quedó enteramente terminado; 1a carga de fulmicotón estaba escondida en el hornillo y 1a mecha, después de recorrer 1a galería, acababa por llegar hasta afuera. Una sola chispa bastaba ya para poner en actividad esa formidable máquina.

—Hasta mañana —dijo el profesor, y tuve que resignarme a 1a fuerza a esperar aún ¡seis largas horas!

CAPÍTULO XLI

El día siguiente, jueves 27 de agosto, fue una fecha célebre en este viaje subterráneo. Cada vez que lo recuerdo me sobrecoge un inmenso temor. Desde aquel momento nuestra razón, nuestro juicio, nuestro ingenio no tienen ya voz ni voto, y nos convertimos en el juguete de los fenómenos terrestres.

A las seis ya estábamos levantados. Se acercaba el momento de abrir, gracias a la pólvora, un paso a través de la corteza de granito.

Solicité el honor de prender fuego a la mina. Una vez hecho esto, debía reunirme con mis compañeros en la balsa, que no había sido descargada; después nos alejaríamos para evitar los peligros de la explosión, cuyos efectos no se limitarían probablemente al interior del macizo.

Según nuestros cálculos, la mecha debía arder diez minutos antes de prender fuego a la cámara de pólvora. Yo tenía, por tanto, el tiempo justo para llegar a la balsa.

Me dispuse a desempeñar mi cargo, no sin cierta emoción.

Después de un rápido almuerzo, mi tío y el cazador se embarcaron y yo me quedé en la playa. Llevaba encendido un farol, que debía servirme para prender fuego a la mecha.

—Ve, hijo mío, y vuelve inmediatamente a reunirte con nosotros.

—Esté usted tranquilo, tío; no me entretendré por el camino.

Enseguida me dirigí al orificio de la galería, abrí el farol y agarré el extremo de la mecha.

El profesor tenía el cronómetro en la mano.

—¿Estás dispuesto? —me gritó.

—Sí!

—¡Pues prende fuego, hijo mío!

Acerqué la llama a la mecha, que chisporroteó al contacto del fuego; luego me volví corriendo a la orilla.

—Embárcate —dijo mi tío— y alejémonos.

Hans, con un vigoroso empujón, nos lanzó al mar. La balsa se alejó unas veinte toesas.

El momento era solemne; el profesor seguía con la mirada la aguja del cronómetro.

—Aún quedan cinco segundos —decía—, aún cuatro, tres.

Me latía el pulso por medios segundos.

—¡Todavía quedan dos! ¡Uno!... ¡Desplomaos, montes de granito!

¿Qué pasó entonces? Creo que no oí el ruido de la detonación. Pero la forma de las rocas se modificó súbitamente ante mi vista: se abrieron como una cortina. Vi abrirse un abismo insondable en plena playa. El mar, atacado por el vértigo, no era más que una ola enorme, sobre la cual la balsa se elevó perpendicularmente.

Nos caímos los tres. En menos de un segundo, las tinieblas más profundas sucedieron a la luz. Luego sentí que nos faltaba un apoyo sólido, no a nuestros pies, sino a la balsa. Creí que se iba a pique. Pero no. Quise hablar a mi tío, pero era inútil, pues el rugido de las aguas le hubiese impedido oírme.

A pesar de las tinieblas, el ruido, la sorpresa y la emoción, comprendí lo que había pasado.

Más allá de la roca que acababa de saltar se abría un abismo. La explosión había producido una especie de terremoto en aquel terreno cubierto de grietas; el abismo se había abierto y el mar, convertido en un torrente, nos precipitaba dentro de él.

Me sentí totalmente perdido. Así pasó una hora, dos, ¡qué sé yo cuántas! Nos sujetábamos por los codos, nos cogíamos de la mano para no ser lanzados fuera de la balsa; cuando ésta pegaba contra la muralla, se producían choques violentísimos. Sin embargo, estos choques eran escasos, por lo que deduje que la galería se había ensanchado considerablemente. Aquello era, sin duda, el camino de Saknussem, pero en lugar de bajarlo solos, nos habíamos traído, con nuestra imprudencia, el mar entero con nosotros.

Estas ideas me asaltaban de un modo vago y confuso. Era difícil coordinarlas en aquella carrera vertiginosa que parecía un derrumbamiento.

A juzgar por el aire que me azotaba la cara, la rapidez debía sobrepasar a la de los trenes más rápidos. Encender una antorcha en estas condiciones era totalmente imposible, y nuestro último aparato eléctrico se había roto en el instante de la explosión.

Me sorprendió, por tanto, ver resplandecer una luz a mi lado. Vi la cara tranquila de Hans. El hábil cazador había conseguido encender su lámpara y aunque la llama vaciló hasta casi apagarse, reflejó alguna luz en aquella espantosa oscuridad.

La galería era ancha. Tenía yo razón en figurármela así. Nuestra luz no bastaba para ver los dos muros a la vez. La corriente de agua que nos arrastraba era mayor que la más insuperable de las de América; su superficie parecía estar formada por un conjunto de flechas líquidas, disparadas con gran potencia. No podría hacer una comparación más justa. La balsa, empujada por ciertos remolinos, avanzaba a veces dando vueltas. Cuando se acercaba a los muros de la galería, aproximaba la luz y me daba cuenta de su rapidez, viendo los salientes de las rocas convertirse en trazos continuos, de manera que parecía que estábamos encerrados en una red de líneas móviles. Calculaba yo que nuestra velocidad debía de ser de treinta leguas por hora.

Mi tío y yo nos mirábamos con asombro, recostados en el tronco del mástil, que se había roto de un golpe en el momento de la catástrofe. Estábamos vueltos de espaldas al aire para no perecer ahogados por la rapidez de un movimiento que ninguna fuerza humana podría contener.

Las horas se sucedían. La agitación no cambiaba, pero un incidente vino a complicarla aún más.

Al tratar de poner un poco de orden en el cargamento, vi que la mayor parte de los objetos que estaban embarcados habían desaparecido en el momento de la explosión, cuando el mar nos atacó con tanta violencia. Quería saber exactamente a qué atenerme en cuanto a recursos y comencé mis pesquisas con el farol en la mano. De instrumentos no quedaban más que la brújula y el cronómetro. Las escalas de cuerdas se reducían a un trozo de cable enrollado al tronco del mástil. No quedaba ni un solo pico, ni un azadón, ni un martillo, y la desgracia más irreparable era que apenas había víveres para un día.

Me puse a buscar en las hendiduras de la balsa, en los rincones más pequeños formados por las lamas y la unión de las tablas. ¡Nada! Nuestras provisiones consistían únicamente en un trozo de carne seca y algunas galletas.

Miraba con asombro. ¡No quería comprender lo que veía! Y, sin embargo, ¿qué peligro me preocupaba? Aunque hubiese habido víveres suficientes para meses y aun para años, ¿cómo íbamos a salir de aquellos abismos donde nos llevaba aquel torrente irresistible? ¿Para qué temer las torturas del hambre, si la muerte se nos presentaba bajo miles de formas? ¿Tendríamos tiempo para morir de inanición?

Sin embargo, por un extraño impulso de la imaginación, me olvidé del peligro inmediato para pensar en las amenazas del porvenir, que se me presentaban en todos sus horrores.

Por otra parte, quizá podríamos escapar a los furores del torrente y volver a la superficie del Globo. ¿Cómo? Lo ignoraba. ¿Dónde? ¡No importaba! Una posibilidad contra mil es siempre una posibilidad, mientras que el pensamiento de morirse de hambre no nos dejaba esperanza alguna.

Se me ocurrió decírselo todo a mi tío, mostrarle la desnudez a que estábamos reducidos y hacer la cuenta exacta del tiempo de vida que nos restaba. Pero tuve el valor de callarme. Quise dejarle toda su sangre fría.

En ese momento la luz del farol disminuyó poco a poco y se extinguió por completo. La oscuridad se hizo absoluta. La mecha se había consumido hasta el final. No había que pensar ya en disipar aquellas tinieblas impenetrables. Quedaba una antorcha, pero hubiese sido imposible sostenerla encendida. Entonces, como un niño, cerré los ojos para no ver toda aquella oscuridad.

Después de un lapso de tiempo bastante largo, la velocidad de nuestra carrera se hizo mayor. Me di cuenta de ello por el azote del aire en mi rostro. La corriente de las aguas era excesiva. Yo creo que, en realidad, ya no descendíamos, sino que caíamos. Mi impresión era la de una caída casi vertical. La mano de mi tío y la de Hans, pegados a mis brazos, me sostenían con vigor.

De pronto, después de un rato que no puedo calcular, sentí un choque; la balsa no se había precipitado contra un cuerpo duro, sino que se había parado súbitamente en su descenso. Una tromba de agua, una inmensa columna líquida se cernía en su superficie. Me faltaba la respiración, me ahogaba.

Esta súbita inundación no duró demasiado. En unos segundos me encontré al aire libre, el cual aspiré a pleno pulmón. Mi tío y Hans me cogían el brazo hasta casi rompérmelo; la balsa nos conducía aún a los tres.

CAPÍTULO XLII

Supongo que serían entonces la diez de la noche. El primero de mis sentidos que funcionó después de este último asalto fue el del oído. Pude oír casi enseguida hacerse el silencio en la galería, sucediendo a aquellos rugidos que llenaron mis oídos durante tantas horas. Luego oí como un murmullo estas palabras de mi tío:

—¡Subimos!

—¿Qué quiere decir? —pregunté.

—¡Sí, subimos! ¡Subimos!

Extendí el brazo; toqué el muro con la mano, que se me llenó de sangre. Subíamos con una extremada rapidez.

—¡La antorcha, la antorcha! —exclamó el profesor.

Hans acabó por encenderla, no sin dificultad, y aunque la llama oscilaba de arriba abajo por efecto del movimiento ascendente, produjo bastante luz para alumbrar toda la escena.

—Esto es lo que yo suponía —dijo mi tío—. Estamos en un pozo estrecho que no tiene ni cuatro toesas de diámetro. El agua, al llegar al fondo del abismo, vuelve a su nivel y nos hace subir con ella.

—¿Dónde?

—Lo ignoro, pero hay que estar preparados para cualquier eventualidad. Subimos con una rapidez que calculo de dos toesas por segundo, o sea, ciento veinte por minuto, o más de tres leguas y media por hora.

—¡Sí, si no hay nada que nos detenga; si este pozo tiene salida! Pero, ¿y si está tapado?, ¿y si el aire se acumula poco a poco bajo la presión de la columna de agua y acabamos aplastados?

—Axel —respondió mi tío con mucha calma—, la situación es casi desesperada, pero aún hay algunas probabilidades de salvación, y éstas son las que examino. Si de un momento a otro podemos perecer, también podemos salvarnos. Aprovechemos, por lo tanto, todas las circunstancias.

—Pero ¿qué hacemos?

—Reparar nuestras fuerzas comiendo.

Al oír estas palabras, miré a mi tío con ojos desesperados. Había que decir al fin lo que hasta entonces no había querido confesar.

—¿Comer? —repetí.

—Sí, sin demora.

El profesor añadió algunas palabras en danés. Hans movió la cabeza.

—¡Cómo! —exclamó el profesor—. ¡Se han perdido las provisiones!

—Sí, esto es lo que queda. ¡Un trozo de carne seca para los tres!

Mi tío me miraba sin querer comprender mis palabras.

—¡Y qué! —dije—. ¿Cree usted todavía que nos podemos salvar?

Mi pregunta no obtuvo respuesta.

Pasó una hora. Empecé a experimentar un hambre violenta; mis compañeros la sufrían también, pero ninguno se atrevía a tocar aquel mísero resto alimenticio.

Seguíamos subiendo con rapidez; algunas veces el aire nos cortaba la respiración, como a los aeronautas cuando su ascensión es demasiado rápida. Pero así como éstos experimentan cada vez más frío a medida que se elevan en las capas atmosféricas, nosotros sentíamos el efecto contrario. El calor aumentaba de un modo alarmante y debía de llegar a cuarenta grados.

¿Qué significaría un cambio semejante? Hasta entonces los hechos habían dado la razón a las teorías de Davy y de Lidenbrock; hasta entonces las condiciones particulares de las rocas refractarias, de la electricidad, del magnetismo habían modificado las leyes generales de la naturaleza, proporcionándonos una temperatura moderada, pues la teoría del fuego central permanecía a mis ojos como la única verdadera, la única explicable. ¿Iríamos a llegar a un centro donde estos fenómenos se llevan a cabo en todo su rigor y donde el calor reducía las rocas a un estado completo de fusión? Esto era lo que yo temía y se lo dije al profesor.

—Si no nos ahogamos o nos estrellamos, o si no nos morimos de hambre, siempre nos quedará la suerte de quemarnos vivos.

Se contentó con encogerse de hombros y ensimismarse en sus reflexiones.

Pasó otra hora sin que ningún incidente, a no ser un ligero aumento de temperatura, modificase la situación. Mi tío rompió al fin el silencio:

—Veamos —dijo—, hay que tomar una decisión.

—¿Tomar una decisión? —repliqué.

—Sí. Tenemos que reparar nuestras fuerzas. Podemos economizar este resto de alimento y prolongar nuestra vida algunas horas. De otro modo no conseguiremos más que estar débiles hasta el final.

—Sí; hasta el final, que no se hará esperar.

—¡Pues bien! ¿Y si se nos presenta una probabilidad de salvarnos o necesitamos un momento de fuerza? ¿Cómo vamos a encontrarla si nos dejamos vencer por la inanición?

—Pero, tío, una vez devorado este pedazo de carne, ¿qué nos quedará?

—Nada, Axel, nada, pero ¿te alimentará más comiéndotelo con los ojos? Esos razonamientos son dignos de un hombre sin voluntad, de un ser sin energía.

—Entonces, ¿usted no se desespera? —exclamé irritado.

—¡No! —replicó el profesor con firmeza.

—¡Cómo! ¿Cree usted aún en alguna probabilidad de salvarnos?

—¡Sí! ¡Ciertamente, sí! Y mientras a uno le lata el corazón y le palpite la sangre, no admito que un ser dotado de voluntad se deje llevar por la desesperación.

¡Qué palabras! El hombre que las pronunciaba en semejantes circunstancias era seguramente de un temple poco común.

—Pero ¿qué pretende hacer?

—Comernos lo que queda de alimento hasta la última migaja y reparar así nuestras fuerzas perdidas. Esta comida será la última, ¡vale!, pero al menos en lugar de estar desfallecidos, volveremos a ser hombres.

—¡Pues bien, devoremos! —exclamé.

Mi tío cogió el pedazo de carne y las pocas galletas que se habían salvado del naufragio; hizo tres partes iguales y las distribuyó. Venía a resultar una libra de comida para cada uno. El profesor comió con avidez, con una especie de arrebato febril; yo, sin gusto, a pesar del hambre que tenía, y puede decirse que hasta con asco; Hans, tranquilamente, moderadamente, masticando sin ruido pequeños bocados y saboreándolos con la tranquilidad de un hombre a quien no le inquieta el porvenir. Encontró, buscando bien, una bota medio llena de ginebra; nos ofreció y aquel reconstituyente licor logró reanimarme.

—*Förtrafflig!* —dijo Hans, bebiendo a su vez.

—¡Excelente! —repitió mi tío.

Recobré alguna esperanza. Pero la última comida acababa de terminarse. Eran, entonces, las cinco de la mañana.

El hombre es de índole tal que su salud es un efecto puramente negativo; una vez satisfecha la necesidad de comer, es difícil figurarse los horrores del hambre; hay que experimentarlos para comprenderlos. Por eso, después de un largo ayuno, algunos bocados de carne y unas galletas vencieron a los dolores pasados.

Sin embargo, después de este almuerzo, cada uno se dejó llevar por sus reflexiones. ¿En qué pensaría Hans, aquel hombre de aquel extremo de occidente a quien dominaba la resignación fatalista de los orientales? En mi caso, los pensamientos no eran más que recuerdos que llevaban a la superficie de aquel Globo que nunca debí dejar. La casa de Königstrasse, mi pobre Graüben, Marta, la criada, pasaron ante mis ojos como visiones y, en medio de los lúgubres rugidos que penetraban aquel macizo, creía sorprender los ruidos de las ciudades terrestres.

Mi tío, siempre a lo suyo, con la antorcha en la mano, examinaba con cuidado la naturaleza de los terrenos; trataba de reconocer su situación por la observación de las capas sobrepuestas. Esta cuenta o, mejor dicho, esta conjetura no podía ser más que aproximada, pero un sabio es siempre un sabio cuando llega a conservar su sangre fría, y el profesor Lidenbrock poseía ciertamente esta cualidad en un grado poco común.

Le oía murmurar palabras de la ciencia geológica; las comprendía y me dedicaba muy a mi pesar a aquel estudio supremo.

—Granito eruptivo —decía—; estamos aún en la época primitiva, pero subimos, ¡subimos! ¿Quién sabe?

¡Quién sabe! Seguía esperando. Palpaba con la mano las paredes verticales y, unos momentos después, continuaba así:

—¡Aquí están los gneis, y aquí los micaesquistos! Bien, pronto los terrenos de transición y entonces...

¿Qué quería decir el profesor? ¿Podía medir el espesor de la corteza terrestre suspendida sobre nuestras cabezas? ¿Poseía algún medio para hacer la cuenta? No. Le faltaba el manómetro y ninguna conjetura podía suplirlo.

Sin embargo, la temperatura aumentaba en una proporción enorme; me sentía bañado por una atmósfera ardiente. No podía compararse más que al calor que despedían los hornos de una fundición, a la hora de los vaciados de un metal. Poco a poco, Hans, mi tío y yo habíamos tenido que quitarnos los trajes y los chalecos; nos ponía malos o, aún peor, nos llegaba a torturar, el tener que llevar la mínima ropa encima.

—¿Subimos hacia un foco incandescente? —exclamé en un momento en que el calor se incrementaba.

—No —respondió mi tío—, ¡es imposible!, ¡es imposible!

—Sin embargo —dije, tocando la pared—, esta muralla está caliente.

Al momento de pronunciar estas palabras toqué el agua y tuve que retirar la mano a toda prisa.

—¡El agua está ardiendo! —exclamé.

El profesor respondió con un gesto de enfado.

Entonces, un terror invencible se apoderó de mi cerebro, sin apartarse de él. Yo era consciente de la catástrofe que se nos venía encima, la mayor que la imaginación más portentosa pudiese concebir. Una idea, vaga e incierta primero, iba convirtiéndose en verdadera en mi conciencia. Procuraba no pensar en ella, pero volvía a mí con obstinación. No me atrevía a formularla. Algunas observaciones involuntarias determinaron, sin embargo, mi convicción; a la luz dudosa de la antorcha, notaba movimientos desordenados en las capas graníticas; evidentemente iba a producirse un fenómeno en el cual la electricidad desempeñaba algún papel. Luego aquel calor excesivo, aquella agua hirviendo... Me decidí a observar la brújula.

¡Se había vuelto loca!

CAPÍTULO XLIII

Sí, ¡loca! La aguja saltaba de un polo al otro, con sacudidas bruscas recorría todos los puntos del cuadrante y daba vueltas como si tuviese un ataque de vértigo.

Yo sabía que, según las teorías más aceptadas, la corteza mineral del Globo no está nunca en un estado de reposo absoluto; las modificaciones producidas por la descomposición de las materias internas, la agitación producida por las grandes corrientes líquidas y la acción del magnetismo tienden a moverla incesantemente, aun cuando los seres diseminados por su superficie no sospechen su agitación. Este fenómeno no me hubiese asustado tanto, o al menos no hubiese despertado en mi mente ninguna idea terrible.

Pero otros hechos, ciertos detalles *sui géneris*, no pudieron engañarme por más tiempo; las detonaciones se multiplicaban con una intensidad terrible; no podía compararlas más que con el ruido que harían un gran número de carretas rodando rápidamente por el suelo. Aquello era un trueno continuo.

Luego, la brújula perturbada, sacudida por los fenómenos eléctricos, confirmaba mi opinión: la corteza mineral amenazaba con abrirse, los macizos graníticos con juntarse, la fisura con rebosar, el vacío con llenarse y nosotros, pobres átomos, íbamos a ser aplastados en aquella sacudida formidable.

—¡Tío, tío! —exclamé—, ¡estamos perdidos!

—¿Qué nuevo terror es ése? —me respondió, con una calma sorprendente—. ¿Qué tienes?

—¿Que qué tengo? Observe usted estas paredes que se agitan, este macizo que se disloca, este calor tórrido, el agua hirviendo, los vapores que se espesan, la aguja perturbada, ¡todos los indicios de un temblor de tierra!

Mi tío movió suavemente la cabeza.

—¿Un temblor de tierra? —dijo.

—¡Sí!

—Creo que te equivocas, hijo mío.

—¡Cómo! ¿No reconoce usted estos síntomas?

—¿Como los de un temblor de tierra? ¡No! Espero algo mejor que eso.

—¿Qué quiere usted decir?

—Una erupción, Axel.

—¡Una erupción! —dije—. ¿Estamos en la chimenea de un volcán en actividad?

—Así lo creo —dijo el profesor sonriendo—, y eso es lo mejor que puede ocurrimos.

¡Lo mejor! ¿Mi tío se había vuelto loco? ¿Qué significaban aquellas palabras, aquella calma y aquella sonrisa?

—¡Cómo! —exclamé—. ¡Estamos prisioneros en

una erupción! ¡La fatalidad nos ha lanzado por el camino de las lavas incandescentes, de las rocas ardientes, de las aguas hirviendo y de todas las materias eruptivas! ¡Vamos a ser empujados, expulsados, lanzados, vomitados por los aires con los trozos de roca, las lluvias de cenizas y de escoria, en un turbión de llamas! ¡Y eso es lo mejor que puede ocurrimos!

—Sí —respondió mi tío, mirándome por encima de sus gafas—, porque es la única probabilidad que tenemos de volver a la superficie de la Tierra.

Paso de refilón por las mil ideas que se cruzaron en mi cerebro. Mi tío tenía razón, absoluta razón, y nunca me pareció ni tan valiente ni tan convencido como en aquel momento en que esperaba y calculaba con calma las probabilidades de una erupción.

Seguíamos subiendo; pasamos la noche en medio de este movimiento ascendente; los ruidos que nos rodeaban se iban incrementando; yo estaba a punto de asfixiarme; creía llegada mi última hora, y, a pesar de ello, la imaginación es tan extraña que me entregué a una indagación verdaderamente infantil. Yo sufría mis pensamientos, pero no los dominaba.

Era evidente que una oleada eruptiva nos estaba vomitando; bajo la balsa había agua hirviendo y, bajo estas aguas, una pasta de lava, un agregado de rocas que en la cima del cráter se dispersarían en todos los sentidos. Nos encontrábamos, por tanto, en la chimenea de un volcán. No había duda al respecto.

Pero en lugar del Sneffels, volcán apagado, se trataba de un volcán en plena actividad. Yo me preguntaba entonces cuál podría ser aquella montaña y en qué parte del mundo nos expulsaría.

Seguro que sería en las regiones septentrionales. Antes de que se alterase, la brújula no había variado nunca en ese punto. Desde el cabo Saknussem habíamos sido conducidos, durante centenares de leguas, directamente al norte. ¿Habríamos vuelto bajo Islandia? ¿Nos vomitaría por el cráter del Hekla o por alguno de los otros siete montes ignívomos de la isla? En un circuito de cinco leguas al oeste, no veía bajo ese paralelo más que los volcanes poco conocidos de la costa noroeste de América. Al este existía solamente uno, bajo el grado veinticuatro de latitud, el Esk, en la isla de Jean Mayen, no lejos del Spitzberg. Desde luego cráteres no faltaban, y eran suficientemente espaciosos para vomitar un ejército entero. Pero lo que yo trataba de adivinar era cuál nos serviría de salida.

Hacia la madrugada el movimiento ascendente se aceleró. Si el calor aumentó, en lugar de disminuir, al aproximarnos a la superficie del Globo, es porque estaba localizado y se debía a una influencia volcánica. Nuestro género de locomoción ya no dejaba lugar a duda: una fuerza enorme, una fuerza de muchos centenares de atmósferas, producida por los vapores acumulados en el seno de la tierra, nos empujaba de modo irresistible. ¡Pero a cuántos peligros nos exponía!

Reflejos oscuros aparecieron pronto en la galería vertical, que se ensanchaba; me fijaba a derecha y a izquierda en corrientes profundas, semejantes a túneles inmensos de donde salían vapores espesos; lenguas de fuego lamían las paredes chisporroteando.

—¡Mire usted, tío, mire usted! —exclamé.

—Son llamas sulfurosas. Nada más natural en una erupción.

—Pero, ¿y si nos envuelven?

—No nos envolverán.

—¿Y si nos asfixiamos?

—No nos asfixiaremos; la galería se ensancha y, si es preciso, abandonaremos la balsa y nos cobijaremos en alguna hendidura.

—¿Y el agua ascendente?

—Ya no hay agua, Axel, sino una especie de pasta de lava que nos levanta con ella hasta el orificio del cráter.

Efectivamente, la columna líquida había desaparecido para dar lugar a unas materias eruptivas, bastante densas, aunque en ebullición. La temperatura se hacía insostenible; un termómetro expuesto en aquella atmósfera hubiese marcado más de 60 grados. El sudor me inundaba. Si no hubiera sido por la rapidez de la ascensión, seguramente nos habríamos asfixiado.

A pesar de todo esto, el profesor desechó la proposición de abandonar la balsa, e hizo bien. Aquellos tablones mal unidos ofrecían una superficie sólida, un punto de apoyo, que no hubiésemos encontrado en ninguna otra parte.

Hacia las ocho de la mañana se produjo por primera vez un nuevo incidente. El movimiento ascendente cesó de golpe. La balsa quedó completamente inmóvil.

—¿Qué sucede ahora? —pregunté sacudido por aquella súbita parada como por un choque.

—Una parada —respondió mi tío.

—¿Es que se calma la erupción?

—Espero que no.

Me levanté. Traté de ver a mi alrededor. Quizá la balsa parada por algún saliente de roca oponía una resistencia momentánea a la masa eruptiva. En ese caso había que soltarla enseguida.

No era nada de eso. La columna de cenizas, de escorias y de despojos de piedra había dejado de subir también.

—¿Será que la erupción va a pararse? —exclamé.

—¡Ah! —dijo mi tío, apretando los dientes—, temes eso, hijo mío, pero tranquilízate, este momento de calma no puede prolongarse; ya ha durado cinco minutos y dentro de poco empezaremos de nuevo nuestra ascensión hacia el orificio del cráter.

Mientras hablaba así, el profesor no dejaba de consultar su cronómetro, y debía de tener una vez más razón en sus pronósticos. Pronto la balsa recuperó un movimiento rápido y desordenado que duró unos dos minutos y se paró de nuevo.

—Bueno —dijo mi tío mirando la hora—, dentro de diez minutos volverá a reanudar el camino.

—¿De diez minutos?

—Sí. Se trata de un volcán cuya erupción es intermitente. Nos deja respirar con él.

Nada más exacto. En el momento indicado, fuimos

lanzados de nuevo con una extremada rapidez; había que agarrarse a las vigas para no caer fuera de la balsa. Después, se paró la corriente.

Desde entonces he reflexionado mucho sobre este fenómeno sin encontrarle una explicación satisfactoria. Sin embargo, me parece evidente que no ocupábamos la chimenea principal del volcán, sino un conducto accesorio, donde se sentía un efecto carambola.

¿Cuántas veces se reprodujo esta maniobra? Imposible averiguarlo; todo lo que puedo afirmar es que cada vez que se producía el movimiento, éramos lanzados con más fuerza y como disparados por un auténtico proyectil. En el momento en que se paraba nos asfixiábamos; cuando se movía, el aire ardiente me cortaba la respiración. Pensé un momento en el gusto de encontrarme súbitamente en las regiones hiperbóreas, con un frío de treinta grados bajo cero. Mi imaginación enfervorizada se paseaba por las llanuras nevadas de las regiones árticas y anhelaba el momento en que me caería rodando por el tapiz helado del polo. Poco a poco, además, mi cabeza fue perdiendo el conocimiento, atormentada por las incesantes sacudidas. Si no hubiese sido por el brazo de Hans, más de una vez me habría roto el cráneo contra la pared de granito.

No he conservado, por tanto, ningún recuerdo de lo que pasó en las horas siguientes. Tengo una idea confusa de continuas detonaciones, de la agitación del macizo, de un movimiento giratorio a que fue sometida la balsa. Ondeó por olas de lava, en medio de una lluvia de ceniza. Las llamas sonoras la rodearon. Un huracán que parecía lanzado desde un ventilador inmenso activaba los fuegos subterráneos. Se me apareció la fisonomía de Hans por última vez, en un reflejo del incendio, y ya no tuve más impresión que ese terror siniestro de los condenados, cuando están atados a la boca de un cañón, en el momento en que se le dispara y les dispersan los miembros por los aires.

CAPÍTULO XLIV

Cuando abrí los ojos, me noté agarrado de la cintura por la mano vigorosa del guía. Con la otra mano sostenía a mi tío. Yo no estaba herido de gravedad, pero sí todo magullado y con un agotamiento general. Me vi acostado en la vertiente de una montaña, a dos pasos de un abismo en el que, con el menor movimiento, me hubiese precipitado. Hans me había librado de la muerte cuando caí rodando por las faldas del cráter.

—¿Dónde estamos? —preguntó mi tío, que me pareció muy irritado por haber vuelto a la superficie de la Tierra.

El cazador se encogió de hombros, dando a entender que lo ignoraba.

—¿En Islandia? —dije.

—*Nej* —respondió Hans.

—¡Como que no! —exclamó el profesor.

—Hans está equivocado —dije, incorporándome.

Después de las innumerables sorpresas de este viaje, aún nos quedaba una reservada. Yo esperaba ver un cono cubierto de nieves perpetuas, en medio de los áridos desiertos de las regiones septentrionales, bajo los pálidos reflejos de un cielo polar y más allá de las latitudes elevadas, pero en contra de estas previsiones, mi tío, el islandés y yo nos hallábamos tendidos en la mitad de una montaña calcinada por los ardores de un sol que nos devoraba con sus rayos.

No quería creer lo que veían mis ojos, pero el cocimiento real con el que mi cuerpo contaba no dejaba lugar a dudas. Habíamos salido medio desnudos del cráter y el astro radiante, al cual nada habíamos pedido desde hacía dos meses, se nos mostraba al respecto pródigo de luz y de calor y nos lanzaba a raudales una espléndida irradiación.

Cuando mi vista se habituó a aquella claridad, de la que ya no tenía costumbre, me dediqué a rectificar los errores de mi imaginación. Creía estar, al menos, en el Spitzberg, y no tenía humor para dar mi brazo a torcer fácilmente.

El profesor fue el primero que tomó la palabra y dijo:

—En efecto, esto no se parece a Islandia.

—¿Y a la isla de Jean Mayen? —respondí.

—Menos aún, hijo mío. Esto no es un volcán del norte, con sus colinas de granito y su casquete de nieve.

—Sin embargo...

—¡Mira, Axel, mira!

Sobre nuestras cabezas, a quinientos pies lo más, se abría el cráter de un volcán por el cual salía cada cuarto de hora y con una fuerte detonación una alta columna de llamas mezclada con piedra pómez, ceniza y lava. Yo notaba las convulsiones de la montaña, que respiraba como las ballenas y expulsaba de cuando en cuando fuego y aire por sus enormes respiraderos. Debajo, por una pendiente bastante escarpada, se extendían las materias eruptivas a una profundidad de setecientos a ochocientos pies, con lo que el volcán no alcanzaba una altura de cien toesas. Su base desaparecía en un auténtico cesto de árboles verdes, entre los cuales distinguí olivos, higueras y viñas, plagadas de racimos bermejos.

Había que reconocer que aquél no era el aspecto de las regiones árticas.

Cuando la mirada pasaba más allá de aquel recinto verdoso, llegaba rápidamente a perderse en las aguas de un mar admirable o de un lago, que hacía de esta tierra encantada una extensa isla de pocas leguas. En el levante se veía un puertecito precedido de algunas casas y en el cual algunos barcos de una forma particular se balanceaban con el movimiento de las olas azuladas. Más allá, surgían de la líquida llanura grupos de islotes, tan numerosos que parecían un gran hormiguero. Hacia poniente, lejanas costas se perfilaban en el horizonte; sobre unas se dibujaban montañas azuladas de armoniosos tonos; sobre las otras, más lejanas, aparecía un cono prodigiosamente elevado, cuya cima se veía coronada de humo. Al norte, una inmensa extensión de agua brillaba bajo los rayos del sol, dejando ver aquí y allí la punta de algún mástil o la convexidad de una vela hinchada por el viento.

Lo imprevisto de un espectáculo semejante centuplicaba aún más su asombrosa belleza.

—¿Dónde estamos, dónde estamos? —repetí a media voz.

Hans cerraba los ojos con indiferencia y mi tío miraba sin comprender.

—Cualquiera que sea esta montaña —dijo al fin—, lo cierto es que hace bastante calor en ella. Las explosiones no se detienen y no merecería la pena haber salido de una erupción para encontrarse con un trozo de roca en la cabeza. Bajemos y sabremos a qué atenernos. Además, me estoy muriendo de hambre y de sed.

Decididamente, el profesor no tenía espíritu de contemplación. Yo, olvidando la necesidad y la fatiga, me hubiese quedado en aquel sitio muchas horas, pero tuve que seguir a mis compañeros.

El declive del volcán ofrecía cuestas muy pronunciadas; nos escurríamos por auténticos senderos de ceniza, evitando los arroyos de lava que corrían como serpientes de fuego. Mientras descendíamos, yo hablaba con locuacidad, pues lo que contenía mi imaginación no podía por menos de desbordarse en palabras.

—Estamos en Asia —exclamé—, en las costas de la India, en las islas Malesas, en plena Oceanía. Hemos atravesado la mitad del Globo para llegar a las antípodas de Europa.

—Pero, ¿y la brújula? —respondió mi tío.

—¡Sí! ¡Es verdad! ¿Y la brújula? —dije yo, con tono de preocupación. Sí, si nos fiáramos de ella, admitiríamos que hemos ido siempre hacia el norte.

—Entonces, ¿es que ha mentido?

—¡Oh! ¡Mentido!

—¡A no ser que esto sea el polo norte!

—¡El polo!, no, pero...

Ahí había un hecho inexplicable. No sabía qué pensar.

A todo esto, nos acercábamos a aquel verdor que alegraba la vista. El hambre y la sed me atormentaban. Afortunadamente, después de dos horas de camino, apareció ante nuestros ojos un hermoso campo cubierto de olivos, de granados y de viñas que parecía pertenecer a todo el mundo. Además, después de cómo se había resuelto todo, no podíamos detenernos en eso. ¡Qué delicia poder estrujar en nuestros labios aquella fruta tan sabrosa y coger de la misma viña aquellos racimos tan bermejos! Entre la hierba, a corta distancia, a la sombra deliciosa de los árboles, descubrí una fuente de agua fresca, donde sumergimos con muchas ganas la cara y las manos. Mientras nos entregábamos al reposo, apareció un niño entre dos ramos de olivo.

—¡Ah! —exclamé—. ¡Un habitante de esta feliz región!

Parecía un pobre, miserablemente vestido, bastante andrajoso y a quien nuestro aspecto asustó mucho; en efecto, medio desnudos, con nuestras barbas descuidadas, teníamos muy mal aspecto, y a menos que aquel país no fuese un país de ladrones, teníamos que asustar a sus habitantes a la fuerza.

En el momento en que el chiquillo iba a huir, Hans corrió tras él y lo trajo a pesar de sus gritos y puntapiés.

Mi tío empezó por tranquilizarlo lo mejor que pudo y le dijo en buen alemán:

—¿Como se llama esta montaña, amiguito?

El niño no contestó.

—Bueno —dijo mi tío—, no estamos en Alemania.

Y repitió la misma pregunta en inglés.

El niño tampoco respondió. Yo estaba muy intrigado.

—¿Será mudo? —exclamó el profesor, que, muy orgulloso de su poliglotismo, volvió a hacer la pregunta en francés.

El mismo silencio del niño.

—Vamos a probar en italiano —replicó mi tío; y dijo en este idioma—: *Dove noi siamo?*

—¡Sí!, ¿dónde estamos? —repetí con impaciencia.

El niño continuó sin responder.

—¡Ah! ¿Hablarás de una vez? —exclamó mi tío que empezaba a enfadarse y dio al chico un tirón de orejas—. *Come si noma questa isola?*

—Stromboli —respondió el pequeño, escapándose de las manos de Hans y corriendo hacia la llanura por entre los olivos.

¡No nos acordábamos para nada de él! ¡El Stromboli! ¡Qué efecto produjo en mi imaginación este nombre inesperado! Estábamos en pleno Mediterráneo, en medio del archipiélago eólico, de mitológica memoria, en la antigua Srongyle, donde Eolo encadenaba vientos y tempestades. Aquellas montañas que aparecían por levante eran las montañas de Calabria. Y el volcán, allá al sur, en el horizonte, era el Etna, el terrible Etna.

—¡Stromboli, Stromboli! —repetí.

Mi tío me acompañaba con sus gestos y sus palabras. Parecía que estábamos cantando a coro.

¡Oh, qué viaje! ¡Qué maravilloso viaje! Habiendo entrado por un volcán, habíamos salido por otro, y ese otro estaba situado a más de mil doscientas leguas del Sneffels, de aquel árido país de Islandia, situado en los confines del mundo. Las fatalidades de esta expedición nos habían conducido al seno de las regiones más armoniosas de la tierra. Habíamos trocado la región de las nieves perpetuas por la del verdor infinito y habíamos dejado sobre nuestras cabezas la nieve grisácea de las zonas heladas para llegar al cielo azulado de Sicilia.

Después de un delicioso almuerzo, compuesto de frutas y de agua fresca, nos pusimos en camino para bajar al puerto de Stromboli. No nos pareció prudente decir de qué manera habíamos llegado a la isla; el espíritu supersticioso de los italianos no hubiese dejado de ver en nosotros a demonios arrojados del seno de los infiernos. Hubo que resignarse, por lo tanto, a pasar por humildes náufragos. Era menos glorioso, pero más seguro.

Por el camino oí a mi tío murmurar:

—¡Pero la brújula marcaba siempre el norte! ¿Cómo se explica este hecho?

—¡Lo mejor es no explicarlo, y resulta mucho más fácil! —exclamé con tono despreciativo.

—¡Estaría bueno! Un profesor del Johannoeum que no encontrase la razón de un fenómeno cósmico. ¡Sería una vergüenza!

Hablando de esa manera, medio desnudo, con su bolsa de cuero colgada a la cintura y sus gafas puestas, mi tío volvía a ser el terrible profesor de mineralogía.

Una hora después de haber salido del bosque de olivos, llegábamos al puerto de San Vicenzo, donde Hans reclamó el jornal de su decimotercera semana de servicio, jornal que le fue entregado entre calurosos apretones de mano.

En aquel momento, si no participó de nuestra natural emoción, sí que se dejó llevar al menos por una expansión extraordinaria.

Con la punta de los dedos estrechó ligeramente nuestras dos manos y se sonrió.

CAPÍTULO XLV

Ésta es la conclusión de una narración que rechazarán incluso las personas a las que, por costumbre, no les extrañe nada. Pero me he acorazado de antemano contra la incredulidad humana.

Fuimos recibidos por los pescadores de Stromboli con las atenciones debidas a unos náufragos: nos dieron ropas y víveres. Después de cuarenta y ocho horas de espera, el 31 de agosto, un pequeño barquichuelo nos condujo a Mesina, donde algunos días de descanso nos repusieron de nuestras fatigas.

El viernes 4 de septiembre nos embarcamos a bordo del *Volturne,* uno de los correos de mensajerías imperiales de Francia, y tres días después desembarcamos en Marsella, sin más preocupación que la de nuestra maldita brújula. Aquel hecho inexplicable me preocupaba seriamente. El 9 de septiembre por la noche llegamos a Hamburgo.

Renuncio a describir la sorpresa de Marta y la alegría de Graüben.

—Ahora que eres un héroe —dijo mi querida novia—, ya no tendrás que separarte más de mí, Axel.

La miré. Lloraba mientras sonreía.

Para qué decir la sensación que produjo en Hamburgo la vuelta del profesor Lidenbrock. Gracias a la indiscreción de Marta, la noticia de su marcha al centro de la Tierra se había extendido por el mundo entero. Nadie quiso creerlo y, cuando volvieron a verlo, lo creyeron menos.

Sin embargo, la presencia de Hans y diversas informaciones llegadas de Islandia modificaron poco a poco la opinión pública.

Entonces mi tío se convirtió en un hombre célebre y yo en el sobrino de un hombre célebre, que ya es algo. Hamburgo dio una fiesta en nuestro honor. En el Johannoeum tuvo lugar una sesión pública, donde el profesor refirió su expedición y no omitió más que lo referente a la brújula. El mismo día depositó en el archivo de la ciudad el documento de Saknussem y expresó su pesar porque las circunstancias, más poderosas que su voluntad, no le hubiesen permitido seguir hasta el centro de la Tierra las huellas del viajero islandés. Como fue modesto en la gloria, aumentó su reputación.

Tanto honor debía, sin duda, procurarle algunos envidiosos. Los tuvo y, como sus teorías apoyadas en hechos ciertos contradecían los sistemas de la ciencia sobre la cuestión del fuego central, sostuvo con la pluma y de palabra notables discusiones con los sabios de todos los países.

Respecto a mí, no puedo admitir su teoría de la frialdad: a pesar de lo que he visto, creo y creeré siempre en el calor central, pero confieso que ciertas circunstancias, mal definidas todavía, pueden modificar esta ley bajo la acción de fenómenos naturales.

Cuando estas cuestiones estaban en el período más palpitante, mi tío sufrió una auténtica pena: Hans, a pesar de sus ruegos, se había marchado de Hamburgo; aquel hombre, a quien se lo debíamos todo, no nos dejó pagarle nuestra deuda. Sentía nostalgia de Islandia.

—*Färval* —dijo un día, y con esta única palabra de adiós se marchó a Reikjiawik, adonde llegó felizmente.

Habíamos tomado singular cariño a nuestro valiente cazador de éider; su ausencia no hará jamás que le olvidemos, pues nos salvó la vida; seguro que no me moriré sin volverlo a ver.

Para terminar, debo añadir que este *Viaje al centro de la Tierra* produjo una enorme sensación en el mundo entero. Fue impreso y traducido a todos los idiomas; los periódicos más acreditados sacaron extractos de los episodios principales, que fueron comentados, discutidos, atacados y sostenidos con la misma convicción por el bando de los creyentes que por el de los incrédulos. ¡Cosa rara! Mi tío disfrutaba en vida de toda la gloria que había adquirido y hubo incluso quien, como el señor Barnum, le propuso «exhibirle» a un alto precio en Estados Unidos.

Pero una preocupación, un tormento mejor dicho, nublaba nuestra gloria. Un hecho se quedaba sin explicación, el de la brújula. Y para un sabio, no obtener la explicación de un fenómeno semejante supone un suplicio para su inteligencia. Pues bien, el cielo reservaba a mi tío la felicidad completa.

Un día, arreglando una colección de minerales en su despacho, vi la famosa brújula y me puse a observarla.

Hacía seis meses que estaba allí en su rincón, sin saber las preocupaciones que causaba.

De pronto, cuál sería mi sorpresa que lancé un grito. El profesor acudió.

—¿Qué te pasa? —preguntó.

—¡Esta brújula!

—¿Y qué?

—¡Que su aguja indica el sur y no el norte!

—¿Qué dices?

—¡Mire! Sus polos están cambiados.

—¡Cambiados!

Mi tío miró, comparó e hizo temblar la casa de un salto enorme.

¡Qué luz esclarecía a la vez su espíritu y el mío!

—¿De modo —exclamó cuando hubo recobrado el uso de la palabra— que después de nuestra llegada al cabo de Saknussem, la aguja de esta condenada brújula marcaba el sur en lugar del norte?

—Evidentemente.

—Entonces nuestro error se explica. Pero ¿qué fenómeno ha podido producir este cambio de polos?

—Nada tan sencillo.

—Explícate, hijo mío.

—Durante la tormenta, en el mar Lidenbrock, aquella bola de fuego que atraía el hierro de la balsa desorientó nuestra brújula.

—¡Ah! —exclamó el profesor, echándose a reír—, fue una mala pasada de la electricidad.

Desde aquel día, mi tío fue el más feliz de los sabios y yo el más venturoso de los hombres, pues mi preciosa virlandesa, abdicando de su situación de huérfana, tomó en la casa de Königstrasse el doble rango de sobrina y de esposa. No es preciso añadir que su tío fue el ilustre profesor Otto Lidenbrock, miembro de todas las sociedades científicas, geográficas y mineralógicas de las cinco partes del mundo.

Jules Verne

Aunque empezó su carrera profesional como abogado, enseguida se dio cuenta de que no le interesaba mucho. Jules Verne fue siempre una persona muy interesada en el futuro y que leía sin parar sobre los inventos que se desarrollaban en su época. En sus novelas trataba de imaginar cómo viviríamos en el siglo XX, qué tecnologías tendríamos, etcétera. Algunos de sus libros hablan de viajes y se adelantaron muchos años a la realidad. Sus obras más importantes son *20.000 leguas de viaje submarino* (en la que encontramos el primer submarino eléctrico, el *Nautilus*), *Viaje alrededor del mundo en 80 días* (inspirada por el viajero Georges Train, que consiguió ese récord), *Cinco semanas en globo* y el libro que tienes entre las manos.

ÍNDICE

Austral Intrépida recopila las obras más emblemáticas de la literatura juvenil, dirigidas a niños, jóvenes y adultos, con la voluntad de reunir una selección de clásicos indispensables en la biblioteca de cualquier lector.

OTROS TÍTULOS DE LA COLECCIÓN:

Peter Pan, J. M. Barrie
El mago de Oz, L. Frank Baum
Alicia en el país de las maravillas, Lewis Carroll
Las aventuras de Pinocho, Carlo Collodi
El Libro de la Selva, Rudyard Kipling
El rey Arturo y sus caballeros de la Tabla Redonda, Roger Lancelyn Green
La Isla del Tesoro, Robert Louis Stevenson
Las aventuras de Tom Sawyer, Mark Twain
El fantasma de Canterville y otros cuentos, Oscar Wilde